咸阳师范学院学术专著出版资助著作

A Study of Social Modernity Problems
in *American Pastoral*
and *The Human Stain* by Philip Roth

菲利普·罗斯的现代性社会问题书写研究：
《美国牧歌 》和《人性污点》

史元辉 ——— 著

中央编译出版社
CCTP　Central Compilation & Translation Press

图书在版编目（CIP）数据

菲利普·罗斯的现代性社会问题书写研究：《美国牧歌》和《人性污点》/ 史元辉著. —北京：中央编译出版社，2019.8
ISBN 978-7-5117-3712-0

Ⅰ. ①菲… Ⅱ. ①史… Ⅲ. ①菲利普·罗斯-小说研究 Ⅳ. ①I712.074

中国版本图书馆 CIP 数据核字（2018）第 300360 号

菲利普·罗斯的现代性社会问题书写研究：《美国牧歌》和《人性污点》

出 版 人：	葛海彦
责任编辑：	邓 彤
执行编辑：	王 琳
责任印制：	刘 慧
出版发行：	中央编译出版社
地　　址：	北京西城区车公庄大街乙 5 号鸿儒大厦 B 座（100044）
电　　话：	（010）52612345（总编室）　（010）52612352（编辑室）
	（010）52612316（发行部）　（010）52612346（馆配部）
传　　真：	（010）66515838
经　　销：	全国新华书店
印　　刷：	北京中兴印刷有限公司
开　　本：	710 毫米×1000 毫米　1/16
字　　数：	190 千字
印　　张：	14.25
版　　次：	2019 年 8 月第 1 版
印　　次：	2019 年 8 月第 1 次印刷
定　　价：	68.00 元
网　　址：	www.cctphome.com　　邮　箱：cctp@cctphome.com
新浪微博：@中央编译出版社　　微　信：中央编译出版社（ID: cctphome）
淘宝店铺：中央编译出版社直销店（http://shop108367160.taobao.com）
	（010）55626985

本社常年法律顾问：北京市吴栾赵阎律师事务所律师　闫军　梁勤
凡有印装质量问题，本社负责调换，电话：（010）55626985

序 言

　　小叩小鸣，大叩大鸣。学术专著的序言可谓"大叩"，理应有"大鸣"。

　　但是正如前人所说"文之为德也大矣"，（《文心雕龙》首句，王元化训德为得），可以说是文章固宜为心中所得也，若未有真知灼见者则无非"断烂朝报"矣。故言者慎之，文章天下事，未敢轻言之。笔者只能遵照康德所说的"要敢于思考"的教导，对自己学术研究数十年的心得附之于后，来作为史元辉博士这本书的序言。

　　学术研究，无论西学还是"国学"，抑或是近代以来的"中西新学"（主要指清代朴学之后，西学东渐，与中国学术相结合而形成的学术主体），主要有两大范式：

　　其一，是"百科全书法"，这种学术研究方式在西方是以文艺复兴的达·芬奇开始，到了法国启蒙主义达到了高潮。恩格斯曾经盛赞从文艺复兴巨子直到法国启蒙派学者狄德罗、伏尔泰，甚至卢梭等人，无一不是广泛涉及文学、历史、哲学、艺术甚至法学等各个领域的大学者。这种学术研究要求学者"才学识"俱全，天分既高，后天又努力，非普通学者所能及。中国近代学者如王国维、梁启超、郭沫若等均属于这一范畴，真是"从来大学者，面目不专一"。他们在文学（包括创作与理论）、考古、美学等各个领域都有大创获。中国古代将这种学者称为"通儒"，所谓通儒就是能精通经史子集，并且学贯古今。

其二，则是只在一个特定的学科的某一个专题研究中深入钻研，长期只作一种课题研究的学者。汉代将这种学者形容为"专治一经"。中国学术有六经，诗书礼易乐春秋，简言之，就是只通一经，研究《诗经》不研究《易经》，研究《史记》不涉猎《诗经》。这种学者虽然得不到"通儒"的称号，但是在一种学科之中若能从古至今，一以贯之，也是难能可贵的。即使只在某一个人物、一个时代或是某部作品方面深入研究，也会取得成就。

当代中国学位论文主要趋势是向小课题、专题材的方向发展。笔者在苏州大学指导博士硕士生，入学伊始就讲学术史，确定其学术研究范式。这就是孔子所谓"因材施教"，按以上两大类，略有取舍，所以从游诸生治学，一类是以世界文学或是西方文学理论研究中的历史学派为对象，如以美国文学为例，研究美国新诗、美国生态批评等流派演变等，当然其中并不是离开批评与文本的；同时，新诗从朗费罗、庞德直到近年来的斯奈德、摩尔等诗人都在其中，只不过以理论批评的中心为主。另一类则是以作家文本为主的研究，相对较为集中。两种研究不分高下，各有其妙。

元辉从西安外国语大学硕士毕业，舍弟方华文教授在西外曾经教过他英语文学作品翻译，元辉英语文学功底深厚，来笔者门下，读比较文学与世界文学专业博士研究生。

经过反复讨论后，元辉决定选择美国作家菲利普·罗斯的作品为博士论文研究对象。罗斯是具有国际影响的当代作家，作品从传统的犹太文学中走出来，又向后现代与人生哲学和社会伦理的思想走进去，可谓出入自在，深刻隽永。这样的作家在世界文学史上自有其位置。元辉论文写作从开题到答辩，受到华东师范大学、苏州大学多位教授的关心与支持。写作过程中，他利用开学术会议的机会，积极向国际国内的学者请教。论文观点鲜明，论据充分，论证过程有序，被所有答辩委员一致投票，认为是一部优秀论文。

这是他几年来锲而不舍，努力钻研的必然结果。学习期间，元辉要在核心期刊上发表论文，并且由于工作需要，担任了单位一定的行政工作。这无疑给他的论文写作增加了一定负担，但他能很好地处理这些工作与博士论文撰写的关系，可以说取得了成功。我衷心地祝贺元辉所取得的成就，也愿意为他的学术专著出版写序言。

《荀子·劝学篇》曾经引《诗经》中《曹风·尸鸠》曰："尸鸠在桑，其子七兮。淑人君子，其仪一兮。心如结兮。故君子结于一也。此言甚是，用心于一，才能有所成就，蚓无爪牙之利筋骨之强而能上食埃土下饮黄泉，蟹六跪而二螯，非他穴无以寄身。前者用心专一，而后者用心躁也。"

就在元辉来苏大学习期间，笔者承担了国家社科基金重点课题与教育部课题，主要研究全球化时代中国化的世界文学理论体系建构。这是全国首个世界文学研究的重点课题。笔者带领来自北京大学、南开大学、武汉大学等院校的团队，全部是活跃在教学科研前沿的教授与副教授们，在几年的时间里，在核心期刊上发表数十篇论文，在北京师范大学出版社和华东师范大学出版社出版了《世界文学史教程》（上下册）、《世界文学经典》（上中下三册）、《当代世界文学史新编》等优秀成果。元辉在课题工作中起了重要作用，他虽然只是个普通院校的副教授，但是在各位专家指引下进步很快。他所撰写的欧美文学篇章全部使用当代最新资料，理论观念先进，无论是对经典作家还是对新作家的理论分析与批评，都相当深入。

概括来讲，我们所做的工作，核心就是建构中国主体性话语的世界文学史，主要是以中国辩证理性来思考世界文学史的发展规律。在认识论与本体论方面，我们反对西方中心论，以中国传统经典的"同异俱一"与"理一分殊"思维方式为主导，提出多种文学体系与文明区域研究体系的划分，以东西方多元文化来统领多样性的国别语言文学划分，形成全球化新的世界文学研究体系。在研究方法上，我们将文学的文本分析与社会历史语境相结合，以历史主义观念来评价经典与不同历史时期的流派、作家与作品，将世界文学经典与作品纳入不同文学体系之中，除东西方文学外，将国内外世界文学史研究中关注有限的南美文学、非洲文学和大洋洲文学也作为独立板块加以纳入。

我们以中国辩证理性进行"三大区域板块"划分，以世界文学的五个历史阶段（从上古到21世纪的世界文学）取代西方中心的希腊罗马、中世纪、文艺复兴、启蒙主义、浪漫主义、现实主义、现代主义、后现代主义等历史阶段划分模式，谱写世界文学史新篇章，这就是中国主体性话语的研究实践。

中国文学的"世界化"与世界文学的"中国化"并不是冲突的，也不是对立的。这是全球化进程的一种历史必然，不依人的主观意志为转移。中国文学正在进一步地世界化，也就是走向世界。这一点大家相当清楚，无论是大量的现当代文学作品"走出去"，还是中国作家获奖，都是一种符号。但是大家较少发现的是，世界也要有中国化的一面视域。中国文学的世界化与世界文学的中国化，这既是一种双向的学术研究与翻译的交往与对话，也是一种阐释方式，当代中国比较文学与世界文学学科正在经历这样一种转型。

元辉博士的这篇论文部分运用了中国儒学的一些观念对美国作家菲利普·罗斯的小说进行了阐释，某种程度上就是世界文学中国化的一种尝试。

我相信，只要他在这个方向上继续努力地做下去，他就一定可以做出一些成绩出来。愿他今后能够继续努力，在学术研究的道路上继续艰辛跋涉，孜孜以求，为自己的学术履历写上浓墨重彩的一笔。

方汉文
丁酉年冬至前苏州大学牧鱼楼

目 录

导 论 ……………………………………………………………… 001
  一　罗斯和他的小说创作 ………………………………………… 001
  二　国内外研究现状 ……………………………………………… 005
  三　本书的研究思路 ……………………………………………… 008

第一章　世俗化和理性化的推动 ………………………………… 012
  第一节　主体性意识的觉醒和张扬 ……………………………… 012
    1. 主体性意识的觉醒 …………………………………………… 013
    2. 瑞典佬西摩和科尔曼的主体性意识张扬 …………………… 018
  第二节　"除魅"的过程 …………………………………………… 027
  第三节　"上帝死了" ……………………………………………… 031

第二章　经典的失落 ……………………………………………… 037
  第一节　罗斯和科尔曼的困惑：经典意义的丧失 ……………… 037
  第二节　黛芬妮和科尔曼的曲解——经典的被解构 …………… 044

第三章　人文知识分子的沦陷 …………………………………… 051
  第一节　人文学科知识的理性化 ………………………………… 051
    1. 西方哲学理性化的突出 ……………………………………… 052

2. 人文和社会学科知识的理性操作主义倾向 …………… 070
　第二节　人文知识分子的职业化和世俗化 ……………………… 077
　　1. 科尔曼和黛芬妮：人文知识分子的职业化 …………… 079
　　2. 科尔曼和黛芬妮：人文知识分子的世俗化 …………… 085
　第三节　科尔曼和黛芬妮——科层机构下的知识人 …………… 090
　　1. 科尔曼的"物化"倾向 ………………………………… 090
　　2. 黛芬妮的权欲做派 ……………………………………… 096
　第四节　科尔曼的困境——知识人的"消解"和"放逐" …… 098

第四章　"主体性意识的零散化" …………………………… 108
　第一节　"历史的终结"和"深度感的丧失" ………………… 108
　第二节　"孤独的人群" ………………………………………… 118
　第三节　反抗的年轻人 ………………………………………… 122
　第四节　社会的疏离和对立 …………………………………… 125
　　1. 精英与大众的对立 ……………………………………… 127
　　2. 瑞典佬与女儿莫莉：资本主义与其对立面 …………… 135

第五章　问题的应对 ………………………………………… 141
　第一节　现代性的伦理困境 …………………………………… 141
　第二节　蒂利希的药方 ………………………………………… 146
　　1. 蒂利希和他的学说 ……………………………………… 146
　　2. "绝对信仰"和"终极关怀"的效用 ………………… 152
　第三节　社会分裂的应对 ……………………………………… 156
　　1. 哈贝马斯和他的交往理性 ……………………………… 158
　　2. 交往理性能否应对社会分裂？ ………………………… 159
　第四节　儒学的启示 …………………………………………… 162
　　1. 梁漱溟对于资本主义的认识 …………………………… 163
　　2. "仁"的应对意义 ……………………………………… 165

3. "仁"的主体性价值 …………………………………… 172

结　语 …………………………………………………………… 176

附　录

《垂死的肉身》：后现代主义社会中的反抗 ………………… 178
垂死的肉体　沉沦的灵魂
　——《垂死的肉身》中体现的现代危机 ………………… 187
罗斯的《人性污点》：又一场后现代主义社会的恶作剧？ ……… 193

参考文献 ………………………………………………………… 204

后　记 …………………………………………………………… 216

导 论

一 罗斯和他的小说创作

菲利普·罗斯（Philip Roth，1933—2018）是美国当代最多产的作家，到目前为止已经创作长篇小说29部，文集3部，曾先后近50次获得美国国家图书奖、普利策奖、美国艺术与文学学院小说金奖、福克纳笔会奖、美国全国书评家协会奖、美国历史学家协会奖、W. H. 史密斯年度最佳图书奖等奖项，并数次问鼎诺贝尔文学奖，但都失之交臂。尽管竞逐诺贝尔文学奖失利，罗斯依然是美国当代最有影响的作家之一，依然笔耕不辍，直至人生暮年的2010年。

罗斯于1933年3月19日出生于美国新泽西州纽瓦克市，在一个叔叔、姑妈、堂兄弟姐妹、表兄弟姐妹众多的犹太家庭中长大，哥哥桑迪·罗斯出生于1927年。他的父亲赫尔曼·罗斯起初是一名鞋店老板，鞋店破产后在一家保险公司任职。从父亲身上，罗斯学到了努力劳动，同时也从父亲口里听到了关于纽瓦克的众多见闻。他的母亲贝丝是一位勤勤恳恳的家庭妇女。

1950年中学毕业后，罗斯开始在鲁特格斯大学纽瓦克分校攻读法学预科专业，在这里他开始学会了与不同族裔，尤其是对犹太人不甚友好的族裔并肩学习。一年之后，他转往宾夕法尼亚中部地区的巴克奈尔大学就读，主要是因为他想摆脱父母对他的管教与约束，1952 年他转到英语文学专业。1954 年毕业后，他开始在芝加哥大学攻读硕士，1955 年以优异成绩毕业并取得学位。短暂服兵役之后，因为受伤，他从部队退伍，于 1956 年回到芝加哥大学教授一年级学生写作，同时开始攻读博士学位，但是一学期之后就辍学了。这个时候他开始发表短篇小说作品，随后辞掉了大学教职，前往纽约。

在纽约，他并不怎么顺心，1959 年通过古根海姆奖金的资助，他与当时的妻子玛格丽特·马丁森前往罗马度假。但是这段婚姻并不幸福，两人最终分开，玛格丽特后来死于车祸。1960 年回到美国，罗斯接受邀请，开始在衣阿华大学讲授为期两年的写作课程，1962 年又去往普林斯顿大学从事类似的工作，1964 年又在纽约州立大学石溪分校，开始为《纽约书评杂志》撰写戏剧评论，1965 年开始在宾夕法尼亚大学讲授比较文学。在这段时间，罗斯曾经接受过精神分析治疗，他认为这段经历成就了《波特诺伊的怨诉》等小说的创作。1967 年，他又因为阑尾炎接受了手术。1975 年，他开始与一位英国女演员克莱尔·布鲁姆建立了稳定的关系，但于 1993 年双方分手。

1959 年，他出版了他的第一部小说《再见了，哥伦布及五部短篇小说》，并因此而获得美国国家图书奖。1969 年出版的第四部小说《波特诺伊的怨诉》在给他带来巨大商业成功的同时，也因出格的性描写尤其是对犹太传统的背叛而备受指责。当时，演员与作家兼于一身的节目主持人杰奎琳·苏珊（Jacqueline Susann, 1918—1974）说她会邀请罗斯来参加访谈节目，但是不会与他握手。[1] 1979—1985 年，《鬼作家》《解放的祖克曼》《解剖课》以及《布拉格狂欢》相继出版，这四部小说因为

---

[1] Nadel, Ira. *Philip Roth: A Literary Reference to His Life and Work.* New York: Facts on File, 2011, p. 14.

都以一名作家内森·祖克曼为视角进行叙事，从而被称为"被缚的祖克曼"系列。当然，罗斯随后也有一些作品是以祖克曼视角叙事的，如《反面生活》(1986)、《美国牧歌》(1997)、《人性污点》(2000)和《鬼退场》(2007)等，与"被缚的祖克曼"系列一起统称为祖克曼系列小说。罗斯的凯普什系列小说以大学文学教授凯普什为主人公，其中有《乳房》(1972)、《欲望教授》(1977)和《垂死的肉身》(2001)。这些小说表现了后现代社会里人们尤其是知识人遭受的"主体的零散化"，以及随之而来的肉体放纵与精神挣扎。罗斯其他著名的小说有《骗局：一部小说》(1990)、《夏洛克行动：一场坦白》(1993)、《反美阴谋》(2004)和《凡人》(2006)等。

《鬼作家》(1979)讲述的是23岁的年轻作家内森·祖克曼，刚从芝加哥大学毕业，受邀前往知名作家E. I. 洛诺夫夫妇家里做客，因一场雪暴所阻而留宿，从而想象出许多故事，洛诺夫的过去、他与一名以前年轻学生的关系以及他乡下的生活等。同时，祖克曼也回忆起了自己的过去、他与家庭的关系、自己对于写作的感受、对于犹太传统的义务和洛诺夫以前的学生艾米的过去，艾米很酷似安妮·弗兰克（《安妮日记》作者）。最后，祖克曼发现洛诺夫的生活也充满了任性与不安全感，与自己所崇拜的偶像大相迥异。

在《解放的祖克曼》(1981)里，祖克曼出版了小说《卡诺夫斯基》。该小说迥异于祖克曼所惯常的写作风格，大胆地表现了性放纵，让祖克曼备受关注与指责。这一情节显然与罗斯1969年出版的轰动性小说《波特诺伊的怨诉》十分相似。

《解剖课》(1983)叙述的是祖克曼在安葬了父亲之后，发现自己面临中年和难以诊断的病痛。身体状况使他不能继续从事写作，他开始反思自己失败的婚姻和自己与家庭成员之间的关系。一番痛苦的回忆之后，祖克曼决定重回母校芝加哥大学攻读医学学位。

《布拉格狂欢》(1985)是以日记体写就的，叙述的是祖克曼应朋友齐德耐克·斯索夫斯基的请求，奔赴布拉格，去抢救一位丧命于纳粹的犹太作家手稿的故事。但是，手稿最终却被警察没收，祖克曼本人则被遣返美国。

纵观罗斯半个多世纪的文学生涯，他的作品充满了他自己对于世界、社会和人生的思考。出身犹太家庭，他却对犹太传统缺少足够的敬畏，反倒表现出了一些叛逆。对于自己背叛犹太身份的指责，罗斯曾经说过"我不是一个犹太作家；我是个作家，同时也是个犹太人"①。但是，另一方面，"他也不赞成美国犹太人完全失去自己的犹太身份"②。在《反美阴谋》里，他虚构了历史上有名的反犹太主义者查尔斯·林德伯格（Charles Lindbergh，1902—1974）于1940年当选为美国总统，从而给犹太人乃至美国人民带来巨大压力和恐怖气氛。这样，他创作的立场显然超出了族群狭隘的界限，即使他关注的不是整个人类的问题，也至少应该是较为广泛意义之下的人的问题。

如果我们回顾一番，会发现"被缚的祖克曼"系列小说里面表现出了罗斯对于当代美国社会生活的思考。《鬼作家》中祖克曼对自己生活轨迹的反思和对犹太身份的思考，著名作家洛诺夫的形象由文学上的崇高而变为现实中的卑微；《解放的祖克曼》中祖克曼个人的自主思考和独立地位，反倒在鼓吹自由民主的国度里被族群意识和历史传统所裹挟；《解剖课》中祖克曼对肉体衰老和死亡表现出的思考与恐惧；《布拉格狂欢》中个人在严密国家体制下的无能为力与渺小，这些都是罗斯对于美国社会生活的深入思考。他的作品一般被称为"悲喜剧"，因为作品既蕴含着主人公所遭受的不公或不幸遭遇，同时也蕴含着这种悲剧在现实生活中的不可避免和合乎自然情理——主人公的遭遇固然应该同情，但是我们却找不到一个具体的施虐者，是整个时代、整个社会在有

---

① Ozick, Cynthia. *Art and Ardor*. New York: Knopf, 1983, p. 158.
② ［美］菲利普·罗斯：《行话：与名作家论文艺》，蒋道超译，南京：译林出版社2010年版，第196页。

意识或无意识地将这些值得同情的人一步步推向痛苦的境遇。这使我们想起了美国另一位作家詹姆斯·菲尼墨·库伯（James Fenimore Cooper, 1789—1851）作品中体现的主题：一方是道义上的正确，另一方则是现实中的不可避免；一方值得同情，另一方却无法被指责，甚至可以说应该被理解。这样也就更加深入地表现了罗斯对于生活的思考，拓展了读者对于生活的理解，因为读完作品读者陷入的是深入的、无休止的思考，而不是仅仅简单地或者肤浅地诉诸情感反应。从这个意义上说，罗斯的作品就是一种悲喜剧。

同时，如果我们再将目光投到罗斯一些后期作品上的话，上述小说中所表现的主题在这些作品中都得到了一种回应、深入和延续。《垂死的肉身》《凡人》中对于肉体死亡的恐惧与焦虑，《人性污点》中对于个人在无序群体中的孤立和无助，《反美阴谋》中国家体制下的族群或个人的渺小，以及这些所有作品中主人公们所表现出的精神挣扎，这些显然都是对于罗斯前期作品尤其是"被缚的祖克曼"系列小说主题的深度延伸。由此可见，罗斯对于人生与世界的认识是严肃而深刻的，步步深入的，不断拓展和深化的。从这个意义上说，罗斯是非常值得肯定与赞誉的，获得众多奖项也是实至名归的，因为虽然已迈入人生暮年，但他依然执笔写作，并且更难能可贵的是不断深化自己的文学创作深度，而不是故步自封、停滞不前。

二　国内外研究现状

关于罗斯和他的作品，国外最早的一部专著是格莱恩·米特（Glenn Meeter）于1968年出版的《伯纳德·马拉默德与菲利普·罗斯》，将马拉默德与罗斯进行了联系与对比分析。到2011年戴维·古布拉（David Gooblar）出版《菲利普·罗斯的主要阶段》为止，这方面专著已有28部。期刊论文方面，到目前为止，大致有近200篇论文发表在一些主要的文学评论期刊上，其中最早的要数1969年布鲁诺·贝特尔海姆（Bruno Bettelheim）发表的论文《波特诺伊的精神分析》。此外，还有50部左右辟专章讨论罗斯的著作。

大致而言，对于罗斯作品的研究主要可分为以下四类：

一是侧重于时间阶段、表现手法和文本形式的分析和研究，其中有戴维·布罗纳（David Brauner, 2005）从叙事学视角来研究罗斯作品；戴维·古布拉（David Gooblar, 2011）从创作阶段的视角来研究罗斯；露丝·博斯诺克（Ross Posnock, 2006）侧重于揭示罗斯作品中体现出的艺术上的不成熟。

二是侧重于不同的批评理论视角，如朱莉·哈斯邦（Julie Husband, 2005）从女性主义视角、珍妮·斯塔德兰德（Jane Statlander, 2010）从后现代主义视角出发分析了罗斯的一些后期作品。

三是注重研究罗斯作品中的民族性问题，艾伦·库伯（Alan Cooper, 1996）研究罗斯与犹太人的关系问题；德雷克·帕克·罗伊尔（Derek Parker Royal, 2005）从民族性身份视角来研究罗斯的作品。

四是侧重罗斯作品中的社会批判书写，如斯蒂芬·米洛维茨（Stephen Milowitz, 2000）研究罗斯作品中的人类世界缩影；伊莱恩·森菲尔（Elaine Safer, 2006）认为罗斯后期作品体现出对于时代的挖苦与讽刺；艾米·珀佐斯基（Aimee Porzorski, 2011）侧重研究罗斯作品中体现的创伤与历史问题。

根据中国知网的统计，国内对罗斯的研究论文目前有540篇左右。陆凡教授1980年在《文史哲》第1期上发表了论文《菲利普·罗斯新著〈鬼作家〉评介》，对罗斯的作品《鬼作家》进行了介绍，这篇文章应当是国内罗斯研究方面发表的最早的论文。仲子在1987年，冯亦代先生在1991年、1993年和1996年各自分别在《读书》上面刊发文章介绍罗斯的作品。1993年，万志祥在《外国文学研究》上发表了题为

《从〈再见吧,哥伦布〉到〈欺骗〉——论罗斯创作的阶段性特征》的论文,指出了罗斯写作的几个主要创作阶段。1997 年,张武德在《西北师大学报》(社科版)上发表了《当代美国犹太裔作家笔下的异化内涵》,认为罗斯的作品涉及了异化的主题。金明、乔国强分别于 2002 年和 2003 在《当代外国文学》和《外国文学研究》上发表文章分析了罗斯作品的后现代主义色彩和后异化倾向。目前在中国知网上,2004 年张生庭题为《冲突的自我与身份的建构》的论文是迄今为止关于罗斯作品进行深入研究的第 1 篇博士论文。

近年来,国内对于罗斯作品研究的主要倾向也大致可分为四类:

一是侧重研究罗斯的创作倾向,罗小云(2005)认为罗斯在《美国牧歌》中体现出走向新现实主义的创作倾向;黄铁池(2009)认为罗斯的创作手法一直处于不断变化当中,是"不断翻转的万花筒";曾艳钰(2012)认为罗斯的自传小说是个人文学创作的一种"辩护文本";苏鑫(2012)关注罗斯文学世界的流变。

二是侧重于叙事策略研究,尤其是罗斯的历史叙事策略,张生庭(2005)分析了《朱克曼》三部曲中的叙事策略;罗小云(2009)分析了《夏洛克行动》中内心探索的外化策略;朴玉(2010)分析了《反美阴谋》中的历史书写策略;金万锋(2011)研究了罗斯后期写作的越界书写策略;苏鑫、黄铁池(2011)认为《我作为男人的一生》是一部嬗变的"性爱书写";罗小云(2012)认为罗斯作品在虚构中有很大程度的个人自传现实的成分;罗小云(2012)认为《反美阴谋》在虚构中存在着另类的历史;罗小云(2013)认为《愤怒》存在着对于历史的重建;朴玉(2014)分析了《愤怒》中的历史记忆,认为其中有"历史真实的文学想象";洪春梅(2014)分析了罗斯作品的创伤叙事。

三是侧重身份建构与认同,张生庭(2004)分析了《被缚的祖克曼三部曲》中的"冲突的自我与身份的建构";朴玉(2008)认为艾·辛格、马拉默德和罗斯的小说创作中均存在着在"流散中书写身份认同";

曾艳钰（2012）比较了《春季日语教程》和《人性的污秽》，认为二者都存在一种"政治正确"之下的认同危机；张生庭（2012）探讨了罗斯创作中的自我身份悖论问题；曲佩慧（2012，2013）探究了罗斯小说中的自传式书写、身体写作和身份问题；张生庭（2013，2014）解读了《解放了的朱克曼》中的自我隐喻。

四是从伦理批评理论的角度来研究罗斯的作品，黄铁池（2007）认为罗斯后期作品《反生活》是在追寻一种"希望之乡"；袁雪生（2007）认为《人性的污秽》存在着身份隐喻背后的生存伦理悖论；袁雪生（2008）分析了罗斯小说中的伦理道德指向；袁雪生（2009）分析了罗斯《凡夫俗子》中对于生命终极意义的探寻；苏鑫（2010）认为《垂死的肉身》是"死亡逼近下的性爱言说"；袁雪生（2010）认为《美国牧歌》是一场身份逾越之后的伦理悲剧；金万锋（2011）认为《复仇女神》表现了主人公承受的双重道德拷问；苏鑫（2014）研究了罗斯小说中的大屠杀主题。

通过以上对于国内外罗斯作品研究的现状陈述与分析，本文认为以上国内外诸多学者在罗斯的研究方面已开拓出了极为开阔的空间，为进一步开展研究奠定了坚实的基础。但是，这些研究大多是从创作倾向、创作阶段、人物身份、叙事策略等狭小的视角出发，都未从现代性社会主体性意识的崛起、知识分子与经典的沦落、主体性意识的零散化、社会的分裂和冲突这一宏观的社会分析角度来对罗斯作品的社会批判意义作较为全面和深入的研究分析。这样，本文所要从事的研究和论述就具备了一定的意义和价值。

三　本书的研究思路

罗斯的作品众多，但除了《波特诺伊的怨诉》《乳房》等极少数作品采用了卡夫卡式的超现实主义风格来进行叙事之外,他的绝大多数作品都是现实主义作品,表现了他对于当代美国社会现实的深刻思考。正如1980年昆德拉在接受罗斯访谈时指出的:小说的智慧在于对一切都提出一个问题,而不是愚蠢地为一切提供一个答案。①

罗斯创作生涯长达半个世纪,而且他本人也经历了美国半个世纪以来的种种社会变迁。在他的作品中,我们可以处处见到罗斯对于美国社会的批判和思考。可以说,随着写作生涯的逐年推进,罗斯对于美国社会生活的认识和理解也越来越深刻。如果说他早期的作品主要是集中在个人人生实现所带来的种种不如意和痛苦的话,他的后期作品开始越来越深入地思考整个社会和人类的一些深层问题。

本研究主要集中在罗斯后期创作的《美国牧歌》和《人性污点》这两部作品上面。这两部作品都表现了罗斯对于当代美国社会的深刻思考和批判。

罗斯1997年创作的《美国牧歌》,可以说是对美国社会个人实现的一种讽刺和反思。瑞典佬西摩·利沃夫高中时是一名英俊的运动健将,赛场上总是顽强努力,从不轻易言输。大学毕业后,他继承了家族的皮革企业,他经营有方,对待员工也非常友善,业务经营蒸蒸日上。同时,他娶了选美小姐,家庭生活幸福美满。女儿莫莉患有口吃,随后开始逐渐变得仇恨周围的一切,在邮局安置了一枚炸弹,制造了一起恐怖袭击流血事件,最终走上了逃亡道路。利沃夫的生活也从此改变,他不能理解女儿怎么会变得如此恐怖残忍。同时,青年的反叛和社会的骚乱使得他所经营的企业不得不搬出原址,整个城市变得破败不堪。在逃亡途中,莫莉皈依了印度的耆那教,过上了一种原始禁欲的生活,不洗澡不洗衣服,严格节食少食,以免伤害环境和生命。

《人性污点》这部作品是罗斯2000年创作的。这部小说是对当时美

---

① [美]菲利普·罗斯:《行话:与名作家论文艺》,蒋道超译,南京:译林出版社2010年版,第116页。

国社会对于总统克林顿性丑闻进行道德口诛笔伐的一次反思。古典文学教授科尔曼·希尔克快要退休了，却因为在课堂上用"spooks"（鬼魂）一词来指代两名长期不来上课的学生，被学生投诉为种族歧视，因为这两名学生是黑人，而"spooks"也可理解为对于黑人的蔑称。尽管科尔曼自我辩解说，他从来没见过这两名学生，根本不知道她们是黑人，他只是用这个词来指称她们的旷课行为而已。但是，因为科尔曼之前曾做过多年的二级学院院长，作风一直较为强硬，得罪了许多同事。这次，大家都冷漠旁观他的尴尬局面，使他感到极为孤立无助。清洁工芳尼娅偶遇科尔曼，两人发展了一段地下恋情。但是，芳尼娅的前夫、被生活毁掉的越战老兵莱斯特·法雷却对两人处处跟踪。同时，与科尔曼有积怨的黛芬妮·茹教授处心积虑地写匿名信攻击科尔曼，而且在科尔曼被学生指控种族歧视时推波助澜，落井下石，进一步加深了科尔曼的困境。最后，众叛亲离的科尔曼与芳尼娅在法雷精心策划的交通事故中丧生。

事实上，令人感到讽刺的是，科尔曼也是一名黑人。他学习用功，擅长拳击，与瑞典佬利沃夫一样是一名积极进取的年轻人。可是，当初恋女友发现他是黑人与他分手之后，他就开始利用自己肤色较浅的优势，与家人悍然断绝关系，冒充犹太人，踏上了追求个人成功的道路。现在，他最终尝到了他所苦苦追求的个人成功为自己带来的苦酒。

可以说，《美国牧歌》和《人性污点》这两部小说，表现了作者对于当代美国社会生活的深刻反思。小说真实生动地表现了当代美国社会的诸多社会问题，提出了一个个发人深思的问题。

本书拟从现代性社会的社会批判这一角度切入，分析罗斯作品中表现的诸多当代美国社会问题。首先主体性意识的张扬是西方古希腊文化的一个重要方面，随着文艺复兴、宗教改革和启蒙运动的逐步推进，主体性意识崛起和张扬成了西方文化的一个重要关注点。瑞典佬利沃夫和古典文学教授科尔曼两位人物积极进取、奋发有为，是罗斯作品中努力追求主体性意识崛起和实现的典型人物。但是，主体性意识崛起的两个重要途径就是世俗化和理性化进程，这两个进程互相交织，互相推进，最终造成了罗斯这两部作品呈现的诸多社会问题，如经典的消解、知识分子的世俗化和职业化沦落、主体性意识的零散化、青年的反叛和社会的分裂与对立等。同时，本书分析了保罗·蒂利希（Paul Tillich, 1886—1965）的"绝对信仰"和"终极关怀"以及哈贝马斯的交往理性，并探讨这两种学说对于这些社会问题应对和疗治的有效性。最后，本书也探讨了中国传统儒学"仁"的观念对上述社会问题的补充性应对作用。

第一章 世俗化和理性化的推动

第一节 主体性意识的觉醒和张扬

按照罗伯特·所罗门（Robert C. Solomon）的解释，主体（subject）通常狭义上指的是拥有清醒经验如视角、感受、信仰和欲望的个人。[①]那么，主体性意识则应是独立个人的明确自我意识，即认识到自己是一个有独立情感、经验和欲望的个人的意识。正如黑格尔（Georg Wilhelm Friedrich Hegel，1770—1831）所言："说到底，现代世界的原则就是主体性的自由，也就是说，精神总体性中关键的方方面面都应得到充分的发挥。"[②]黑格尔认为主体即实体，突破了康德（Immanuel Kant，1724—1804）的主体只是自我意识的活动的观点。这种主体性意识的崛起在某种程度上可以说是西方现代性的一个主要特征。关于现代性，马泰·卡林内斯库（Matei Calinescu，1934—2009）将之划分为两种："作为西方

---

① Solomon, Robert C. "Subjectivity," in Honderich, Ted. *Oxford Companion to Philosophy*. Oxford University Press, 2005, p. 900.
② 转引自［德］尤尔根·哈贝马斯：《现代性的哲学话语》，曹卫东译，南京：译林出版社2011年版，第20页。

文明史一个阶段的现代性"与"作为美学概念的现代性";卡氏更进一步将前者归为"资产阶级的现代性",这种现代性关注"进步的学说","相信科学技术造福人类的可能性,对时间的关切(可测度的时间,一种可以买卖从而像任何商品一样具有可计算价格的时间),对理性的崇拜,在抽象人文主义框架中得到界定的自由理想,还有实用主义和崇拜行动与成功的定向"。① 本文主要指的就是这种"作为西方文明史一个阶段的现代性"或者"资产阶级的现代性"。受到这种现代性的塑造与规划,主体性意识的觉醒乃是相信"进步的学说",坚持"理性的崇拜",崇尚"自由理想"和"实用主义","崇拜行动与成功",即每个人要努力进取,展现自身的力量,实现自我实现的自由梦想,以自身的倾向和意图通过理性或者科学技术的手段来改造周围世界,从而获得自身存在的意义和价值。

罗斯小说《美国牧歌》和《人性污点》中的主人公瑞典佬利沃夫和科尔曼·希尔克教授奋发有为、积极进取,取得了个人事业上的巨大成功。他们两人奉行"理性的崇拜","崇拜行动与成功",坚信"进步学说",是张扬个人主体性意识的典型人物,是现代性社会世俗化和理性化进程中典型的鲁滨逊式个人形象代表。

1. 主体性意识的觉醒

从历史上来看,西方文明的肇始希腊文明时代,人们的主体性意识是很强的。这一点在《荷马史诗》中英雄阿基琉斯、阿伽门农勇于表现自我的性格中可见一斑:阿基琉斯要求希腊联军统帅阿伽门农归还女俘——阿波罗神祭司的女儿,以平息阿波罗神对联军降下的祸端;阿伽门农虽然同意送归祭司的女儿,但是却因为阿基琉斯素来藐视自己的权

---

① [美] 马泰·卡林内斯库:《现代性的五副面孔》,顾爱彬、李瑞华译,南京:译林出版社2015年版,第42页。

位，趁此借机夺走他的女俘，侮辱阿基琉斯作为一位大英雄的尊严与荣誉；愤怒的阿基琉斯虽然在女神雅典娜的劝告下放弃与阿伽门农格斗，却宣布从此退出战斗；阿基琉斯的母亲忒提斯答应儿子恳求宙斯帮助特洛伊人击败希腊联军，以惩罚阿伽门农对于阿基琉斯的冒犯。① 诗中，阿伽门农说道："是我很想把她（祭司的女儿）留在家里。/ 因为我喜欢她胜于我的合法的妻子……"② 事实上，阿伽门农的确是将这名女俘视为自己理所当然的性奴隶，他拒绝了祭司携厚礼换回女儿的请求，才导致祭司恳请阿波罗神降祸于希腊人。而阿基琉斯之所以愤恨于阿伽门农，部分是因为后者夺走了他的女俘，严重侵犯了他的性尊严。若仅止于此，我们也许可以将二者皆归于色欲之徒，甚至于认为希腊英雄们是一群为了肉欲而不顾生死的欲望机器。

但是如果从整个史诗来讲，我们的这一结论可能需要修正。史诗中，阿伽门农作为统帅受到将领们和士卒的拥戴，而且为顺利进军愿意献出自己的幼女作为牺牲向女神赔罪，战争失利也能接受老臣的批评，勇于承认自己的鲁莽，愿意用丰厚的礼物和那位女俘来向阿基琉斯赔罪，也愿意让阿基琉斯任选自己三个女儿中一人为妻，不要聘礼并且嫁妆丰厚，还要送给他七座繁华的城市；阿基琉斯则更主要是愤怒于阿伽门农的心胸狭隘、玩弄特权、处事不公和侮慢他的荣誉；阿伽门农之所以夺走阿基琉斯的战利品女俘，主要是为了羞辱阿基琉斯对自己的轻慢和不尊重；阿基琉斯虽然最初拒绝出战，但是当好友阵亡时，他则悍然出击斩杀了特罗伊主将英雄赫克托耳，为好友报仇。因此，我们应当说他们二人之所以交恶，很大程度上是出于英雄的荣誉感，即他们作为英雄所应当获得的个人尊严与荣耀神圣不得冒犯，即使为之战死也在所不惜。为了荣誉，他们在战场上誓死拼杀，"虽然凡人不能成神，却可以

---

① 《罗念生全集：荷马史诗·伊利亚特》第五卷，上海：上海人民出版社2007年版，第5—21页。
② 同上书，第9页。

像神，不仅在相貌上，而且在战力上也可以接近神明"，即"像似神灵（daimoni isos）"。① 他们深知命运的强大和死亡的必至，但是他们却愿意"像似神灵"而挑战命运，藐视死亡。当然如前所说，我们可以指责他们好色、抢掠和嗜杀，但是这些我们现代人的道德信条不应成为衡量古代英雄的尺度和标准，因为道德规范是具备历史性的，因时而异的。这些希腊英雄们的行为动机要远远复杂于欲望的追逐。当然，他们的确如同希腊众神一样，也往往具备嫉妒、好色、贪婪、嗜杀、叛卖等凡人的习性，但是这些鲜明的个性特点反倒使这些希腊英雄具备了更明显的主体性意识。与完全信守规则相比，他们更忠实于自己内心的呼唤，他们更崇尚自由意志的表达与实施。他们的内心和自由意志是融肉体与精神、感性与理性为一体的。他们"尚未把肉体与精神、感性与理性、现实与理想、人与神分割开来，他们陶醉在一种悠然自得的原始同一感之中"，也正因为这一原因，希腊文明时代被认为是"西方文化的伊甸园时代"。②

后起的基督教则与之不同，明确地标榜精神对于肉体的压制与规范。固然，基督教是在犹太教的基础之上建立起来的。但是，基督教突破了犹太教停留于外在行为律法规范的现状，提倡深入约束和规范信徒的内心深处。耶稣反对犹太教形式性的割礼制度，曾表示"真割礼也是心里的，在乎灵不在乎仪文"；犹太教虽禁止淫乱却不提倡禁欲，而基督教提倡禁欲，并将之作为一种德行加以赞美；犹太教虽教人安于现状，却并不反对发财致富，而基督教则严格将富裕与贫穷对立起来，《圣经·马可福音》中耶稣对其门徒说"骆驼穿过针眼，比财主进上帝的国还容易呢"；犹太教的律法往往带有强制性，而基督教则更多地诉诸人心的内心自觉；犹太人相信"千禧年"会结束苦难，最终开始他们

---

① 陈中梅：《荷马的启示——从命运观到认识论》，北京：北京大学出版社2009年版，第44—45页。
② 赵林：《西方文化概论》，北京：高等教育出版社2008年版，第44页。

幸福的现世生活，而基督教则鼓吹"救赎说"，将美好的理想寄托于死后的世界。① 基督教反对形式主义，不仅提倡肉体的守贞而且更赞美精神的守贞，号召追求精神的崇高，反对物质的富足。它更注重于心灵的教导和精神的提升，而不是像犹太教一样更关注于外在的行为规范，同时它还将美好的社会理想寄托在天堂而不是现实世界，这样，现实在基督教的世界里就成了需要隐忍和弃绝的对象，而美好则只能从精神中去寻觅。因此基督教是一种认为精神优先于肉体与物质的宗教，它提倡灵肉相峙和人神对立。这一点与早期古希腊人秉持精神与肉体、感性与理性、人性与神性不可分迥然不同。但是我们必须指出，基督教这种追求精神提升的倾向对于古希腊尤其罗马后期放纵、颓废、享受与怀疑主义盛行的社会现状起到了比较大的纠治作用。罗马人之所以由起初迫害基督徒到最终接受基督教，主要是因为基督徒的宗教虔诚和充实而强大的精神力量深深地撼动了貌似强大却内心无比孱弱空虚的罗马人。同时，基督徒的这一特点也成功使入侵罗马的蛮族最终皈依上帝的圣殿。另外，基督教提倡爱一切人，突破了犹太教的狭隘民族意识和嫉恶如仇的不宽容，这一点也促成了基督教成为不同民族的共同信仰，最终成为世界性的宗教。

　　起初，基督教受到罗马朝廷的压制和迫害，那些虔诚的修道士们不但能够保持坚定的信仰，也能够努力自食其力，务农与修道兼之。但随着教会获得合法地位，尤其是 10 世纪时教会控制的田产增多，修道士们开始渐渐放弃了农业耕作，专事修道传教，而且渐渐地他们也开始放弃苦行和禁欲等磨炼自身意志的修道途径。到了 13 世纪，一些修道院不仅占有了大量田产，而且在商业和贸易方面也开始发挥作用。这样，教会在鼓吹虔诚宗教信仰的同时，却在贪婪地占有大量财富。

　　教会的世俗财富追求使基督教鼓吹的灵肉对立、精神与物质对立的

---

　　① 赵林：《西方文化概论》，北京：高等教育出版社 2008 年版，第 131—132 页。

信仰在普通信众面前显得具有一定的讽刺性,同时教会神职人员在肉体上的堕落更增强了这种讽刺色彩。随着历史的发展,欧洲城市中工商业阶层的崛起,那些工匠和商人开始"要求具有一种单独的——既非领主亦非附庸的——合法身份地位"①。显然,工商业阶层开始要求获得社会对于财富的承认,并且要求获得一定的平等地位。另外,东罗马帝国陷落后,古代希腊罗马文化经典在欧洲的重新发现和传播也使广大人文主义知识分子开始对宗教和教会重新思考,文艺复兴运动开始了。人们开始意识到自身现世生活幸福的意义和价值,而不再将幸福完全寄托在神秘的天国。当然,在文艺复兴时期,人们还不能够而且也不愿意完全挑战宗教的权威地位,他们只是企图以古希腊古罗马文化的旗号给宗教带来一丝人性主义的光辉,也就是说,他们只是希望基督教能减少一些灵魂与肉体、精神与物质的对立。可以这样说,文艺复兴意味着古希腊主体性意识的觉醒和振作。

而随着之后的宗教改革和启蒙运动,主体性意识一直处于逐步强化和不断扩张的过程之中。如果说文艺复兴主要是张扬人的主体性意识的自然属性一面的话,那么宗教改革和启蒙运动则是越来越突出主体性意识的理性精神一面。因此,文艺复兴可以被看做是人的主体性意识在近代复兴的开端。主体性意识理性精神一面的崛起和张扬很快就在启蒙运动中以"战斗的无神论"为面目挑战宗教了,虽然启蒙运动并未终结宗教的信仰,但是宗教中世纪以来牢牢把持的神圣地位开始动摇了。19世纪达尔文的进化论则是从根本上宣告了宗教的衰落和崩溃,因为上帝造人这一基督教赖以自辩的依据已经被颠覆了。

主体性意识的觉醒和振作在合理的范围之内无疑是极具进步意义的,但是当它一旦被日益加深的资本主义扭曲为一种竭力追求个人成功的普遍性意识形态时,它也就表现出了它危险的一面。

---

① [英]泰格·利维:《法律与资本主义的兴起》,纪琨译,上海:学林出版社1996年版,第55页。

2. 瑞典佬西摩和科尔曼的主体性意识张扬

美国南北内战之后，广大黑人奴隶的解放释放出了巨大的劳动力，美国资本主义获得了更大的活力。同时，爱默生（Ralph Waldo Emerson, 1803—1882）的超验主义哲学对于个人主义的鼓吹也在一定程度上导致美国人越来越注重个人的进步与发展。他说"每个精神都生活在伟大精神（上帝或超灵）之中"，他还相信"人的无限向善性"，因为人是按照上帝的外形塑造出来的，所以每个人身上都存在一定的神性。① 另外，鼓吹自然界物竞天择的达尔文进化论被赫伯特·斯宾塞（Herbert Spencer, 1820—1903）引入社会领域，用来解释社会现象。他认为社会领域也同样适用于物竞天择的进化理论。

上述这些社会和观念的变化促成了美国人开始接受全面竞争与适者生存的丛林法则。19世纪耶鲁大学的社会学教授萨姆纳（William Graham Sumner, 1840—1910）在课堂上大肆鼓吹适者生存学说，他大讲所谓的"猪，朝前拱，否则就去死"（Root, hog or die）的竞争理念。当一名学生质疑他是否介意自己的工作被同行抢走时，他说："欢迎其他教授来试试。如果他抢走了我的工作，只能怪我自己。我的任务是要将课讲到好得别人抢不走。"② 萨姆纳的话语，在某种程度上，可以为当时美国社会已经成了一个冷漠无情的竞技场做一个很好的注解。

如果说主体性意识在欧洲起初是追求张扬人的自然属性和理性精神的话，那么到了资本主义的成熟时期尤其美国，则成了更主要关注物质追求和个人成功的个人主义，如同马尔库塞（Herbert Marcuse, 1898—1979）所言，资本主义通过制造虚假性的需要，并且鼓励人们去满足这些需要，而使他们忽略了这只是一些"使艰辛、侵略、痛苦和非正义永

---

① 常耀信：《美国文学简史》，天津：南开大学出版社2003年版，第61页。
② Garraty, John A. *A Short History of the American Nation*. New York: Harper & Row, Publishers, 1985, p. 289.

恒化的需要"①。这种个人主义的追求在罗斯作品中就主要体现在《美国牧歌》中瑞典佬西摩·利沃夫和《人性污点》中古典文学教授科尔曼·希尔克的家族和个人奋斗上。

西摩·利沃夫出身于犹太人家庭。他的祖父19世纪末移居美国，开始在一家皮革制造厂工作，这种工厂"对于移民来讲，那些湿漉漉的、臭气熏天的、将人压垮的工作多得是"②。西摩的父亲拉乌14岁就辍学开始在皮革厂工作，帮助养家糊口。皮革厂成天满是"屠宰场和化工厂的臭味"，夏天因为要烘干湿漉漉的皮革，"低矮的烘干房里能有一百二十度"，而放着大木桶的厂房里"暗如洞穴，到处是粗野的工人，穿着厚重的工作围裙，拿着铁钩和棍棒，推拉着超载的筐车，将那些湿淋淋的皮革拧干晾晒"，"像牲口一样地被驱使着"。③艰苦的工作条件反倒使拉乌更加成熟和坚强起来，他的斗志更加昂扬，他努力要在激烈竞争的社会中撕开一片属于自己的天地。

拉乌二十几岁和两个兄弟合伙创立了一家鳄鱼皮包公司，但是大萧条时因为经济不景气倒闭了，三兄弟也破产了。几年后，拉乌单独成立了一家皮件公司，买些次等皮货，不太好的手提包、手套、皮带等，周末和晚上时用手推车运出去挨家挨户地卖。后来他雇用了一些来自意大利的移民为他加工皮货，这些人在意大利以前是手套工人。不过生意并不是非常好，赚不到多少钱，直到1942年妇女救护队向他订购了一批手套，才有了一些转机。

而他公司的真正开始兴旺，是随着向班博格公司供货开始的。在一场聚会上，拉乌厚着脸皮请人把自己介绍给"传奇般的"班博格先生本人，这位炙手可热的人物创立了纽瓦克最有声誉的百货店，而且他还是

---

① ［德］赫伯特·马尔库塞：《单向度的人：发达工业社会意识形态研究》，刘继译，上海：上海译文出版社2008年版，第6页。
② Roth, Philip. *American Pastoral*. New York: Vintage Books, 1997, p. 11.
③ Ibid., pp. 11–12.

个慈善家，为市里建造了博物馆，"对当地犹太人来说，他权倾一时，意义重大，就像伯纳德·巴鲁奇（Bernard Baruch, 1870—1965）对于全美国的犹太人一样，巴鲁奇与富兰克林·罗斯福总统关系走得很近"①。当地人们传说，班博格先生当时只是和拉乌握了下手，问了他几个问题，拉乌就斗胆推销自己的手套，还不到三十天，拉乌就得到了班博格公司的第一笔订货，六千双手套。战争结束时，拉乌的公司开始走上了正轨。

当然在这里面，西摩·利沃夫对于父亲的生意也做出了贡献，因为他长得帅气，棒球和篮球技术又很过人，在当地很有名，为父亲提升了知名度。在那次为拉乌带来转机的聚会上，就是西摩的名声使得班博格公司的高层人员对拉乌青睐有加，并最终介绍他认识了班博格先生本人。

西摩是在父亲拉乌的教导下长大的。拉乌精明强悍，他对工厂生产的所有环节都要介入，有些独断专行。工厂搬迁时，他让运输工将他的办公桌放在工厂车间的中心位置，以便能够看到所有工人的表现，尽管四周机器轰鸣，噪声热火朝天。用罗斯的话来说，拉乌是这样一种人：在他眼中"所有的一切都是一种不可摆脱的责任"；"对他来说，只有对错，没有中间路线，这种父亲满是复杂的野心、偏见和信仰，因为深思熟虑而变得镇定自若毫不动心，所以他不是表面上看上去的那种人，那么容易被摆脱"；他"人很有限，但是能量无限，属于一种很快就会很友好但又很快就会厌烦起来的人"；他认为"人生中最严肃的事情就是要不顾一切往前走"。② 在父亲的教导和影响下，西摩在运动场上被那些抢球者们压在地上快要窒息了，可是他爬起来时，也只是对着渐渐发暗的天空投上抗议的一瞥，怅惘地叹口气走开。这一切丝毫不影响他在球场上继续努力拼搏。在他身上，人们看到了"希望的象征"，看到了

---

① Roth, Philip. *American Pastoral*. New York: Vintage Books, 1997, p. 13.
② Ibid., p. 11.

"力量、决心和努力提振起来的勇气",而且他身上好像没有"一丁点小聪明或者嘲讽,会影响他尽职尽责的黄金品质"。① 西摩身上这种顽强奋斗、不懈努力的品质,再加上他英俊的面孔,使那些儿子、兄弟或丈夫正在"二战"战场上厮杀的人们着魔一般地迷上了他,因为他给他们带来了快乐,带来了亲人们会平安归来的信心。

1945年6月,西摩从高中毕业加入了海军陆战队,但是他刚结束新兵训练,战争就结束了,随之也结束了西摩的英雄梦。1947年,西摩上了大学,随后进了父亲的公司,1949年与新泽西选美小姐结婚。1958年,公司在波多黎各成立了一家工厂,西摩则成了公司年轻的董事长。他每天往返于中央街区和自己在纽瓦克以西三十多英里郊区的家。他已暂时过上了一种前卫的生活,在新泽西州富有的里姆洛克,莫利斯镇对面人口不是很多的丘陵地带,他居住在一座一百英亩大的农场里。到这时为止,一切似乎对这位英俊勇敢、聪明上进的犹太小伙子很眷顾。

在生意方面,西摩绝对是个成功人士。他熟悉手套业务,有时尚意识,生意总是保持旺盛的势头。他会走进百货商场,将竞争对手的产品研究一番,寻找对方产品中独特的东西,用他父亲教他的手法检验这些皮货。他亲自推销多数产品,处理所有的那些大额家庭账单。女客户们都很喜欢他,工人们也对他很忠心。但是,他的生活却在20世纪60年代被女儿莫莉毁掉了,莫莉在邮局安放了一颗炸弹,炸毁了邮局,炸死了一名医生,成了被通缉的杀人犯。

在西摩的弟弟杰利看来,哥哥一生就是太有责任感。他听父亲的话,上离家近的大学,毕业后又去了恶臭遍天的制革厂辛勤工作,专心致志地照父亲的盼咐熟悉业务,缝制手套比专业工人还要在行。他对家人也照顾有加,陪妻子去瑞士整容,支持她养牛、办苗圃,陪莫莉去矫

---

① Roth, Philip. *American Pastoral*. New York: Vintage Books, 1997, p. 5.

正口吃,看心理医生。但是结果他被女儿的炸弹毁了一生。叛逆的杰利则不是这样,他瞧不起自己的父亲,对家庭也不那么看重,先后娶了四个妻子,让家庭观念强烈的父亲拉乌很是烦恼。对于西摩的悲剧,罗斯在小说中写道:"一个极有天赋而无辜的人,却依然被雷声轰鸣的老天摧毁掉了,他最大的过错就只是将右肩垂下再摆动起来而已。"①

也许作为一个个人,西摩无懈可击,甚至很完美,他的遭遇让人极为同情。但是作为工业化以来资本家的一个代表,他却是有过错的,因为他追求的事业和财富在为社会带来物质利益的同时,却也带来一些负面性的东西,那就是资本主义本身对人类社会带来的危害。西摩追求的事业和财富可以被看做是主体性意识崛起和张扬的一个表征。同古希腊时期的英雄们一样,西摩也是在追求主体性意识的张扬,只不过古希腊时期英雄是在追求"像神性"的勇敢和力量,而西摩和他的父亲则是在追求财富的最大化。丹尼尔·贝尔(Daniel Bell, 1919—2011)对此有深刻的见解,"有一点很明显,即从一开始,禁欲苦行和贪婪攫取这一对冲动力就锁合在一起。前者代表了资产阶级精打细算的谨慎持家精神;后者是体现在经济和技术领域的那种浮士德式骚动激情"②。这一观点深刻地指出了西摩和父亲拉乌身上所体现的资本主义精神,而这种精神正是觉醒和张扬的主体性意识在追求财富最大化方面的一种灵魂诉求。

出身于一个黑人家庭,科尔曼很早就见证了人生的不公平。父亲希尔克先生是个大学毕业生,很有文学素养,"即使在普通的对话中,他也好像是在朗诵马克·安东尼在凯撒尸体旁的演讲",他熟悉"乔叟的、莎士比亚的以及狄更斯的语言",他总是教孩子们精确地讲话,让他们阅读所有的古典名著。③希尔克先生独立经营的眼镜店在大萧条时关闭了,迫

---

① Roth, Philip. *American Pastoral*. New York: Vintage Books, 1997, p. 9.
② [美] 丹尼尔·贝尔:《资本主义文化矛盾》,赵一凡、蒲隆、任晓晋译,北京:生活·读书·新知三联书店1989年版,第29页。
③ Roth, Philip. *The Human Stain*. New York: Vintage Books, 2001, pp. 92-93.

于生计只好在火车上当服务生，忍受他人"恐黑症"（Negrophobia）的侮辱和歧视。用他的话来说，就是"任何时候白人和你打交道时，无论他们有多么的良好用心，他们总会认为你存在着智力低劣的问题。如果不是直接用他的言辞，就会用他的面部表情，用他声音的腔调，用他的不耐烦，甚至用相反的手法，用他的忍耐，用他完美地展示出的人道精神，总之要么用这样的方式，要么用那样的方式，他说话的时候俨然你是个大傻瓜，而如果你不是，他就会大吃一惊"①。母亲格拉迪斯·希尔克作为一名护士在医院里业务能力无人可及，她聪明可靠能干，连总护士长也比不上，按说她早就应该是外科部门的护士长了，但是种族歧视的门槛将她远远地挡在了机会的外面。

在科尔曼读中学时的一天，犹太医生菲斯特曼大夫，也是格拉迪斯的医院同事，来到希尔克家，表示愿意为他们家提供一笔无须偿还的3000美元"借款"，用以支付科尔曼读大学时的费用，同时也愿意帮助格拉迪斯成为医院的护士长。作为回报，科尔曼须在期末考试时在一些课程上得B，而不是他惯常应得的A，以便通常成绩屈居科尔曼之下的伯特，即菲斯特曼医生的儿子，能够有机会以优等生的资格入读对犹太人限制入学名额的医学院。当然，有色人种所承受的不公和歧视则更多。虽然希尔克夫妇拒绝了这一要求，但是这使科尔曼更加深刻地认识到了世界的不公。

科尔曼14岁时开始偷偷地练习拳击，等到他16岁时，他已经赢了接近两百场比赛，打败过三个金手套冠军。在母亲格拉迪斯眼中看来，儿子科尔曼俨然"是她所有幻梦中出现的礼物，他越聪明越帅气，她就越难以将他与自己的幻梦区分开来"②。显然，好强的母亲幻想着儿子科尔曼能够实现自己出人头地的梦想，在科尔曼身上她看到了家庭的美好未来。因此，科尔曼得到了哥哥和妹妹不曾得到的东西：母亲的偏爱和

---

① Roth, Philip. *The Human Stain*. New York: Vintage Books, 2001, p. 103.
② Ibid., p. 94.

关心。

他也不像哥哥沃特那样，喜欢对种族歧视公然反抗。他自信能够实现自己的自由，他不会接受等待着自己的身为黑人仅此而已的命运。他坚信自己"属于那个了不起的开拓者之我中最了不起的那一个"，他既不会"让那个庞大的他们将其偏执强加于你，也不会让那个小小的他们变成一个我们，给你强加上种种清规戒律"，"那种专制的我们、我们之类的言谈以及那个我们想施加于你头上的种种东西都不行"，"对他而言，那种玩命地要将你吸纳进去的独裁式我们，也就是那种强制性的、包罗一切的、历史性的、难以逃避的、连同它那阴险的合众为一性的道义性我们也不行"，"相反他是那种原初的、带有所有敏捷品质的我"。① 罗斯这番描述非常精彩，生动地刻画出了科尔曼倔强而不屈服的个人奋斗精神：他聪明好学，身体强健，学业优秀，不甘心屈居社会底层，下定决心要凭借自身的努力和拼搏改变自身的命运，而不是顺从而无反抗地接受命运的注定式安排，绝不接受父亲式的对于命运的默然承受，也绝不顺从社会庸常大众那宏大的裹挟力量，要和平庸、惯性和历史作斗争，实现他父亲不可想象的自由，不仅摆脱他的父亲，而且要摆脱他父亲曾经忍受的一切，那些强加的东西，那些羞辱的东西，还有那些障碍的东西。他要"自由地朝前走，要变得了不起，自由地上演那无限制的、自我界定的一幕戏剧，充满了我们、他们和我的戏剧"②。科尔曼这些特质正是主体性意识崛起的典型表征，就是要通过自己的努力和奋斗实现自己的价值，从而实现自身存在的意义。当然这也是美国式个人主义的典型特征，即强调个人自身价值的实现，崇尚个人奋斗和努力拼搏。这种个人奋斗精神在科尔曼的身上，显然是和种族歧视与族群不公交织扭曲在一起的。在某种程度上说，多种因素的纵横交织更加加剧了这种个人奋斗的艰难性和最终的悲剧性。

---

① Roth, Philip. *The Human Stain*. New York: Vintage Books, 2001, p. 108.
② Ibid., p. 109.

科尔曼依照父命入读霍华德大学，那里的种族歧视使他决心退学应征入伍参加"二战"。战后，他凭借退伍军人补助金进入纽约大学继续进修攻读学位。读书期间，他邂逅了初恋情人斯蒂娜。虽然两人非常相爱，但是当斯蒂娜得知科尔曼的黑人家庭出身时，她毅然决然、头也不回地离开了他。在和犹太姑娘伊丽丝相爱后，科尔曼下定决心和家人脱离关系，利用自己肤色很浅的外表，以犹太人的身份去为自己谋得一份成功。

在雅典娜学院担任二级院长期间，他一如他年轻时的拳击生涯一样，锐意进取，倾力推行改革，迫使那些老朽提前退休，招募年轻而富有雄心的助理教授，改革教学大纲，使"陈腐的、与世隔绝的、睡谷一般的"教学部门面貌一新。[1] 对于那些资深教授们每年从自己古董一般的博士论文中拼凑而发表在校内刊物上的论文，科尔曼毫不客气地斥责为"你们这些人都是在回收利用自己的垃圾"[2]。他关闭了教授们定期刊发论文的、不公开发行的校内刊物。他安排那些不思进取的教授们去教授一年级英语、历史入门以及新生规划课程。他取消了声名狼藉的年度学者奖金，将那几千美元用于其他用途。而且在学院历史上，他首次让人们详细罗列从事的科研项目，以书面的形式申请带薪休假，而且经常不予批准。他关闭了装修精美的、俱乐部一般的教职工餐厅，将之改造成为优等生研讨室，让教职工们与学生一道去饭堂进餐。他定期召开教工会议，让秘书点名考勤，迫使那些除了上课很少在校园露面的教授们按时出席会议。同时，他将竞争机制引入职称晋升，强力推行一位他曾经的对手指责他的所谓的"犹太人的做法"[3]。

与瑞典佬西摩不同，古典文学教授科尔曼不是在追求利润或者财富的最大化，而是强力推行一种个人理性对于历史的主宰，正如黑格尔所

---

[1] Roth, Philip. *The Human Stain*. New York：Vintage Books, 2001, p. 5.
[2] Ibid., p. 8.
[3] Ibid., p. 9.

宣称的一样，"哲学用以观察历史的惟一的'思想'便是理性这个简单的概念。理性是世界的主宰，世界历史因此是一种合理的过程"①。可以说，科尔曼所推行的正是黑格尔的"理性主宰"的理念，即个人用所谓的"理性"来主宰历史。当然，科尔曼的这种人生理念实质上依然是主体性意识崛起的表现，是一种"自我确认或证明"。与瑞典佬西摩一样，他也是在追求人作为主体的最大意义表现，追求人对于外在世界的控制与主宰。只不过，不同的地方是前者是在追求个人的"理性主宰"，而后者则是在追求个人的"财富积累和主宰"，是一种"经济的理性主义"。另外，科尔曼的处境又加上了种族歧视和族群不公的因素，也就是说，科尔曼在实现自身"理性主宰"的同时，也是在通过自身的努力与种族差异作斗争，是在追求自由的同时，追求着平等而已。

按照哈耶克（Friedrich August von Hayek，1899—1992）的研究，法国大革命摧毁了原有的教育体制，"清除了主要以古典教育为基础的旧的学院和大学体制"，中学学校教育几乎完全为科学科目所垄断，古代语言、文学、语法和历史等学科教育变得非常次要，"道德和宗教教育也变得无影无踪"；高等教育则以创办"综合工科学院"（Ecole polytechnique）为主，培养出了一批极富才华和抱负的工程师，他们"为他们在一切政治、宗教和社会问题上持有比任何人都更简明、更令人满意的解决方案而自豪"，他们"敢于像在综合工科学院受过教育的人建造桥梁或道路一样，建造一种宗教"。②

瑞典佬西摩和古典文学教授科尔曼努力追求的主体性意识崛起，使得他们在很大程度上实现了他们和社会所界定的成功，也实现了他们的人生梦想，获得了对于自身、他人、社会和世界的支配和主宰权。但是在另一方面，正如哈耶克所指出的一样，这种理性意识的极度膨胀，认

---

① [德] 黑格尔：《历史哲学》，王造时译，上海：上海世纪出版集团2006年版，第8页。
② [奥] 弗里德里希·哈耶克：《科学的反革命——理性滥用之研究》，冯克利译，南京：译林出版社2003年版，第120—125页。

为人的理性无所不能、无所不知必然会导致悲剧或者悖谬的出现。从这个意义上说，瑞典佬西摩和科尔曼·希尔克教授某种程度上在客观意义上导致了自身的个人悲剧。当然，他们的悲剧并不是全由他们造成，但是他们的主体性意识的膨胀和张扬超越了应有的界限，却是不争的事实。

第二节 "除魅"的过程

资产阶级是城市中商业交换崛起和迅速发展的产物，但是应当说是工业化加快了资本主义的发展速度。虽然14、15世纪的文艺复兴普遍被认为是城市新兴资产阶级在意识形态方面的一次针对宗教势力和封建贵族专制独裁的反抗，但是资产阶级作为一个阶级还远远不能成为宗教和封建势力的正面敌对者，更不可能挑战和颠覆前者的统治和主导地位。资本主义作为一种社会的主要组织形式和意识形态，是紧随着随后的宗教改革、民族主义崛起、启蒙运动和工业化、殖民化这一系列社会历史过程的脚步，才逐渐登上历史舞台的。而资本主义精神作为一种思维方式，在西方乃至全世界的发展过程则要更为久远和漫长一些。

美国作为当今最成功的资本主义国家，历经了资本主义兴起、发展和几经变迁的历史过程。它的国家历史，足以为资本主义精神的历史发展过程做出具有一定代表性的历史注脚，也就是说资本主义虽然兴起于欧洲，但是它在美国的发展历程却具有更强的代表性。自哥伦布发现美洲大陆以来，来自欧洲的殖民者渐渐来到这片新土地来试试自己改变生存状况的运气。西班牙、葡萄牙的殖民者只是关心于掳掠财富，并不热心于在这片土地上长期定居。只有来自英国的殖民者，才努力于1607年建立了第一个居民定居点詹姆士敦（Jamestown），从而开始了美国民族的形成过程。初期美国殖民定居者的生活是非常艰苦的,虽然早期美国移民中的清教徒将新大陆称为"新伊甸园"。这种艰苦的生活某种程度上使得清教徒节俭、勤劳、务实而反对娱乐的加尔文教生活伦理在这片新土地上受到了更广泛的接受,当然这也与早期的清教徒拥有较高的教育程度以及非常注重教育以推广自己的思想有颇大关系。

美国开国者之一本杰明·富兰克林(Benjamin Franklin, 1706—1790)在他的著作《穷理查德年鉴》中曾对这种清教伦理有较简明扼要的谚语式阐释:"自助者天助","钥匙常用亮闪闪,懒如锈蚀甚劳作","君若真热爱此生,分秒皆生请君惜","狐狸若久睡,哪能捕鸟禽","懒惰凡事皆艰难,勤劳无事不易为","努力推动汝事业,莫使其反来驱汝","勤劳是好运之母","今日一日,胜似明日两日","滴水可穿石","不幸出自懒散,苦劳全因安逸","开好你的店,汝全赖此生","老板双眼胜似双手","对帮工不做监督,如同任你钱包敞开","因缺铁钉,蹄铁丢失;因缺蹄铁,马儿丢失;因无马儿,敌人追上,骑士丧生;全因无人,关心铁钉","贪色酗酒,赌博欺骗,财富减少,贫穷增加","井水枯干,方知水之贵重","压制初起之欲,易于满足后起"。①

富兰克林作为一名虔诚的清教徒,在他的谚语说教中简单精当而生动深刻地传递了勤劳、节俭、禁欲、注重财富追求的清教伦理。这些生动的说法因其符合于当时美国社会的现实状况,广泛而长久地影响了美国民众,在某种程度上,富兰克林的言辞事实上传播了一种资本主义精神。而所谓的资本主义精神,按照韦伯(Max Weber, 1864—1920)的界定,就是一种"经济的理性主义"②。这种"经济的理性主义"所催

---

① 刘洊波主编:《英美文学史及作品选读》(美国部分),北京:高等教育出版社2001年版,第5—13页。
② [德] 马克斯·韦伯:《新教伦理与资本主义精神》,康乐、简惠美译,桂林:广西师范大学出版社2007年版,第49页。

生的必然是对于财富和物质的欲望和追求。当然，韦伯也指出，对于财富的追逐并非始于资本主义，而是与人类社会紧密相连的。但却是资本主义使得对于财富的追逐成了一种持久性行为，其目的也是在于扩大再生产，而不是放贷取息，是为了赚钱而投资生产再生产，而非为了片面的物质享受和欲望满足。

资本主义这种"经济的理性主义"倾向，在另一方面则是客观上对于精神、文化、神圣和信仰的否弃。关于这一点，韦伯提到一个著名的概念"除魅"（Entzauberung der Welt），韦伯写道：

> 对宗教改革那个时代的人而言，人生最重大的事莫过于永恒的救赎，如今就此他只能独行其道，去面对那自亘古以来既已确定的命运。没人能帮助。牧师不能帮他，因为唯有被拣选的人能在心灵上了解神的话语。圣礼不能帮他，因为圣礼是神为增耀自己的荣光而制定的，所以要严格遵守，但圣礼绝非获得神恩的手段，只不过是主观上信仰的"外在辅助"（externa subsidia）而已。教会也不能帮他，因为尽管"教会之外无救赎"（extra ecclesiam nulla salus）的命题没错，意思是，不在真正教会里的人，永远不可能属于神所拣选者的行列，然而，神所舍弃者也在（外在的）教会里，他们应该属于教会并服从教规，并非为了借此得到救赎——这是不可能的，而是为了神的荣耀，他们必得恪遵他的戒律。最后，神也不能帮他，因为就连基督也只为了被拣选者而死，为了他们，神自亘古以来即已裁定了基督的牺牲殉难。以此，教会——圣礼的救赎之道就此断绝（路德教派从未推展到如此终极的境地），而这也就是与天主教分道扬镳的绝大关键。打从古犹太先知开始，再结合希腊的科学思想，拒斥一切巫术性的救赎追求手段为迷信与亵渎，乃是宗教史上的伟大过程，亦即现世的除魅（Entzauberung der Welt）在此

走到终点。①

韦伯进一步在注释中写道:"古代以色列的伦理,相对于内容上与之亲近的埃及与巴比伦的伦理,之具有特殊地位,以及其自先知时代以来的发展,彻头彻尾是奠基于这样的根本事实:对于作为救赎之道的圣礼巫术的拒斥。"②

按照韦伯的这种说法,"除魅"与新教信仰有关;人人皆需以自身力量进行自我救赎,任何神圣力量或者外力皆于此无能为力;而且人人的成功皆以其物质上的成功为主要标志,并非道德上的完善或者完美。物质上的成功成了最关键,同时也是最有力量从上帝那儿获得救赎的根本途径,而所谓教会所宣扬的进德修业,现在渐渐失去了往日的神圣光环。在以前,富人临死前往往会捐赠财产或者回赠往日的顾客,以减轻其内心的罪恶感,以较为轻松的心态面对死亡和死后的世界。但是,现在富人们对于此种信仰会渐渐失去热情,因为他们透过理性化的进程,发现自我的救赎不能再依靠上帝或者强大神圣的外力,相反他们认为人们必须开始依靠自身和自身可以证实或者证伪的观念和能力来自我救赎。人们相信理性、物质、可以证实或量化的东西才可以具有使自己在上帝面前获得救赎的力量,而除此之外,即使是牧师、圣礼、教会、耶稣基督甚至上帝本身也不能改变人人所必须孤独面对的艰难命运。信仰、文化、精神或者神圣渐渐失去了往日的光环,最少失去了往日对于人们的号召力,即"光是感觉与情感,不管表面看似多么崇高,也不过是虚妄,为了给救赎确证提供可靠的基础,信仰必须用其客观的作用来证明,也就是说,信仰必须是'有效的信仰'(fides efficax),救赎的召

---

① [德]马克斯·韦伯:《新教伦理与资本主义精神》,康乐、简惠美译,桂林:广西师范大学出版社2007年版,第83—84页。
② 同上书,第84页。

命必定是'有效的召命'（effectual calling）"①。世俗生活以理性化的过程掀起了针对精神世界的冷漠、质疑和颠覆，因为其"既无济于救赎，倒反而增进多愁善感的幻想与被造物神化的迷信"②。笛卡尔式的理性主义怀疑方法论，即绝不接受任何不能清楚明白论证的东西的观念发挥了作用。显然，如同韦伯所指出的，笛卡尔的这一观念，"为当时的清教徒承接了去"③。当然，另一方面从根本上说，这种世俗生活对于精神或者神圣的质疑源自于人在自然、世界、自身面前的主体自我意识的觉醒，是人在自身力量发生了重大变化的时候，对于外界认识能力和改造能力大幅提升的时候，信心倍增并对于原始神秘力量崇拜的消减和否弃。

第三节 "上帝死了"

虽然资本主义精神是随着新教伦理兴起的，但是随之而起的理性化风潮却反过头来开始表达对于宗教的质疑。关于这一点，韦伯写道：

> 那些强而有力的宗教运动——对于经济发展的意义首要在于其禁欲的教育作用——全面展现出经济上的影响力，正如卫斯理此处所说的，通常是在纯正宗教热潮已经过了巅峰之时，也就是追求天国的奋斗开始慢慢消解成冷静的职业道德。宗教的根基逐渐枯萎，并且被功利的现世执著所取代，换言之，套句道登的话，就是在民众的想象中，班扬所描绘的那个内心孤独、匆匆穿过"虚荣之市"、

---

① [德]马克斯·韦伯：《新教伦理与资本主义精神》，康乐、简惠美译，桂林：广西师范大学出版社2007年版，第96页。
② 同上书，第85页。
③ 同上书，第102页。

奋力赶往天国的"朝圣者",被《鲁滨逊漂流记》里兼任传道工作的孤独的经济人所取代。①

尤其当资本主义精神与机械文明交织在一起时,宗教支柱便失去了自身曾经一度辉煌而牢固的地位,开始出现了"无灵魂的专家,无心的享乐人",而且"这空无者竟自负已登上人类前所未达的境界"。②

文艺复兴表达了资产阶级的个性解放思想欲求,宗教改革挑战了天主教会腐朽、贪婪的宗教地位,启蒙运动以理性、进步的名义进一步动摇了宗教的意识形态统治地位。而随后工业革命的突飞猛进,使得人类认识世界和改造世界能力大幅增大,人类在自然的面前不再像从前那样卑微而无助,人类认识到凭借自身的力量也可以充满信心地面对自然,无须再求助于原始的神秘力量,也无须再从宗教或者上帝那里获取安慰或帮助,甚至随着科学和技术的进一步发展,开始质疑上帝本身的存在。达尔文的进化论更成了颠覆宗教地位的最后一根稻草,因为进化论宣告了人并非上帝的创造,而是物竞天择进化的产物。这一理论从某种程度上说,等于宣告了上帝存在的最后一丝依据失去了面对质疑的力量。因此,资本主义精神虽然是在依凭新教或者清教伦理而一步步发展壮大起来,但是最终却抛弃了这一宗教支柱。

尼采宣告"上帝死了",就是"意指基督教最高理想的幻影在人们心中已经幻灭或应予破灭"。当然,在尼采之前,已经有许多科学家和哲学家对于上帝的存在提出过认识方面的质疑。与之不同,尼采则是从根本上"抛弃所谓'第一因'或本质,反对自然的神圣化","不相信自然的人性化、目的化和伦理化","要彻底地破除幻影,呼吁人类回归于自己,重视自我,从赤裸的自我开始,而后逐步创建一个新价值的

---

① [德]马克斯·韦伯:《新教伦理与资本主义精神》,康乐、简惠美译,桂林:广西师范大学出版社2007年版,第180页。
② 同上书,第189页。

世界。"①

尼采对于"上帝的死亡"的宣告,并非他一时空想或心血来潮,而是人类社会发展到特定阶段的一个必然产物,是人类认识能力和创造能力进步的历史产物。它意味着人类渐渐从神秘力量的阴影下走了出来,并且逐渐抛弃对于神秘力量的崇拜。但是,它也同时意味着人类世界开始进入了一个没有终极信仰、没有终极仲裁、没有终极关怀的世界,人们要完全进入一个冷酷的、人人皆不可彼此信任的竞技场。纯粹的丛林法则在这里派上了用场,物竞天择、适者生存成了优胜劣汰的辩护词。

美国诗人罗宾逊(Edwin Arlington Robinson, 1869—1935)在他的诗作《理查德·科里》中写道:

> 无论何时理查德·科里一路走来,
> 我们这些人站在人行道上看着他;
> 他从头到脚都是一名绅士,
> 他面孔英俊,身材修长。
>
> 他总是衣着素静,
> 当他和人讲话时,他总是很和蔼;
> 但是人们依然怦怦心跳,当他开口说,
> "早上好"时,他走开时神采奕奕。
>
> 而且他很富有——的确,富可敌国——
> 富有风度,极富教养,令人艳羡;
> 最后,我们认为他简直就是一切,
> 我们梦想能够拥有他的地位。

---

① 陈鼓应:《悲剧哲学家尼采》,上海:上海人民出版社2006年版,第36页。

> 我们劳作着，等待着光明，
> 过着没有肉吃的日子，并且诅咒着面包；
> 理查德·科里，在一个静静的夏夜，
> 回到家用一颗子弹穿透了他的脑袋。①

诗中理查德·科里是一位如同韦伯所指出的"卡理斯玛"式人物，即那种具有超凡魅力的、如同祭司一般的"领袖"式人物。② 他英俊非凡，面容清秀，身材清逸，风度翩翩，涵养深厚，赢得了镇上居民的羡慕和崇拜，每次开口讲话都让旁人心脏激动地怦怦直跳；他拥有巨额财富，享有镇上居民梦寐以求的富有生活。可是就是这样一位人人艳羡的所谓魅力人物，却不可思议地开枪自杀了。

这是"上帝死了"时代的典型征候，即这个时代丧失了人们生活下去的精神意义和价值。随着资本主义精神的崛起和大肆发展，人们更多关注的是物质生活的提升和富足，人们诅咒面包，渴望有肉吃的日子，所向往的光明也无非不过如此。人们艳羡理查德·科里，并不是向往他的风度和精神修养，而是向往他那富有的万贯家财。人们认为自己不幸福，并不是因为自己心灵上的无知和精神信仰的沦丧，而是因为自己物质上的贫穷。这种世界状况对于理查德·科里来说，是一种灵魂枯萎的时代，是一种精神已死的时代，因此他最终愿意用肉体的消失来解脱灵魂死亡的痛苦。

同样身处现代社会，在《冰与火》中美国诗人罗伯特·弗洛斯特（Robert Frost, 1874—1963）写道：

> 有人说世界将在火中终结，

---

① 常耀信：《美国文学选读》（下），天津：南开大学出版社1991年版，第2—3页。
② ［德］马克斯·韦伯：《新教伦理与资本主义精神》，康乐、简惠美译，桂林：广西师范大学出版社2007年版，第183页。

> 有人说是在冰中。
> 以我对欲望的体会而言
> 我认同那些赞同火的人。
> 但是如果世界要毁灭两次的话
> 我想我对仇恨的了解
> 足以让我断言
> 冰的毁灭性也很大
> 而且力量已经足够。①

这首诗中诗人说世界将在火中消亡,即世界会因人类欲望的膨胀而毁灭,但是世界的冷漠也足以将之摧毁。现代世界因为资本主义精神的猖獗,人人都陷入了追逐物质欲望而放弃精神提升的绝境,这种绝境必然将世界带入最终的万劫不复之地。人类社会区别于自然世界的本质之处之一就在于人类的精神属性和灵魂追求。

美国社会充斥这种人人彼此竞争、信任与同情感缺乏的丛林景象。小说家杰罗姆·塞林格(Jerome David Salinger, 1919—2010)在《麦田里的守望者》中以主人公霍尔顿·考菲尔德的口吻对老师斯宾塞先生"人生是场足球赛"的这种说法发牢骚道:"足球赛,我的天哪。如果你的球队都是强手,不错那就是一场球赛……但是你如果属于另一支球队,里面没有任何强手……那就不是一场球赛了。"② 塞林格的这番话形象地表达了对于这种社会现状的不满与批评,因为这个世界充斥了无情的优胜劣汰,缺少了人类社会应有的温情,必然会造成一个人人自危的世界,焦虑与绝望盛行。

同样在小说集《九故事》中,塞林格在短篇小说《逮香蕉鱼的最佳日子》中设置了一个和理查德·科里同样结局的主人公西摩·格拉斯。

---

① 陶洁:《美国文学选读》,北京:高等教育出版社2005年版,第194页。
② Salinger, J. D. *The Catcher in the Rye*. New York: Penguin Books, 1958, p. 13.

西摩年少有为，前途远大，却在一次游泳归来后开枪自杀了。游泳时，西摩对小姑娘西比尔讲述香蕉鱼贪吃而丧命的故事：模样普通的香蕉鱼游入香蕉洞中就非常贪吃，由于吃得太多而变得过于肥大，从狭窄的洞口无法游出而最终死掉。显然，这个故事背后的寓意是过多地追求外在利益，会使人们忽视精神心灵的观照从而最终丧失掉人类存在的价值与意义。小说题首语引用了一则禅宗公案："吾人知悉二掌相击之声／然则独手击拍之音何若？"① 这是日本德川时代白隐禅师经常教导弟子的一则公案，它企图将人们的思维注意力引向自身的禅悟，要求人们回归自身心灵，"离相离念不执"，观照人自身本初的心灵状态。塞林格使用这则禅宗公案来阐明自己在这部短篇小说中所要表达的主题：人们应当更加关注自身精神心灵的境界提升，而不是仅仅满足于物质的追求与占有，过度贪婪的物欲会毁掉人类自身。这正是资本主义社会主体性意识崛起与猖獗所造成的，是资本主义文化对于物质的崇拜、对于精神的放逐、社会理性化潮流下的"除魅"以及最终"上帝死了"的社会现状所造成的。

---

① ［美］J. D. 塞林格：《九故事》，李文俊、何上峰译，北京：人民文学出版社2010年版。

第二章 经典的失落

第一节 罗斯和科尔曼的困惑：经典意义的丧失

刘勰在《文心雕龙》中写道："'经'也者，恒久之至道，不刊之鸿教也。"这表明经典乃是人类社会长期以来历涉历史长河而依然意义深远的文化记录和传播载体，是人类社会继承历史文明遗产、维持文明秩序、发展文化创新、延续文明历史的精神和智慧启蒙宝库。经典在英文中为"canon"，它可以用来指称东正教的一种赞美诗，一位极具美德的牧师，教会颁布或者指定的法律法规体系，也可以指称被教会认定具有权威性的圣经读本。

经典的文化塑造作用无疑是巨大的。美国人类学者克利福德·格尔茨（Clifford Geertz，1926—2006）写道："不受人的文化模式——有组织、有意义的符号象征体系——指引的人的行为最终会不可驾驭，成为一个纯粹的无意义的行动和突发性情感的混乱物，他的经验最终也会成为无形的。文化，这类模式的集大成者，不只是一个人存在的装饰品，而是——就其特性的主要基础而言——人存在的基本条件。"① 文化对人类的塑造作用极其重要，因为千百年来每个民族和人群都是沐浴着文化的春风生存下来的，人类既创造了文明和文化，同时接受着文明和文化的培养和塑造。在这个过程中，经典作为文化的主要载体必然对于各个民族和人群具有深刻的培养和塑造作用。《荷马史诗》等希腊文学经典，《圣经》等宗教经典，《神曲》等诗歌经典，《哈姆雷特》等戏剧经典和《堂吉诃德》等小说经典在西方文化的传承和发展，以及西方人心灵和精神的形塑等方面承担了重要的作用，正如同《论语》《孟子》《道德经》《庄子》《墨子》《荀子》《韩非子》等中国智慧经典，《诗经》唐诗宋词明清小说等文学经典对于中国文化的历史延续，以及中国人心灵和精神的塑造和培养也发挥了重大作用一样。

但是，随着资本主义精神的诞生和发展，如同上文所引韦伯指出的一样，"除魅"这一历程不可逆转地出现了，文化和精神信仰渐渐受到了质疑和挑战，因为一切都需要经受理性用可感知途径的验证和核实，同时人们对于物质和财富的追求导致了他们对于精神和心灵的忽视和弃置，人们对于世界认识、解释和改造能力的增强和扩大，客观上也使得人类认为自身无须依赖宗教等外在的神秘力量来救赎自我，也无须文化来对于心灵和精神进行抚慰和安顿。这样，文化和精神信仰就受到了漠视和弃置，随之而来的就是对于经典的放弃、消解或者颠覆。

美国小说家亨利·詹姆斯（Henry James, 1843—1916）在他的小说《一位女士的画像》中有这样一段描述：

> 伊莎贝尔·阿彻是一个满脑子各种思想的年轻姑娘；她极富想象力。比起成长过程周围的多数人而言，她的头脑要更细致一些；对周围事物的感知力也更强，而且对于那些抹上一层不为人知底色

---

① ［美］克利福德·格尔茨：《文化的解释》，韩莉译，南京：译林出版社2008年版，第50页。

的知识也很在意,这是很幸运的。的确,在她的同龄人当中,她完全可以被看作一个超凡出众、头脑深邃的人;因为这些了不起的人从不掩饰他们对于这种知识境界的艳羡,这种知识境界他们是压根都没有意识的,说起她,他们认为她是学问方面的奇才,据说她这个了不起的人物读过那些经典作家的作品——当然都是翻译的。她的姑姑,瓦利安太太,曾经道听途说地讲伊莎贝尔正在写一本书——瓦利安太太对书很是崇敬,宣称这姑娘一定会著书扬名立世。瓦利安太太对文学很重视,她对于文学怀有的敬重与缺乏感有关。她自己的房子,到处是各种各样的马赛克式桌子与装饰精美的天花板,令人印象深刻,却没有一个书房,就印刷品而言,只有五六本纸质小说放在瓦利安家一个小姐闺房的书架上。事实上,瓦利安太太对于文学的熟悉只是局限于《纽约采风报》;正如她恰如其分地明言一样,你要是读了这种采风报,你就丧失了对于文化的所有信心。在这方面,她有一种倾向,那就是竭力去阻止采风报落在自己女儿们手中;她决心要将她们规规矩矩地养大,因此她们什么都没有读过。她关于伊莎贝尔正在写书的印象完全是一种幻觉;这姑娘从没想过要写书,而且对于获取创作桂冠奖也不感兴趣。在表达方面,她并没有天赋,而且也根本不具备天才的头脑……①

詹姆斯的文笔可谓老辣,一针见血地描写出了19世纪美国暴发户家庭的典型特点:物质丰裕但是精神灵魂则极度贫乏。年轻姑娘伊莎贝尔之所以在周围人看来"超凡出众","头脑深邃",全是因为她周围的人们不学无术、茫然无知,他们的无知和愚昧衬托出了伊莎贝尔的相对聪明和优雅。她的姑妈瓦利安太太更是典型的暴发户形象,物质充裕,家庭装修豪华,但是却不怎么读书,只是热衷阅读小报消遣。同样,作

---

① 吴伟仁:《美国文学史及选读》(第二册),北京:外语教学与研究出版社1992年版,第81—82页。

为小说主人公的伊莎贝尔,是一个年轻的美国姑娘,她漂亮、正直、富有风度,向往光明幸福的爱情生活,厌恶庸俗与虚伪,但是另一方面,她却没怎么读过书,更没有传说中的创作兴趣,仅仅满足于对于生活的常识性理解。这也就是伊莎贝尔后来爱情生活出现悲剧的原因所在。詹姆斯写道:"她(伊莎贝尔)有一种习惯,虽然证据匮乏,却想当然地认为自己是正确的;她总是自我崇拜","她的思绪是一大团模糊的、大致性的线条,从来未曾被讲话有权威的人士纠正过。就意见而言,她过去总是我行我素,而且总是陷入无数个荒谬的曲折之中"。①

即使是这样一个聪明的姑娘,也不热衷于读书,而是仅仅满足于自我感觉和孤芳自赏。可见当时美国社会充斥着何等的文化荒漠,人们对于经典完全束之高阁,只是一味努力寻求发财的机会。文化与经典陷入了一个非常尴尬的境地,备受冷落而又必须存在。

在罗斯的言谈及文学创作中,文化与经典的冷落与否弃也有所描写与涉及。2009年10月接受采访谈起文学时,罗斯说道:"25年来我还是挺乐观的……我一直认为人们会读文学作品,但是人数会是很少一部分……我想很难做到那种集中精神、聚焦和认真的状态——很难找到人数众多的人,很多人,数量很可观的人具备这些品质。"② 罗斯的这番话揭示出他内心对文学的失落,对于文化和经典遭到冷遇的惆怅和无奈。在《人性污点》中,古典文学教授科尔曼抱怨学生的无知与对经典的陌生:

> 我们的学生极度无知。他们受到的教育太差了,令人难以置信。他们的生活在知识方面非常贫瘠。他们来时一无所知,去时大多数人依然一无所知。当他们出现在我的课堂时,他们压根不知道

---

① 吴伟仁:《美国文学史及选读》(第二册),北京:外语教学与研究出版社1992年版,第81—82页。
② Flood, Alison. "Philip Roth Predicts Novel Will Be Minority Cult within 25 Years". *The Guardian*. October 26, 2009.

如何阅读古典戏剧。在雅典娜教书，尤其是在20世纪90年代，教这一帮美国历史上远远最为无知的一代人，俨然如同走在曼哈顿百老汇自言自语一样，除了那18个人全是待在教室听你自说自话，不是在大街上听你自说自话之外。他们近乎一无所知。①

科尔曼的这番话深刻地道出了经典在当代美国社会的被冷落与漠视，青少年学生完全缺乏对于阅读经典的兴趣。在时间进入20世纪90年代时，这种状况更加突出。出自资本主义精神的"经济的理性主义"使得物质追求成了众多人们生活的最主要目的，而文化与经典则完全被边缘化。这当然与前文所述韦伯所说的理性化过程的"除魅"是有关的，因为"除魅"的最终结果是神圣事物的世俗化与庸俗化，从而失去了对于人们的魅力和影响力，使得整个世界除了物质追求之外，别无他物可以成为人们为之奋斗献身的目标。这样，也就成了韦伯所言的"班扬所描绘的那个内心孤独、匆匆穿过'虚荣之市'、奋力赶往天国的'朝圣者'，被《鲁滨逊漂流记》里兼任传道工作的孤独的经济人所取代"②。

也正是因为"除魅"和文化与经典被冷落这种原因，科尔曼的父亲，一位熟谙经典文学的大学毕业生，却只能去开一家眼镜店，并且在店面破落后，到火车上做了服务员，受尽了来自白人的种族歧视和白眼。科尔曼父亲希尔克先生很有文学素养，"即使在普通的对话中，他也好像是在朗诵马克·安东尼在凯撒尸体旁的演讲"，他熟悉"乔叟的、莎士比亚的以及狄更斯的语言"，他总是教孩子们精确地讲话，让他们阅读所有的古典名著。③ 可是，就是这样一位熟读经典、满腹经纶的人，在社会中却备受人们的冷眼，最终落得一个因心脏病发作而死在火车服

---

① Roth, Philip. *The Human Stain*. New York: Vintage Books, 2001, pp. 191-192.
② ［德］马克斯·韦伯：《新教伦理与资本主义精神》，康乐、简惠美译，桂林：广西师范大学出版社2007年版，第189页。
③ Roth, Philip. *The Human Stain*. New York: Vintage Books, 2001, pp. 92-93.

务员岗位上的命运。

听了作家祖克曼叙述了科尔曼在雅典学院的遭遇,妹妹厄妮斯丁说道:"我相信我从来没有听说过在高校里面发生过比这更愚蠢的事情。大学听起来更像是无知的温床。迫害一位教授,无论他是谁,无论他是什么肤色,伤害他,羞辱他,剥夺他的权威、尊严和名望,就因为这样一件愚蠢而微不足道的事情","从你所说的话听起来,在大学现在任何事情都是可能发生的。听起来好像大学里的人忘记了该教些什么"。① 在大学这种传播知识和文化的殿堂里,却也发生了这种"愚蠢的事情",大学已经变成了"无知的温床",而不是知识的园林,智慧的净土。在大学这种地方已经很难传播经典和文化了,无知和愚昧成了风行大学的通行证。从这个角度来看,在当代美国,经典遭遇了多大的危机和挑战。同样对于这种经典的冷落,科尔曼的妹妹厄妮斯丁也说道:"但是现在在美国这儿,就我所见而言,每时每刻都在变得更愚蠢。所有的大学都开始给学生开设补习课程,讲授学生们本应在九年级就学过的课程。在东奥林奇中学他们(学生们)很早就不再阅读古老经典书籍了。他们甚至都没听说过《白鲸》,更别提读了。"②

事实上,自从资本主义精神诞生以来,"经济的理性主义"日益成了生活中的主题词。随着"除魅"的步步推进,文化和经典渐渐失去了过去曾经的神圣光环。文化和经典的主要阵地——大学开始做出改革,以迎合日益深入的工业化和商业化大潮,许多大学在 19 世纪末 20 世纪初开始开设了一些工业技术和商业管理性课程。这种潮流在随后的发展中变得更加喧宾夺主,文化和经典性课程日益遭受到应用和商业型课程的挤兑,并最终被边缘化。

对于这种现象,艾伦·布鲁姆(Allan Bloom, 1930—1992)在著作《走向封闭的美国精神》中写道:

---

① Roth, Philip. *The Human Stain*. New York: Vintage Books, 2001, p. 328.
② Ibid., p. 329.

在所有的情况下，无论什么原因，我们的学生已经没有了阅读方面的实践，也丧失了阅读的兴趣。他们不曾学过如何阅读，而且也没有从阅读中获取快乐和提升的期望。与之前紧邻他们的那几代大学生相比，他们连文化的附庸风雅、虚假做作都不具备，而且拒绝对于严肃文化虚伪地、仪式性地表示恭敬，因此他们很"真实"……沿着卢梭之路，托尔斯泰在《战争与和平》中塑造了安德烈王子，安德烈在普鲁塔奇上过学，并且因为他自己对于拿破仑的崇敬而感到自我疏远。但是我们倾向于忘记掉安德烈的确是一个非常高贵的人，忘记掉他对于英雄的向往使他拥有一种美好的灵魂，从而使他周围那些资产阶级式的、琐碎的、虚荣的以及自高自大的关注眼界相形见绌。在托尔斯泰看来，唯有将自然情感、自然的整体性与俄罗斯精神和俄罗斯历史结合起来，才可能产生比安德烈更为优秀的人物，而且即使这些人也仅仅是模棱两可地更优秀而已。但是在美国我们却只有资产阶级，对于英雄的热爱是我们为数极少的、可实现的几种平衡手段之一。在我们身上，对于英雄事物的唾弃只是对于民主原则曲解的一种延伸，这种曲解否认伟大，想让所有人对他自身感到满意，从而无须去承受对比的不快。学生们没有丝毫的概念，根本不知道摆脱公众引领，在自身中找到引领资源的成就感会有多大。从他们自身什么资源当中，他们会找到自认为是为自己设定的目标呢？摆脱英雄事物仅仅意味着他们任何资源都不具备，无法抗衡对于流行"榜样"的顺从。他们不断地打量自己，依照的是并非他们制定的固定标准。他们不自觉地扮演着周围的医生、律师、生意人或者电视名人，而不是被塞勒斯、忒修斯、摩西或者罗姆洛斯所震撼。人们只能可怜年轻人没有可以钦佩或宣称的崇敬对象，年轻人被人为地限制住了，丧失了对于伟大美德的热情。①

---

① Bloom, Allan. *The Closing of the American Mind.* New York: Simon & Schuster, 1987, pp. 62–67.

布鲁姆的这番陈述深刻地指出了当代美国社会面临的困境。年轻人根本不阅读经典书籍，也没有阅读的兴趣，并且将对文化的挑衅视为"真实"对于"虚伪"和"做作"的斗争。美国素有资本主义和实用主义的传统，又缺少理想主义和英雄主义的浇灌。青年们满足于自身的现状，只是以商业上的成功人士作为他们效仿的榜样，"丧失了对于伟大美德的热情"。这种社会现状必然会产生一个庸俗、物欲、浅薄的年轻人群体，而这种群体必然会缺乏对于理想、美德和崇高的向往，缺乏对于问题的深刻思考，而仅仅沉溺于自身浅薄而感性的自我满足或者沉溺于物欲的追逐。事实上，这种自我满足和物欲的追逐虽然暂时得到了兑付，但是由于这种兑付是廉价而即时的，随之而纷至沓来的则是心灵的空虚和灵魂的低下和庸俗，需要用更多这种浅薄而廉价的自我满足和物欲追逐来填补。从这个角度来说，经典所提供的理想主义和英雄主义的观念则可以为年轻人提供更为长久而有效的理想和信念，使他们的生活可以树立更为远大和崇高的理想和目标，并且为之做出长期的奋斗和努力，从而在这种努力和奋斗中获得人生的真实价值和存在的真实意义。在这个过程中，经典和文化就对于年轻人的精神世界起到了塑造和培养的作用，其价值和作用远远超出上文所述的自我满足和庸俗的物欲追逐。因此，经典在美国现实生活中的失落就成了一件值得扼腕叹息的事情，它的危害是缓慢而长期的，是会影响几代人的。

第二节　黛芬妮和科尔曼的曲解
——经典的被解构

在小说《人性污点》中，五年前担任院长的科尔曼·希尔克教授勉为其难地聘用了黛芬妮·茹，但她那些令雅典娜学院同事留下深刻印象的学术证书却没有让这位前任院长为之倾倒，而且他经常懊悔自己当初对她的聘用。现在，科尔曼对于同事们居然让黛芬妮担任古典文学系新任系主任感到非常恼火，因为黛芬妮只是一个头脑里面充斥了各式新奇的文学评论术语、善用女性魅力的学术冒牌货。

现在，一名女生向黛芬妮报告说科尔曼讲授的戏剧课有贬低女性的嫌疑。面对黛芬妮的质问，科尔曼说道：

> 在和这种学生打了接近四十年交道之后——米特妮可小姐只是一个典型而已——我可以告诉你，从女性主义视角来解读欧里庇得斯是这些学生最不需要的。向那些最天真的读者提供一种女性主义视角来看待欧里庇得斯，是一种你可以设想的关闭他们思维的最好方式之一，他们的思维压根没有机会将他们哪怕一个傻乎乎的"爱好"拆除掉。我很难相信来自你这样法国学术背景的知识女性居然认为对于欧里庇得斯存在着一种女性主义视角，而且这视角一点也不愚蠢。你是真得这么短时间就明白了，还是这只是因为恐惧自己的女性主义同事，从而形成的老掉牙的职业腔调？因为如果它只是职业腔调，我觉得挺好。它是符合人之常情的，我可以理解。但是如果这是一种对于愚蠢行为的知识性坚持，那么我就要纳闷了，因为你并不是一个蠢蛋。因为你比这要聪明多了。因为在法国，真的，来自高等师范的人做梦都不会想着把这玩意当回事。他们会吗？读了两部诸如《希波律第斯》和《阿尔刻提丝》的戏剧，接着就每部戏剧听了一个星期的课堂讨论，然后却对任何一部戏剧均无话可说，除了说它们"对女性不够尊重"之外，这不是什么"视角"，天哪——这是漱口水。只是最新式的漱口水而已。①

这段话中，科尔曼·希尔克教授对于学生们持有女性主义的这种"漱口

---

① Roth, Philip. *The Human Stain*. New York: Vintage Books, 2001, p. 192.

水"式经典解读视角做了辛辣而深刻的嘲讽和批判。米特妮可小姐作为新任系主任黛芬妮·茹的得意学生,喜欢用女性主义视角来解读希腊经典戏剧。以她为代表的学生们阅读了《希波律第斯》和《阿尔刻提丝》,参加了讨论,却仅仅满足于用女性主义视角的肤浅标签来解读这两部经典的戏剧。她们拒绝对于经典作深入而全面的思考,拒绝从这些伟大经典中体味其中蕴含的深刻而震撼的人性探索和矛盾冲突,拒绝领会戏剧所传递的对于真善美理想的向往,从而也就错过了通过阅读戏剧进行深入思考和接受真善美理想启迪的机会。这样,阅读了戏剧之后,她们从经典作品中所获取的意义和价值就非常有限,她们那片面而肤浅的思维方式和精神境界非但没有得到有效的改造和提升,相反反倒得到了强化。那么,经典作为文化的传递载体就失去了影响和塑造她们心灵和灵魂世界的机会,也失去了传递和提升文明的机会。以米特妮可小姐为典型代表的片面和肤浅的思维方式和精神世界就有可能得到扩大和膨胀。

同时,作为新任系主任和文学教授,黛芬妮对学生的这种肤浅思考和粗疏心灵非但不予纠正,反而加以认可和肯定。难怪科尔曼·希尔克教授要指责她来自法国学术背景,却表现出如此的肤浅和愚蠢。作为一名知识新贵,黛芬妮热衷于追逐名利和影响力,热衷于使用各种新奇的文学术语以显示自身的知识境界和理论层次,博取同事们的赞许和认可。她并不热心于解读经典作品中深刻而全面的人文主义意义和价值,忽略了对于学生的心灵和灵魂塑造,忽略了知识分子所应具备的传播文化经典、影响社会大众的社会责任和使命。科尔曼·希尔克教授对黛芬妮的批评和指责正是出于一名人文主义学者,一位古典文学教授的良心和责任感。事实上,黛芬妮后来对科尔曼写的匿名信正反映了这位知识新贵阴暗、卑鄙的灵魂世界。她是一位受到良好教育的文学教授,但大量的文学经典阅读非但没有为她塑造一个高尚而正直的灵魂,反倒使她形成了一种庸俗而肤浅的思维方式,更使她的灵魂世界变得肮脏与阴险。可以说,黛芬妮已经成了一位纯粹的知识工作者,成了韦伯所说的

"无灵魂的专家，无心的享乐人"，而且"这空无者竟自负已登上人类前所未达的境界"。① 更可怕的是，黛芬妮的灵魂已经变成了一种使人望而生畏的阴险泥淖。

如果说黛芬妮·茹教授和米特妮可小姐分别代表了学术界和学生们对于经典的浅读和曲解，那么科尔曼·希尔克教授对于阿伽门农和阿基琉斯的解读又何尝不是另一种曲解呢？《人性污点》一开始，科尔曼·希尔克教授认为欧洲文学乃是起源于一场阿伽门农与阿基琉斯间的争吵。他一边朗读《荷马史诗》，一边讲道：

"'缪斯女神，请歌唱阿基琉斯暴虐的愤怒吧……就从他们，阿伽门农王和伟大的阿基琉斯最初争吵的地方开始吧。'他们在为什么争吵呢，这两个狂暴的、强有力的灵魂？这场争吵就像一场酒吧斗殴一样粗俗。他们在为一个姑娘争吵。真的为了一个姑娘。一个从她父亲那儿抢来的姑娘。一个战争中被绑架的姑娘。此刻，阿伽门农很爱这个姑娘，胜过爱自己的妻子，克莱特蒙斯特拉。'克莱特蒙斯特拉不如她，'他说，'无论从长相上还是从身材上。'这话说得够直接了，不是吗，说清楚了为什么他不想放掉她？当阿基琉斯要求阿伽门农将她归还给她的父亲，以平息阿波罗神的愤怒，阿波罗神对于这个姑娘被劫持的种种情况感到极为暴怒，阿伽门农拒绝了：只有阿基琉斯用他自己的女俘交换他才会同意。这样就激怒了阿基琉斯。易于冲动的阿基琉斯：他是任何一位作家都乐意刻画的、富有爆炸性的狂暴之人中最易于火冒三丈的人；尤其是事关他的名望和欲望时，他是战争历史上最敏感的杀戮机器。著名的阿基琉斯：他会因为一个对于他尊严的细小冒犯而置身事外，与众人疏远。伟大而英勇的阿基琉斯，因为一场冒犯而起的强烈怒火——那

---

① [德] 马克斯·韦伯：《新教伦理与资本主义精神》，康乐、简惠美译，桂林：广西师范大学出版社2007年版，第189页。

场冒犯使他失去了那个姑娘——就脱离众人，藐视一切地将自己置身于社会之外，他是这个社会光荣的保卫者，而且这个社会非常需要他。一场争吵，那么，一场关于一个年轻姑娘、她的年轻肉体以及性欲快感的野蛮争吵：不管是好还是坏，在这场针对一位火药库一般的勇士王子的阴茎特权和阴茎尊严的冒犯中，欧洲伟大的想象性文学开始了，这就是为什么，在接近3000年之后的今天，我们要从这个地方谈起的原因……"①

科尔曼·希尔克教授这番滔滔陈词，颇为精彩地揭示了他自己对于《荷马史诗》中阿基琉斯与阿伽门农之争的理解和看法。照他的看法，这两位英雄的争吵并非起源于什么崇高和理想的理由，而全是肉欲和性快感之争。他甚至武断地认为欧洲文学就源于这一场性快感之争，从而给整个欧洲文学涂上一层色欲的油彩。

正如笔者在本文第一章第一节中所指出的一样，这种观点和看法需要修正，不能将这两位英雄简单地视为色欲之徒。首先，他们的行为动机要更为复杂深刻一些，远非仅从性欲角度解释那么片面和肤浅。另外，如同本文第一章第一节所述一样，阿伽门农作为希腊联军的统帅，能够团结上下将卒，在认识到自己的错误引起了严重危机时，他愿意向阿基琉斯奉上厚礼，赔罪道歉。阿基琉斯作为希腊联军的第一勇士，虽然一度退出战斗，但是当听到好友阵亡的时候，他悍然出战，为联军的最后取得胜利起到了关键性的作用。其次，阿基琉斯对于阿伽门农的愤怒主要在于阿伽门农此举是对他的尊严与荣誉的轻蔑与冒犯；尊严与荣誉是希腊英雄们视为远高于生命的东西。同时，阿基琉斯也愤怒于阿伽门农的心胸狭窄、玩弄特权和处事不公，并非仅仅源于阿伽门农夺走他的女俘。

---

① Roth, Philip. *The Human Stain*. New York: Vintage Books, 2001, pp. 4–5.

关于人的本质，马克思做出了科学的论断："人的本质不是单个人所固有的抽象物，在其现实性上，它是一切社会关系的总和。"① 显然，马克思非常强调人行为背后的社会因素，反对对人的行为仅从个人角度甚至从生理角度做出解释。那么，阿伽门农也罢，阿基琉斯也罢，他们作为希腊联军的主要战将，他们的行为自然要从他们担任的社会角色来做出解释。固然，作为一名个人，他们必然具备自然人所具备的欲望、冲动和自私，但是他们作为联军中的主要将领，必然会从联军的整体局面来考虑自身行为，而不可能完全堕落为仅仅考虑个人肉欲的凡夫之徒。如同本文第一章中所述一样，阿伽门农之所以夺走阿基琉斯的女俘主要是为了羞辱后者对于自己的轻慢和不尊重，而阿基琉斯之所以退出战斗主要是为了以这种行为来表示愤怒和不合作，以抗议主帅对于自己荣誉和尊严的凌辱。在进军过程中，作为主帅，阿伽门农完全不必献出自己的幼女作为祭品来换取部队的顺利进发，可是他却做出了这个痛苦的决定；同样，作为希腊联军第一勇士，阿基琉斯完全可以拔剑反抗，保卫自己的荣誉和尊严，可是他却听从了雅典娜女神的劝告而选择了放弃。这些行为足以说明这两位英雄远非仅仅考虑个人恩怨得失、利益肉欲的普通世俗中人。

综合上述角度来讲，这两位英雄虽然意气用事，也不能完全排除他们的贪色逐欲之心，但是科尔曼·希尔克教授仅仅强调和突出这两位希腊英雄的性冲动却显然是一种曲解，对两位英雄的行为动机做了非常片面的解释。在很大程度上，科尔曼·希尔克教授通过这样的解释极大地消解了《荷马史诗》这样的伟大经典所承载和传递的英雄主义和理想主义情调，将英雄的行为消解成了世俗凡人的欲望与自私之争。

从黛芬妮·茹教授、米特妮可小姐和科尔曼·希尔克教授来看，经典的曲解已成了相对普遍的风气。科尔曼·希尔克教授虽然谴责米特妮

---

① 《马克思恩格斯选集》第一卷，北京：人民出版社2012年版，第135页。

可小姐和黛芬妮·茹教授对于经典的浅陋解读，他本人却也自觉不自觉地运用同样浅陋的方法解释阿伽门农和阿基琉斯的冲突，在某种程度上对于这种颠覆真善美的"漱口水"式解读起到了推波助澜的作用。科尔曼·希尔克教授出身古典文学的严格教育，他父亲非常注重经典阅读方面的引导和培养，同时科尔曼·希尔克教授从事古典文学教育已有四十多年的时光，这一切足以使他成为一名极富学养的古典文学权威，在古典文学的解读方面为年轻的同事和无知的学生做出典范的榜样。但是，科尔曼却对于经典采用了同样肤浅和片面的解读，在客观上认可和肯定了米特妮可小姐和黛芬妮·茹教授对于经典的不尊重。

当然，这种对于经典的曲解是资本主义精神发展到一定社会阶段的必然产物，是"经济的理性主义"发展到一定阶段的必然产物，是"除魅"过程发展到一定阶段的必然产物。因为资本主义对于物质的追求和崇拜，必然意味着对于精神和信仰的挑战和颠覆，尤其是传统社会赖以维持和延续的文化和经典载体遭到了笛卡尔式理性主义的质疑。美国作为资本主义和清教精神极为深厚的国家，这种质疑和挑战就更为深刻和全面，正如黛芬妮所言："我当初到耶鲁时，就已对笛卡尔理论深为信服，而在耶鲁一切则更为多元化，充满了各种声音。"① 从最终后果上讲，这种对于经典的不尊重和消解会助长世俗利益行为的泛滥，对于出自高尚动机的高尚行为的贬损和质疑，导致整个社会越来越缺乏英雄主义和理想主义的高尚情怀，充斥的只是人人为己的自私纵欲和逐利行为。这样，整个人类社会就会成为自私冷酷的动物世界，缺少了人的世界所应有的温情和崇高。科尔曼·希尔克教授后来所遇到的个人遭遇，某种程度上就是这种消解和颠覆行为的必然后果，因为人们只会从庸俗、低下、狭隘、质疑和贬损的角度来解释所有的行为，他用"spooks"来指代缺课学生就自然被认定为种族主义歧视行为。

---

① Roth, Philip. *The Human Stain*. New York: Vintage Books, 2001, p. 188.

第三章 人文知识分子的沦陷

第一节 人文学科知识的理性化

在现代性社会进程中，世俗化与理性化是两股彼此紧密交织在一起的推动力量，二者彼此促进，共同将社会进程推向现代性的历史阶段。其中，理性化进程就是要使一切都要符合逻辑的、机械的、经得起分析和验证的笛卡尔式理性要求和标准，最终就是要像黑格尔一样倡导一种"绝对理念"，倡导一种对于自然界认识和改造的主体性自信。这种过程固然可以以理性的名义对一切进行审判和验证，可以颠覆宗教和封建的专制统治，也可以大力推进科学和技术的进步，但是同时，却也以理性化的名义对人文学科和人文知识分子提出了理性化的评价和认定标准。显然，这种严峻的挑战在很大程度上造成了人文学科和人文知识分子的尴尬和沦陷。

小说《人性污点》中，科尔曼·希尔克幼年时深受父亲深厚文学素养的熏陶，成年后成了一名古典文学教授，在古典文学教学和研究上取得了令人瞩目的成就，可以说是一名典型的人文学科知识分子。可是，即使学识渊博、思想深刻，科尔曼还是在社会理性化的进程中不自觉地迷失了方向，逐渐成了一名职业化和世俗化的知识分子，逐渐丧失了人文知识分子精神先知的品质，丧失了柏拉图称之为"神用金子造的"品质。① 既然学识过人的古典文学教授都在理性化的进程中不自觉地逐渐"理性化"了，那么，以黛芬妮·茹为代表的、以知识为谋生手段的职业知识分子的"理性化"程度就更加深重乃至彻底了。

1. 西方哲学理性化的突出

古希腊文化一般被认为西方文化的一个重要源泉。古希腊时期哲学家们的理性思考和认知对于西方文化的理性倾向起到了非常重要的奠基作用。古希腊时期，哲学一度和科学合二为一，许多大哲学家也同时是科学家，如泰利士、阿那克西曼德、阿那克西美尼、赫拉克利特、毕达哥拉斯、巴曼尼德、芝诺、恩培多克勒、阿那克萨戈拉、德谟克利特、亚里士多德、阿基米德等。从这个角度来说，古希腊时期哲学家对于理性思考是非常注重的，只不过他们理性思考的一个很重要的关注点是自然世界的起源和构成。苏格拉底和柏拉图则将哲学渐渐引入人和社会的领域，注重对于人自身精神世界的认识，而不是仅仅关注自然世界的起源。但是苏格拉底和柏拉图对于理性的强调却是不容置疑的，虽然他们主要关注人类自身精神世界的认识，他们的思考方法和立足点却无疑是理性的。

中世纪时期，基督教的盛行压抑了西方人理性思考的热情，因为首先，基督教统治下人们探索自然奥秘的兴趣受到了抑制；其次，基督教倡导人们忍受现实以便死后进入天堂，同时宣扬基督教义就是最高的智慧和科学，当时所谓的哲学也即经院哲学只是鼓吹"笃信而勿穷理"，沦为了神学的婢女。文艺复兴和随后的宗教改革一定程度上削弱了宗教的绝对精神高地地位，中世纪的宗教裁判所开始变得臭名昭著，宗教宽

---

① ［美］威尔·杜兰特：《西方哲学简史》，梁春译，北京：新世界出版社2005年版，第29页。

容开始出现,科学的火花和理性的热情在欧洲一些开明国家如荷兰和英国开始萌发。

英国文艺复兴时期,弗朗西斯·培根(Francis Bacon,1561—1626)在他的名作《论真理》中写道:

> 在劳作的几天里,上帝最初的创造物是感觉的光明;最后的创造物是理性的光明;自那以后他一直休息,他的事情就是将他的圣灵昭示世人。首先,他将光明吹到物质或者混沌的表面上;然后他将光明吹到人的面孔上;他依然在将光明吹进人的面孔,并且启示他们认识光明;而且他还在将光明吹进他的选民的面孔,并且启示他们认识光明。①

在培根看来,理性是上帝给予世人最高层次的光明,是上帝圣灵的昭耀,而且上帝执着于将这种光明导入世人的内心,虽然这是一件非常耗费时间的事情。培根的这种说法突出地体现了理性的重要性,因为即使耗费时间,上帝也愿意将这一任务进行下去。在他的名作《新工具论》中,培根写道:"正如我们现在所有的科学并不能帮助我们发现新的工作一样,我们现在所有的逻辑也并不能帮助我们发现新的科学……我们现在唯一的希望就在于一种真正的归纳。"② 培根号召人们将实验调查法,即经验归纳法作为一种新的逻辑方法,突破了长期以来西方完全依赖亚里士多德演绎逻辑方法的局面。也就是说,对于知识和真理的获取要通过实践或者实验来进行。虽然培根对亚里士多德俨然是一种革命,但是他的方法却显然是另外一种逻辑推演的理性方法,马克思在评述培

---

① 吴伟仁:《英国文学史及选读》(第一册),北京:外语教学与研究出版社1992年版,第124页。

② 转引自冒从虎、王勤田、张庆荣:《欧洲哲学通史》(上册),天津:南开大学出版社1985年版,第336—337页。

根的归纳法时就说:"科学是实验的科学,科学就在于用理性方法去整理感性材料。归纳、分析、比较、观察和实验是理性方法的主要条件。"① 这样看来,培根固然将理性等同于上帝的圣灵,未能将二者彻底分开,但是他对于理性的强调和突出却也是显而易见的。

托马斯·霍布斯(Thomas Hobbes,1588—1679)曾经做过培根的秘书,在游历欧洲期间结识了伽利略、笛卡尔等欧陆学者,一定程度上受到了他们的影响。霍布斯在他的《论物体》中对哲学的任务界定道:"哲学的任务乃是从物体的产生求知物体的特性,或从物体的特性求知物体的产生。所以,只要没有产生或特性,就没有哲学。因此哲学排除神学……在神里面是没有东西可以分合,也不能设想有任何产生的。"② 霍布斯认为,哲学的主要任务乃是研究物体的产生或者物体的特性,除此之外,再无哲学,而神和哲学完全是两码毫不相干的事情。显然,霍布斯对培根的学说做了发展,使其理性化倾向更加明显,或者更准确地说,使其自然科学式理性化的倾向更加明显,同时也将上帝和他的圣灵开除出了哲学的殿堂。按照马克思的说法,他把"培根的唯物主义系统化了","消灭了培根唯物主义中的有神论偏见",但是也使得唯物主义哲学"变得片面化了",具有了明显的机械和形而上学的倾向。③ 这种机械化和形而上学倾向的唯物主义哲学使理性化倾向更加明显,而且将之推到了一种极端化的独断论倾向。

另一位英国哲学家约翰·洛克(John Locke,1632—1704)认同培根的经验认知方法,他宣称:"我们全部的知识是建立在经验上面的;知识归根到底都是导源于经验的。"④ 与霍布斯不同,洛克虽然承认世界的物质属性,但也承认世界的精神属性。培根主张"二重真理论",认为

---

① 冒从虎、王勤田、张庆荣:《欧洲哲学通史》(上册),天津:南开大学出版社1985年版,第340页。
② 同上书,第345页。
③ 同上书,第352页。
④ 同上书,第373页。

理性和信仰二者可共同存在，互不矛盾。霍布斯用哲学排除了神学，只是一味鼓吹理性的权威。洛克企图在理性与信仰二者间寻求妥协，认为理性固应取得权威地位，但是信仰的地位亦不应否定。他在《人类理解论》中写道：

> 理性如果与信仰对立起来，则我的分别是这样的：就是，理性底作用是在于发现出人心由各观念所演绎出的各种命题或真理底确实性或概然性……信仰则是根据说教者底信用，而对任何命题所给予的同意；这里的命题不是由理性演绎出的，而是以特殊的传达方法由上帝来的……任何东西都不能借启示一名摇动了明白的知识，或者在它与理解底明白证据直接冲突以后，让人来相信它是真的……在任何事情方面，我们都必须以理性为最后的判官和指导……任何行动或意见如果契合于理性或圣经，则我们可以看它有神圣的权威的。①

洛克指出，理性在于通过逻辑推演或者实践验证来发现各种命题的真实性或者可能性，而信仰则是通过对于说教者的信任或者崇拜而直接给予的、未经理性验证的认可或者同意。接着，洛克认为任何东西都不能借着神的启示的名义，在挑战明确无误的证据的情况下，来强行让人们接受并认为它是真实无误的，他说理性才是任何事情的"最后的判官和指导"。但是同时他又强调圣经的权威性，宣称任何行动或者命题只要符合圣经，那么它也是有权威的。这样看来，洛克在极力推高理性的神圣地位的同时，也为宗教信仰留下了很高的位置，他显然是要在二者之间达成平衡和妥协。

法国哲学家勒内·笛卡尔（René Descartes, 1596—1650）要求用理

---

① 冒从虎、王勤田、张庆荣：《欧洲哲学通史》（上册），天津：南开大学出版社1985年版，第390—391页。

性来判断一切，并且改造一切。他宣称，"要想追求真理，我们必须在一生中尽可能地把所有事物都来怀疑一次"，"除了通过自明性的直觉和必然性的演绎以外，人类没有其他的途径来达到确实性的知识"；当然他也强调他的怀疑方法并不同于为怀疑而怀疑的不可知论者，他的目的在于"只是要为自己寻求确信的理由，把浮土和沙子排除，以便找出岩石和黏土来"。① 他提出了自己的一个重要观点"我思故我在"，他在《哲学原理》中写道：

> 我们既然这样地排除了稍可怀疑的一切事物，甚至想象它们是虚妄的，那么我们的确很容易假设，既没有上帝，也没有苍天，也没有物件；也很容易假设我们自己甚至没有手没有脚，最后竟没有身体。不过我们在怀疑这些事物的真实性时，我们却不能同样假设我们是不存在的，因为要想象一种有思想的东西是不存在的，那是一种矛盾。因此，我思故我在的这种知识，乃是一个有条有理进行推理的人所体会到的首先的、最确定的知识。②

笛卡尔阐述说虽然怀疑会让许多事物失去了存在的真实性，但是对于怀疑的主体——人却不能加以怀疑，因为怀疑这种思维的过程在人身上的存在证明了人本身是真实存在的。同时，他也宣称上帝的存在是不能怀疑的，他认为人的认识能力是上帝给予的，但是他对于上帝存在的论证是从人本身的存在来出发的，这样"显然是贬低了上帝的地位和作用"③。由于笛卡尔对于自然科学的深厚了解和伟大成就，他也是欧洲近代机械唯物主义的早期代表之一，他极力论证世界的物质性，"全宇宙

---

① 冒从虎、王勤田、张庆荣：《欧洲哲学通史》（上册），天津：南开大学出版社 1985 年版，第 396—398 页。
② 同上书，第 399—400 页。
③ 同上书，第 402 页。

只有一种物质……地和天是由同一物质做成的；而且纵然有无数世界，它们也都是由这种物质构成的。由此，就得出一个结论，即多重的世界是不可能的"，"物质或物体的本性，并不在乎它是硬的、重的、或者有颜色的，或以其它方法激刺我们的感官。它的本性只在于它是一个具有长、宽、高三量向的实体"。① 笛卡尔将世界归为物质，而且将物质的特性归结为可以量化和排列组合的性质，这就充分表现了他的机械唯物主义特性，也就是将世界归结为自然科学式的理性可以解释的对象，正如他所说："给我物质和运动，我将为你们构造出世界来。"②

荷兰哲学家斯宾诺莎（Baruch de Spinoza, 1632—1677）宣称："观念的次序和联系与事物的次序和联系是相同的"，"人心能够知觉许多物体的性质，以及它自己身体的性质"，"人心有认识许多事物的能力，如果它的身体能够适应的方面愈多，则这种能力将随着愈大"，"理性的本性不在于认为事物是偶然的，而在于认为事物是必然的"。③ 斯宾诺莎重视理性的认识作用，认为人的理性可以认知事物。但是，他同时认为理性获取知识除了通过逻辑推演的手段之外，还有理性直观把握的手段，逻辑推演的手段并不是经常准确和可靠的，而理性直观把握的知识则要绝对可靠，是一种"真知识"。他说道，"事物之被我们认为是真实的，不外两个方式：或是就事物存在于一定的时间和地点的关系中去认识它，或是就事物被包含在神之内，从神圣的自然必然性去认识它。"④ 这种对于事物理性直观把握的重视和认可使得斯宾诺莎要高明于笛卡尔式的数学和物理性的量化认知，因为这种认知方法最少可以将自然界以外的世界作为其认识的对象，而不是简单套用认识自然界的方法来认识包括人类社会、精神心灵在内的整个世界。只是可惜的是，这种理性直观

---

① 冒从虎、王勤田、张庆荣：《欧洲哲学通史》（上册），天津：南开大学出版社1985年版，第403—404页。
② 同上书，第405页。
③ 同上书，第424—427页。
④ 同上书，第429—430页。

把握的手段后来并没有被当时众多的认识论哲学家所认可和推广。相反，众多认识论哲学家仅仅重视笛卡尔式的数学和物理的量化方法，使得当时的哲学表现出了强烈的机械唯物主义倾向。

另一位欧洲唯理论哲学家莱布尼茨（Gottfried Wilhelm Leibniz, 1646—1716）同意笛卡尔的天赋观念论。他的著作《人类理智新论》宣称：

> 感觉对于我们的一切现实认识虽然是必要的，但是不足以向我们提供全部认识，因为感觉永远只能给我们提供一些例子，亦即特殊或个别的真理。然而印证一个一般真理的全部例子，尽管数目很多，也不足以建立这个真理的普遍必然性，因为不能因此说，过去发生过的事情，将来也会同样发生……只有理性能建立可靠的规律。[1]

显然，此处莱布尼茨对于培根所倡导的经验归纳法有所质疑，因为这种方法所建立的知识不具备普遍必然性。他认为，理性的逻辑推演则可以建立必然的知识，"有两种真理：推理的真理和事实的真理。推理的真理是必然的，它们的反面是不可能的；事实的真理是偶然的，它们的反面是可能的"[2]。当然，这里面有一个前提，莱布尼茨所指的推理的出发点是"一些先天的概念、原则"等，如那些不证自明的几何学公理。这就和笛卡尔的天赋观念衔接了起来。[3] 莱布尼茨还没有完全摆脱神学的枷锁，有在哲学和神学之间妥协和平衡的成分。但是，莱布尼茨和其他同时代大多数的哲学家一样，都是对理性认识方法表示完全赞同和深刻

---

[1] 冒从虎、王勤田、张庆荣：《欧洲哲学通史》（上册），天津：南开大学出版社1985年版，第448页。
[2] 同上书，第449页。
[3] 同上。

认可的。理性方法依然是他哲学理论的重要方法。

英国经验主义者休谟（David Hume, 1711—1776）宣称：

> 思想中的一切材料都是由外部的或内部的感觉来的……除了对知觉而外，我们对任何事物都没有一个完善的观念。一个实体是和一个知觉完全差异的。因此，我们并没有一个实体观念……因果关系永不能使我们由我们知觉的存在或其性质，正确地推断出外界的连续不断的对象的存在……关于实际事情的一切理论似乎都建立在因果关系上……因果之被人发现不是凭借于理性，乃是凭借于经验……人心纵然极其细心地考察过那个所假设的原因，它也不能在其中发现出任何结果来。因为结果和原因是完全不一样的，因此，我们也不能在原因中发现出结果来……习惯就是人生的最大指导。只有这条原则可以使我们的经验有益于我们，并且使我们期待将来有类似过去的一串串事情发生……由于人类理解力的缺陷，神的性情对于我们完全是不可了解，不可知的。①

休谟的经验论观点在他的陈述中显露无疑：因果关系必须在经验范围内才能加以认定，否则就是不可靠的。显然，休谟仅对于感觉和经验是接受和认可的，认为这二者才是认识的源泉，人类的知识只能在知觉的范围之内才能加以验证和接受。这一点上他和培根是有相承关系的。所以，休谟的经验论可以说是一种有限而狭窄的思维，但是他的怀疑论哲学依然体现了他严谨而理性的思考方式，体现出"十八世纪正在忙于产业革命的英国资产阶级的务实精神"②。

法国启蒙运动时期，伏尔泰（Voltaire, 1694—1778）认为"我们的

---

① 冒从虎、王勤田、张庆荣：《欧洲哲学通史》（上册），天津：南开大学出版社 1985 年版，第 467—480 页。
② 同上书，第 480 页。

最初的观念乃是我们的感觉……我们的观念都是通过感官得来的……我们是决不应当去做假设的；不应当说：我们从制造一些原理开始吧，用这些原理就可以力求解释一切。而应当说：我们来对事物做出精确的分析吧，然后我们可以带着很大的疑虑去看看它们是否与某些原理有关"①。伏尔泰也是一位经验论者，他认为人类的认识能力不会超出自身的感官范围，即人们只能认识到事物的现象，而不能把握其本质。另一方面，伏尔泰曾经写道："一切享有各种天然能力的人，显然都是平等的；当他们发挥各种动物机能的时候，以及运用他们的理智的时候，他们是平等的。"② 虽然伏尔泰认为人类的认识能力有限，不能超出自身的感官能力范围，不能片面地运用逻辑推演来认识世界。但是，伏尔泰依然鼓吹人类运用理性和分析去认识和感知世界，只是这样产生的认识，照伏尔泰的看法要经过验证和核实。从这个角度，我们可以说伏尔泰的学说是在鼓吹严谨地运用理性，甚至他认为在理智方面人人都是平等的，人人都应当充分运用自身的理智。当然，伏尔泰并不是一位真正意义上的平等主义者，他对现行的事实上的不平等反而是赞成的。

孟德斯鸠（Baron de Montesquieu, 1689—1755）则努力要建立起法治世界，他宣称，"从最广泛的意义来说，法是事物的性质产生出来的必然关系。在这个意义上说，一切存在物都有它们的法。上帝有他的法；物质世界有它的法；高于人类的'智灵们'有他们的法；兽类有它们的法；人类也有他们的法。"③ 在这里，孟德斯鸠的"法"某种程度上变成了和"规律"与"秩序"意义大致相同的词语，在这个意义上，他强调"法"的神圣性也是在强调"规律"的神圣性，要求人们探求事物的规律，认识事物的规律并且遵守这些规律。这里面显然还是在强调

---

① 冒从虎、王勤田、张庆荣：《欧洲哲学通史》（下册），天津：南开大学出版社1985年版，第17—18页。
② 同上书，第19页。
③ 同上书，第23页。

人类应该运用自身的理性来认识事物的客观规律。

卢梭（Jean-Jacques Rousseau，1712—1778）和孟德斯鸠在某些方面是有相同点的，他们都强调要努力实现人类的平等。虽然卢梭的重点在于建立人类的平等和自由的秩序，他的论述也不乏澎湃的热情，但是总体而言，他的文字依然是贯穿着严密逻辑和平和说理的理性精神。

随后的梅叶（Jean Meslier，1664—1729）宣称，"我们用头脑（更确切地说是用大脑）在思维，在想望、在认识、在判断，正像我们用眼睛在观看，用耳朵在谛听，用嘴舌在辨味，用手在摸触，用脚在走路并通过全身各部分在感受快乐或痛苦一样。"① 梅叶坚持一种唯物主义的认识论，认为笛卡尔的二元论是不合理的，强调精神或意识对于物质的依赖或次生性。他号召民众，"你们要完全抛弃一切无意义的和迷信的宗教仪式，要从你我心里除尽对这种虚伪圣礼的盲目的和狂妄的信仰！"② 梅叶激烈攻击宗教，宣扬无神论，倡导人们运用自身的智慧和理性来思考问题和认识世界。

战斗的无神论者狄德罗（Denis Diderot，1713—1784）公开声言："上帝是没有的；上帝创造世界是一种妄想。"③ 在认识论方面，狄德罗提出了三种主要的方法，他写道："我们有三种主要的方法：对自然的观察、思考和实验。观察搜集事实；思考把它们组合起来；实验则来证实组合的结果"，"您如果想要我相信神的话，一定得让我摸得到他"，"'如何'是从事物中取出来的；而'为何'则是从我们的智力中取出来的"，"除了实验以外，没有别的方法可以识别错误"。④ 可以说，狄德罗的说法将理性的认知方法变得更加具体化、详细化了，使得理性相对于信仰而言具备了更加强大的力量，同时

---

① 冒从虎、王勤田、张庆荣：《欧洲哲学通史》（下册），天津：南开大学出版社1985年版，第51页。
② 同上书，第54页。
③ 转引自上书，第58页。
④ 同上书，第67—71页。

也使得理性渐渐获得了更加显著高大的地位。

拉·美特利（Julien Offroy de La Mettrie，1709—1751）在继续鼓吹无神论观念的同时，他批判唯心论哲学和笛卡尔的二元论，坚持唯物主义观点。他甚至认为人本身就是一种机器：

> 现在我们再来详细地看看人体机器的这些机括。……一棒打下来，眼皮不是机械地闭起来了么？瞳孔不是机械地在日光灯下收缩以保护网膜，在黑暗里放大以观看事物么？……肺不是机械地不断操作，就像一架鼓风的机器一样么？……心脏不是机械地具有比一切其他肌肉更强大的伸缩力么？①

拉·美特利的这番机器论言说，在某种意义上说具备一定的客观意义，因为人体自身的确是一种非常精密而完备的生命系统，或者说是一部远比机器精密而完备的生命系统，现当代科学的发展成就完全足以证明这一点。但是，拉·美特利进一步宣称："思想和物质绝不是不可调和的，而且看起来和电、运动的能力、不可入性、广袤等等一样，是有机物质的一种特性。"② 这种说法似乎具备一定道理，甚至可以说与上述所引一样具备说服力。是的，人的思想意识的确是人自身作为生命系统的物质存在的一种物质机能，但是人的思想意识却并不仅仅是人作为生命系统的一种物质属性，它更是人脑对于客观世界的主观映像，是人类在社会生活实践中逐渐形成的、存在于精神和心灵世界的文化和知识积淀。这样，拉·美特利的这种说法忽略了人思想的社会属性，没有意识到"人的意识、思维不仅是人脑的属性，而且是社会实践的产物"③。拉·美特

---

① 冒从虎、王勤田、张庆荣：《欧洲哲学通史》（下册），天津：南开大学出版社1985年版，第76—77页。
② 转引自上书，第77页。
③ 同上书，第78页。

利的说法体现了当时哲学界对于唯物主义科学思维的极端夸大化，也体现了理性尤其科学技术理性日益成为最主要思维方式的这一历史事实。另外，拉·美特利宣称感觉和经验是唯一可靠的认识手段，将科学技术理性视为认识世界的最高手段，这就否定了超出感觉和经验的事物的存在和意义，从而有将一切事物运用分析、数学和机械的手段来加以认知的危险，人为地割断了生命、精神和心灵的存在依据，否定了生命、精神和心灵的综合性、非逻辑性和非机械性。

而后来的爱尔维修（Claude Adrien Helvétius, 1715—1771）更是将这种观点推进到极端的一步，他宣称"我们的一切观念都是通过感官而来的"，"精神的全部活动……都归结到感觉"；他甚至写道，"肉体的感受性乃是人的需要、感情、社会性、观念、判断、意志、行动的原则"，"肉体的感受性乃是人的唯一动力"。① 基于这种观念，爱尔维修提出了自己的功利主义道德哲学，"利益是我们的唯一推动力。人们好象在牺牲，但是从来不为别人的幸福牺牲自己的幸福。河水是不向河源倒流的，人们也不会违抗他们的利益的激流。谁想这样做，就会是疯子"②。这种功利主义哲学实质上是资产阶级自我中心主义的哲学表达，反映了资产阶级在同封建贵族和宗教势力作斗争时的心灵呼声。爱尔维修更梦想把这种学说发展成世界宗教，宣称这种宗教只从人的本性出发，而不是从神性出发来提炼其基本原则。这种世界宗教的设想还是有一些道理的，它显然是要建立真正人的宗教，而不是用神圣而缥缈的神性来约束人，但是这种设想却也有将人类世界平面化和庸俗化的倾向。这种倾向恰恰是爱尔维修这种极度鼓吹感觉和经验哲学的危险性，是一种将科学技术理性凌驾于人类一切精神和心灵状态或境界的哲学思维方式。

---

① 冒从虎、王勤田、张庆荣：《欧洲哲学通史》（下册），天津：南开大学出版社1985年版，第83—85页。
② 同上书，第88—89页。

霍尔巴赫（Paul-Henri Thiry, Baron d'Holbach, 1723—1789）的机械唯物主义倾向更加明显。他宣称：

> 我们的思维方式必然被我们的存在方式所决定；所以，它依赖于我们的自然的机体，也有赖于我们的机制在不受意志支配的情况下所接受的种种改变。由此，我们不能不得到这样的结论：我们的思维、我们的反省、我们的观看、感觉、判断、配合观念等等的方式，既不能是自愿的，也不能是自由的。①

霍尔巴赫哲学的唯物主义性是显而易见的，他指出了存在对于思维的决定性意义，否定了灵魂的不朽论调，坚称感觉对于思维的基础性意义，从而也最终从根本上否定了上帝的存在，批判了教会的虚伪和荒谬性，坚定地支持资产阶级意识形态的合法性。但是，我们也应认识到，霍尔巴赫只注意到了存在对于思维的决定性，却忽略了思维对于存在的相对独立性，更忽略了思维对于存在的认识和改造作用。这种观念是不符合马克思辩证唯物主义思想的，因为它将物质对于思维的决定性推进到了一种绝对化的地步，从而使唯物主义走向了极端的境地，变成了真理的敌人——谬误。

德国哲学家康德的星云假说既有唯物主义观点，也包含有辩证法因素，因为他在《宇宙发展史概论》中虽然重申了笛卡尔"给我物质，我就用它造出一个宇宙来"的说法，他依然为上帝留下了存在的空间，声称"我的体系同宗教是一致的"。② 按照冒从虎先生的讲法，康德哲学中两个非常重要的概念是"现象"和"物自体"，康德说："作为我们感官对象而存在于我们之外的物是已有的，只是这些物本身可能是什么样

---

① 冒从虎、王勤田、张庆荣：《欧洲哲学通史》（下册），天津：南开大学出版社1985年版，第105页。
② 同上书，第129页。

子，我们一点也不知道，我们只知道它们的现象，也就是当它们作用于我们的感官时在我们之内所产生的表象。"① 康德认为人类可以认识事物的现象，但是对于物体本身或者"物自体"则毫无知识，因此康德认为人的理论理性或者纯粹理性能而且只能认识物的现象，而实践理性又不可能使"物自体"在"现象"中得以实现，只有判断力才可以将"物自体"和"现象"统一起来。

而关于这种判断力，威尔·杜兰特（Will Durant，1885—1981）在《西方哲学简史》中写道：

> 这种真理的正确性先于我们的经验；它们不依赖过去、现在或将来的一切经验。可是，我们从哪里来获得这种绝对而必然的特性呢？不可能从经验中得来，因为它赋予我们的仅是片面的感觉与事件，而它们的顺序将来也可能发生改变。这些真理的必然性来源于我们精神的固有结构、来自我们精神活动的自然和不可避免的方式。因为，人的精神（康德的伟大观点终于在此露面了）并不是被动的唱片，可以任凭感觉与经验给它灌上绝对与反复无常的意志；它也不仅仅是一系列心理状态的抽象名词；它是一种能动的器官（organ），能将感觉塑造、整理成为观念，使纷繁复杂的经验变成有条理的思想。②

看来，杜兰特认为康德所谓的"判断力"是"我们精神的固有结构"和"我们精神活动的自然和不可避免的方式"。也就是说，康德认为要依靠人类精神或心灵的本质内容以及它们最根本的思维方式来获取真理，感

---

① 冒从虎、王勤田、张庆荣：《欧洲哲学通史》（下册），天津：南开大学出版社1985年版，第130—131页。
② [美]威尔·杜兰特：《西方哲学简史》，梁春译，北京：新世界出版社2005年版，第232页。

觉显然在此处只是并不可靠的工具而已,因为感觉和经验具有偶然性,通过它们获取的认识必然是具备一定偶然性的,从而不具备完全的可靠性。唯有通过判断力,人类才能对现有的经验和感觉进行整理和拣选,从中产生出真正可靠的认识和思想。

杜兰特认为康德哲学是一种唯心主义哲学,并且认为"一百年以来,康德的唯心主义与启蒙运动的唯物主义的较量一直在进行着,虽然双方都经过了多方面的改革或修饰,但康德似乎占了上风"[①]。显然,杜兰特强调康德哲学唯心主义的一面。但是,事实上,康德并不是一味突出强调精神的一面,他在《纯粹理性批判》中指出:"理性左执原理,右执实验,为欲受教于自然,故必接近自然。但得理性之受教于自然,非如学生之受教于教师,一切唯垂听教师之所欲言者,乃如受任之法官,强迫证人答复彼自身所构成之问题。"[②] 康德指出,人类对自然的认识不是简单而机械的反映论,需要在这个过程中秉持人自身相对的独立性和中立性,而不是完全为自然所钳制和禁锢。从这个角度上说,康德对于认识过程中物质的决定作用并不否认,只不过他反对的是那种对于自然和物质亦步亦趋的机械反映论。冒从虎先生认为"康德是一位二元论者",同时也认为康德是在努力"把十七、十八世纪哲学中被认为是绝对不相容的东西统一起来","康德的思想是趋向辩证的",但他"只是把对立面拼合或捏合在一起,而没有达到真正的辩证统一"。[③] 这种说法是更有道理的一种观点,杜兰特自己也写道:"康德对理性的批判和对感情的崇尚为叔本华和尼采的唯意志论,为柏格森的直觉论,为威廉·詹姆士的实用主义铺平了道路;他将思维规律和现实规律等同起来,把一整套的哲学系统传给黑格尔;他的不可知的'物自体'观点对

---

① [美]威尔·杜兰特:《西方哲学简史》,梁春译,北京:新世界出版社2005年版,第251—252页。
② 冒从虎、王勤田、张庆荣:《欧洲哲学通史》(下册),天津:南开大学出版社1985年版,第145页。
③ 同上书,第180页。

斯宾塞的影响远远超出了斯宾塞本人的认识。"可见康德哲学是一个包含着矛盾和对立观念在其中的哲学系统,正因为这一点许多不同流派和倾向的哲学家都从他身上汲取了丰富的营养。① 当然,康德的二元论哲学不同于笛卡尔的二元论哲学。笛卡尔虽然承认上帝的存在和价值,却是以人为出发点来论证上帝的存在性的,与康德所讲的人的理性与上帝的神性并行不悖观念不同。

早期的费希特(Johann Gottlieb Fichte,1762—1814)作为康德哲学的阐述者,对于康德看重精神的这种观点非常重视。但是,随着时间的推移,费希特渐渐表现出了对于康德的批评,他认为康德哲学造成了"理论和实践、必然和自由、存在和思维的分裂",这种分裂的关键原因在于康德的"物自体"观念。② 他提出,"物自身是一种纯粹的虚构,完全没有实在性","注意你自己,把你的目光从你周围收回来,回到你的内心,这是哲学对它的学徒所做的第一个要求。哲学所要谈的不是在你外面的东西,而只是你自己","自我设定自身和非我"。③ 费希特的这种倾向显然将康德的二元论推向了主观唯心主义的泥淖,突出强调了人的主观能动性,否定了康德的"物自体"观念,否定了自然界本身内在规律的客观性和复杂性,同时也就否定了康德哲学中唯物主义的一面。但是另一方面,费希特哲学的这种主观唯心主义倾向深深地启发和影响了后来的谢林、黑格尔哲学。

谢林(Friedrich Wilhelm Joseph von Schelling,1775—1854)作为费希特的追随者,起初对于费希特的哲学非常信服,和费希特一样对于康德将理论和实践、必然和自由、思维和存在割裂开来表示反对。很快,也像费希特背离了康德哲学一样,谢林也离开费希特走出了一条自己的

---

① [美]威尔·杜兰特:《西方哲学简史》,梁春译,北京:新世界出版社2005年版,第251页。
② 冒从虎、王勤田、张庆荣:《欧洲哲学通史》(下册),天津:南开大学出版社1985年版,第182—183页。
③ 同上书,第183—187页。

哲学道路。他认为"自我"并不能够真正设定"非我","自我"与"非我"之间需要存在一个"绝对同一性",因为"自我"与"非我"二者之间相互对立,"自我"对"非我"就必然不存在绝对的力量,二者之间从而需要一个共同的根据和本源"绝对同一性"。关于"绝对同一性",谢林认为,它"乃是一种无意识的、不可称谓的东西,因而不是知识的对象,而只能是行动中永远假定的,即信仰的对象"。[1] 显然,谢林将"绝对同一性"置放在了精神的一面,他并没有超出唯心主义和唯物主义的二者区划。他没有看到人类社会的实践活动才应当是"自我"和"非我"、主体和客体二者共同的本源和根据,才是"绝对同一性"的真正所指。相反谢林只是回到了信仰的泥淖,将"绝对同一性"推向了信仰的怀抱。尽管如此,谢林能够看到费希特将"自我"无限夸大的危险性,并且将之拉回到了主体与客体彼此协调的水平层次上,这就是一种进步。正如冒从虎先生指出的:"谢林在这里肯定历史发展有其不依个人意志为转移的规律性,肯定了人的自由,并且主张自由和必然的统一,从人类认识发展史上看,这种观点较之那种根本否认历史发展规律的唯意志论和根本否认个人自由的宿命论的历史观,是一个进步。"[2] 另外,谢林哲学已经包含了很深刻的辩证法思想,其中包含了发展和矛盾的观点。他开始把人类社会视为是一个不断发展和进步的历史过程,同时他将矛盾视为是事物运动发展的动力。但是,谢林的"绝对同一性"却又如何能够完全自外于发展和矛盾的存在而成为一种绝对的、无条件的观念呢?

黑格尔是谢林的大学同学,一度对谢林的"绝对同一性"非常推崇,并对之进行大力阐发。但是后来,他与谢林发生哲学认识上的分歧,在他著名的哲学论著《精神现象学》中他指出"绝对同一性"将运

---

[1] 冒从虎、王勤田、张庆荣:《欧洲哲学通史》(下册),天津:南开大学出版社1985年版,第193页。
[2] 同上书,第198页。

动排除掉了，成了"静止的点"。他提出的"绝对理念"则强调自身的矛盾性和运动性，认为它不仅是万事万物的本源和根据，而且是包含矛盾的、具备发展和运动性的。这样，在黑格尔看来，"整个世界无非就是'绝对理念'的产物，是'绝对理念'自我创造、自我运动、自我认识、自我实现的过程"①。

显然，和康德、费希特、谢林这些德国古典哲学家相似，黑格尔也在努力强调精神实体的一面，强调人的精神能动性。而且他把人的自我意识提升为"绝对理念"，认为"绝对理念"是万事万物的根源和创造性主体。这样，黑格尔就把康德哲学中用来制衡人的主体性膨胀的"物自体"压低为人类完全可以认识和改造的客体对象。黑格尔坚信人类的理性力量，认为思维和存在是同一的，表现出了资产阶级对于自身力量的无比信心。

从这个角度来说，西方哲学到近现代为止的发展历程基本可以勾画出这样一个行进路线图：那就是古希腊哲学对于理性非常重视和推崇，中世纪经院哲学对于理性加以压抑，文艺复兴以来西方哲学中理性的地位在上升，以致最终发展为黑格尔的辩证唯心主义哲学。当然这个过程是资产阶级通过城市化、文艺复兴、宗教改革、民族主义运动、启蒙运动、第一次工业革命和第二次工业革命等一系列历史进程来逐步实现的。这个理性化过程里面就必然对于人类认识和改造世界提出了越来越明显的理性呼声，也表现出了资产阶级一步步地对于自身认识世界和改造世界能力的自信。这种理性一方面表现为对于人类认识自然和改造自然能力的日益自信，不将世界归结为不可理解的神的意志，同时也表现为科学技术理性的形式和内容，也就是说人们日益认为对世界的认识和改造只能通过霍布斯、笛卡尔、梅叶、狄德罗、拉·美特利、爱尔维修、霍尔巴赫等哲学家所鼓吹的分析、数学、机械、实验等手段来进行

---

① 冒从虎、王勤田、张庆荣：《欧洲哲学通史》（下册），天津：南开大学出版社1985年版，第208页。

和实现。这种学说和做法正如笔者前文所指出的，它人为地割断了生命、精神和心灵的存在依据，否定了自然世界中生命、精神和心灵的存在，也否定了生命、精神和心灵的综合性、非逻辑性和非机械性，否定了对于生命、精神和心灵应当有一种不同的认知和改造方法，粗暴地将所谓科学技术理性的分析、数学、机械、实验等手段强制性地运用到生命、精神和心灵的领域，造成了一种社会心灵的扭曲和变态。

2. 人文和社会学科知识的理性操作主义倾向

随着科学技术成就日益进步并日益成为人类认识和改造世界的力量来源，同时随着哲学家们的整体理性化倾向的鼓吹，整个社会渐渐形成要对于知识进行验证和核实的共识以确保其成为可靠或可依赖的知识。这样，知识是否是真正的知识或者说是可依赖、可靠的知识就必须要经过一系列分析、数量化、可以验证和核对过程的考验。否则，任何知识就都不会被认为是可以接受和信赖的。关于这一点，1946年诺贝尔物理学奖得主美国物理学家P. W. 布里奇曼（Percy Williams Bridgman, 1882—1961）下面这段文字可以说明一些问题：

> 如果我们能够说明任一物体的长度，那么，我们显然知道我们所谓的长度是什么意思，对物理学家而言，没有必要作更多的解释。要确定一个东西的长度，我们必须进行某种物理操作。当测量长度的操作完成后，长度的概念也就确定了，就是说，长度的概念正好意味着，也仅仅意味着确定长度的一整套操作。总之，我们所说的任何概念其意思就是一整套操作，概念等同于一套相应的操作……采用操作主义观点的意义远不止于对"概念"意义的理解，而是意味着我们整个思想习惯的深刻变化，意味着我们不再容许在思想概念里把我们不能用操作来充分说明的东西当作工具

来使用。①

布里奇曼在他的著作《现代物理学的逻辑》中写了上述这段话。在这本书中，他提出了一个著名的概念"操作主义"（operationism），即凡是操作上不能确定或者验证的概念或知识都应当被无情地抛弃掉。随后，他又将他的这种仅限于实验操作的说法扩大至所谓的精神操作，即纸和笔的操作，以及言语操作。按照这种业已扩大的操作理论，那些凡是不能被实验手段所验证、不能用纸和笔的逻辑或数学推演所验证、也不能被言语思辨和讨论的方式所验证的知识或概念都应当抛弃。布里奇曼的这种说法显然代表了相当一部分持有科学理性的人士的看法。因此，知识的理性操作主义化倾向自然是不可避免的，是大势所趋的，更为关键的是它是科学和理性的，是在人们可见、可验证的范围内值得依赖的知识和概念的验证手段。人们相信只有这样才能真正有效地认识世界和改造世界，否则就是一种虚妄。

这种倾向在很大程度上是实证主义哲学思维在科学研究和论文撰写过程中的一种表现，实证主义是西方哲学理性化过程受到自然科学思维方法重大影响的一种产物。关于这种思维方法与倾向，马尔库塞说道："布里奇曼的预言已经成为事实。这种新的思想方式在今天是哲学、心理学、社会学及其他领域里占统治地位的趋势。许多最令人困惑的概念由于不能用操作或行为给予充分说明而正在被'排除'……这就是实证主义所起的作用，它否定理性的超越因素，因而是社会所需要的行为在学术上的对应物。"②

在人文学术界，一种学术论文的特定撰写规则，即 MLA 格式逐渐形成。MLA 格式是美国现代语言协会（The Modern Language Association

---

① ［德］赫伯特·马尔库塞：《单向度的人：发达工业社会意识形态研究》，刘继译，上海：上海世纪出版集团2008年版，第12页。
② 同上书。

of America）所倡导的一种关于学术论文中引用、标注、参考文献等格式规范。美国现代语言协会1883年成立于美国，其宗旨是推动和加强语言和文学的教学和研究，这个组织目前已有30000多名成员，遍及世界上100多个国家。1951年，当时现代语言协会的行政主管威廉·雷利·帕克（William Riley Parker）编写发表了《MLA格式讲义》，深受读者欢迎。为了回应读者的广泛需求，现代语言协会于1977年出版了第一版《MLA论文写作手册》，1984年第二版出版，1988年第三版出版，第四版则是在1995年出版，随后1999年出现了第五版。网络的普遍应用使得通过计算机网络可以更加便利地开展科研和搜集资料，1999年版相对而言较充分地考虑到了这一现实状况，从而在书中介绍了一些如何使用网络资料信息的规范要求。

在《MLA论文写作手册》中，论文作者被要求应当辨别资料是否是伪造，尤其是面对那些从网络上搜集的资料时，对于那些学术来源未充分标明的资料，应当怀疑其真实性和可靠性。对于任何信息资料，均要注意其日期。从理想的状况来说，任何信息资料都应当标明所有的出版和修订日期。[1]

关于其他一些细枝末节性的环节，《MLA论文写作手册》均有明确要求。单词的拼写要一致，如果一个单词有多种拼写，通常应当使用词典里词条给出的第一种拼写。全书使用了八分之一的篇幅讲解拼写、标点符号、斜体或者下划线、人名、数字、书名及文章题目的处理。

而关于论文撰写比较重要的引用和标注部分，《MLA论文写作手册》进行了相当细致的讲解，大致占据了近140页，全书仅有332页。书中指出引用要分成文章、诗歌、戏剧三类。

文章引用通常要使用引号来加以标示。如果引用文章文字超过了4

---

[1] The Modern Language Association of America. *MLA Handbook for Writers of Research Papers*. pp. 27–28. 文中随后关于MLA论文撰写的要求和规范均出自该书相关章节，文中不再一一注明。

行，就需另起一段，而且每一行引用文字都要缩进 10 个字符，这种引用无须使用引号。如果引用文章文字为 2 个以上段落，那么每一段的第一行则要缩进 13 个字符，而引用段落的其余文字则只需缩进 10 个字符。

诗歌引用通常也是使用引号来标示，诗行之间用斜杠符号分开。如果诗歌引用超过 3 行，通常每一行缩进 10 个字符，这种引用无须再使用引号，也无须再使用斜杠号将每一诗行分开。如果一个诗行需要占用下一行，则需再额外缩进 3 个字符，即缩进 13 个字符。如果引用的诗歌本身有特殊的空间安排，可以在引用中加以再现。

从戏剧剧本中引用时，如果仅为一个人物的部分台词，可以参考文章引用的相关格式：即通常要使用引号来加以标示；如果引用文字超过了 4 行，就需另起一段，而且每一行引用文字都要缩进 10 个字符，这种引用无须使用引号。如果引用两个以上人物的台词，则需缩进 10 个字符标明人物名称（姓名字母全大写，姓名后用圆点句号），且所引用台词需另外缩进 3 个字符。

同时关于引文的省略、改动、引用文字中的标点符号等，书中也有极为详细的说明和要求。

关于英文以外的引文，《MLA 论文写作手册》指出，如果论文作者认为读者理解可能有困难，就应当写出译文并标明译文来源。译文紧随原文，或者原文紧随译文，二者均可，关键在于作者对于读者理解引文原文能力高低的预估。如果引文未单独成段，译文紧随其后，通常放在圆括号中并须加引号，如果译文不加圆括号，则需加单引号。如果引文较长而单独成段，译文也需单独成段紧随其后。

接下来，《MLA 论文写作手册》讲解了对于法语、德语、意大利语、西班牙语和拉丁语人名如何大写的问题，以及论文的打印、纸张、页边距、空间安排、标题、页码、图表与插图、装订等规范问题。

关于引用文献的要求与规范，《MLA 论文写作手册》使用了 91 页篇幅。首先，书中指出，引用文献通常出现于论文结尾并须另起一页，页码与正文相连续，通常以"Works Cited（引用文献）"作为标题并居中。引用文献的条目要按照引文作者姓氏字母顺序排列，如果一些条目第一作者姓名完全相同，则以第二作者的姓氏字母顺序排列。引用文献每一条目第一行无须缩进，其他行需缩进 5 个字符，以示与第一行区分。每一条目的内容顺序基本依次为：引文作者姓氏，逗号，引文作者名字，圆点句号，引文书名（下划线或者斜体），圆点句号，出版城市，冒号，出版社，逗号，出版年限，圆点句号。如果一条引用文献有两个以上作者，第一作者姓氏在前，名字在后，中间以逗号隔开，而其他作者姓名则无须颠倒，即与英文中的通常书写方式一致，名字在前，姓氏在后，最后一位作者姓名前需以"and"连接。

对于引用文献中的一些特殊情况，《MLA 论文写作手册》也对处理规范做了详细的列举。下面为该书列举的一些有代表性的特殊情况：

1. 两条以上引用文献的作者相同如何罗列，
2. 选集中的文章、诗歌或者其他文献如何罗列，
3. 引用序言、前言、后记如何罗列，
4. 引用文献条目佚名如何罗列，
5. 引用文献条目为编辑作品如何罗列，
6. 引用文献条目为译作如何罗列，
7. 引用文献条目为多卷本著作如何罗列，
8. 引用文献条目为系列丛书如何罗列，
9. 引用文献条目出版者为多个出版社时如何罗列，
10. 引用文献条目为政府出版物如何罗列，
11. 引用文献条目出自会议论文集时如何罗列，
12. 引用文献条目为英文以外著作如何罗列，
13. 引用文献条目为 1900 年以前出版物如何罗列，
14. 引用文献条目出自学术期刊、报纸、杂志如何罗列，等等。

同时，该书对于引用文献为混杂性出版物（如绘画、照片、地图、

图表、漫画、印刷广告)、非出版物资料(如电影、电视节目、广播节目、录音资料、视频资料、演出、音乐作品、雕塑、影视广告、讲座、讲演、朗诵、手稿、打印稿、信件、备忘录、法律文书)或者电子出版物(如学术网站上的学术资料、网上书籍、网上政府出版物、网上学术期刊文章、CD-ROM光盘出版物、磁带出版物等)时也指出了处理方法。

对于文中引文出处的标注,《MLA论文写作手册》也耗费了相当的篇幅,因为这也是全书的一个重点部分。首先,书中指出文中引文出处的标注必须与引用文献中的具体条目相关联,即在文中引用文字之后,需要在圆括号中将引文作者的姓氏与具体页码标出,同时引文作者姓氏与引用文献中的引文作者姓氏必须一致,这样就使二者彼此关联,便于读者查证。

如果几位引文作者具有相同姓氏,需在圆括号中将他们名字的首字母标在姓氏之前以示区别;如果几位引文作者姓氏相同,而且名字首字母也相同,那么就在圆括号中将他们名字完整标出以示区别。如果引用作品在引用文献中以书名标出,那么在文中引文出处的标注就需在圆括号中将书名和页码标出。如果总结性地引用了整本著作,则只需在圆括号中标出作者姓氏。如果引文作者的姓氏在引文所在的句子中已有提及,标明了引文作者的知识产权,那么在圆括号中就只需标出页码。

在这一部分接下来的内容中,书中列举了若干种文中引文出处的标注事例,如引用多卷本著作的标注、引用集体作者著作的标注、引用相同一位或多位作者的两部以上著作的标注、间接引用的标注、引用宗教著作的标注、一处引文来自多个著作的标注、如何在引文出处标注的同时加注等。

另外,《MLA论文写作手册》也将一些时间单位缩写、地理名词缩写、常用词缩写、出版社缩写、常见的文学和宗教著作的缩写一一列出，以备论文撰写者参考查用。

虽然《MLA 论文写作手册》所讲述的论文规范要求是针对文学、哲学、历史等人文学科论文撰写过程而言的，语言学等学科则更重视时效性很强的新近文献，因而更倾向于使用 APA 格式，但是不论 MLA 格式还是 APA 格式，二者都是在前文所述的理性操作主义倾向的思维方法之下所制定的论文撰写规范，二者的区别大同小异，都反映了理性操作主义的思维特点。当然，这种思维方式无疑在很大程度上是一种必须加以承认的进步，是人文学科和社会学科论文撰写的科学方法指导，在很大程度上保证了学术成果的严谨性、客观性、可验证性和可靠性，杜绝了学术泡沫和学术骗局的大量出现。

但是，另一方面，我们必须看到，正如前文所引马尔库塞的说法："许多最令人困惑的概念由于不能用操作或行为给予充分说明而正在被'排除'……这就是实证主义所起的作用，它否定理性的超越因素，因而是社会所需要的行为在学术上的对应物。"按照这种理性操作主义思维方式的论文撰写规范，许多富有思想性和见地的论文往往会因为不符合引用、标注的规范要求而被束之高阁，因为这种论文在叙述过程中往往会因为紧跟思维的脚步而忽略了程序上的正确和严谨，并最终因为程序上或者形式上的瑕疵而被置之不理，从而丧失掉它们本应拥有的学术价值。事实上，这种论文撰写规范是在将科学技术等学科所谓理性的分析、数学、机械、实验等手段和方法不加区分地、粗暴地强加于侧重综合性、非逻辑性和非机械性的人文和社会学科之上。这种做法，当然在一定意义上具有进步和积极意义，能够有效地杜绝学术泡沫和学术骗局的大量出现，也能促进人文和社会学科学术成果的严谨性和可靠性。但是，这种论文撰写规范的大量付诸实践却在事实上造成了理性操作主义的大获全胜，造成了人文学科和社会学科的扭曲和变态，在某种程度上背离了人文社会学科的本质和宗旨，即这些学科首先是追求对于人类心灵、生命和精神的更高层次的认识和了解，追求对于人类社会的完美和理想设计，追求对于人类社会在幸福和文明进程上的提升和推进，而不是一种与人类世界和社会完全无涉的客观认知，更不是以客观认知为名对于人类世界和社会的任意分析、统计、实验和求证。在这个意义上，这种论文撰写规范人为地割断了生命、精神和心灵的存在依据，否定了自然世界中生命、精神和心灵的存在，也否定了生命、精神和心灵的综合性、非逻辑性和非机械性，否定了对于生命、精神和心灵应当有一种不同的认知和改造方法，粗暴地将所谓科学技术理性的分析、数学、机械、实验等手段强制性地运用到生命、精神和心灵的领域，造成了科学技术理性的大肆扩张和人文社会科学的收缩和扭曲。

第二节　人文知识分子的职业化和世俗化

在柏拉图的著作《理想国》中，将哲学家视为国家最理想的统治者，他写道：

> 除非是哲学家们当上了王、或者是那些现今号称君主的人像真正的哲学家一样研究哲学，集权利和智慧于一身，让现在的那些只搞政治不研究哲学或者只研究哲学不搞政治的庸才统统靠边站，否则国家是永无宁日的，人类是永无宁日的。不那样，我们拟定的这套制度就永远不会实现，永远不可能实现，永远见不到天日，只能停留在口头。这话我踌躇很久不敢说出，因为我知道这样会犯众怒；说只有这样才能使国家和个人幸福，是很难为人理解的。[①]

很显然，柏拉图给予了哲学家很高的政治期望，同时也如我们所

---

① 冒从虎、王勤田、张庆荣：《欧洲哲学通史》（上册），天津：南开大学出版社1985年版，第119页。

知,他在理想国里将哲学家放置在国家监护者的地位,位居公民三个等级中的最高层次,其次才是武士和农工商人。他甚至宣称哲学家或者监护者是神用金子铸成的,武士是神用银子铸成的,而居于底层的农工商人是神用铜和铁铸成的。在柏拉图当时的时代,哲学家在很大程度上是具有相当人文主义知识的知识分子,虽然他们当中也有一部分对于自然科学有相当的兴趣和知识。因此,我们可以说在西方文明的源头性著作中,人文知识分子的地位和作用是非常显著的。当然,从历史事实的角度来说,柏拉图的这种政治理想在西方社会并没有实现,至少是没有大规模地实现。从理论上说,他的这种理想无疑是具备非常高的合理性的,虽然我们并不能完全有把握地认为知识分子所组成的统治阶级就必然更能推动历史的发展和文明的提升,但是知识分子总体而言比起世袭贵族和民选领袖对世界和人类社会具备更成熟和深刻的认识和洞见。《论语》中子夏所说的"仕而优则学,学而优则仕"在某种程度上和柏拉图的政治理想大同小异,都反映了东西方哲人对于公共政治事务重要性的深刻认知,也都反映了东西方文明在初期对于知识分子在社会引导和治理上履行神圣使命的高度期许。同时事实上,知识分子自身也有要为人类社会指导通向未来道路的自我期许,即他们都拥有高度的社会责任感和担当意识。

在中世纪,人文知识分子的角色主要由教士、早期的大学教师和诗人、剧作家等来充当。由于教士和当时大学教师的宗教背景,他们所研习的知识领域基本都局限于宗教领域,因此他们的角色主要是阐释和宣传宗教思想,力图在全社会树立起宗教的坚定信仰,同时也为全社会建立比较系统和全面的人文知识价值体系。同样,诗人、剧作家等这些知识分子虽然不具备宗教背景,但是,源于当时信仰体系的强大和坚定,也源于他们对于未来美好社会的憧憬和向往,他们的作品都有很强的社会责任感,要么是对于当时社会现实的讽刺和批判,要么是对于未来乌托邦世界的颂扬和憧憬。大致言之,他们的作品都具有知识分子历来所具备的社会引领意识。

但是，随着文艺复兴、地理大发现、宗教改革、近代欧洲民族国家的崛起，以及逐渐发展起来的启蒙运动，宗教的专制地位终于被撼动，科学和理性开始成为人们生活中与宗教相提并论的概念，不再仅仅被遮蔽在宗教的羽翼下仰其鼻息。随后的第一次和第二次产业革命使人们更加震撼于科学与理性的巨大力量，同时达尔文的进化论更将宗教逼进了回旋极为狭小的角落，因为达尔文证明人类是由猿猴进化而来的，而非由上帝创造了其始祖亚当与夏娃，这样上帝本身的存在就遭到严重的质疑。很明显，在与科学和理性的较量中，宗教败下阵来，从而科学和理性变得力量日益强大。

正如前文所述，西方近现代以来现代性的进程意味着理性和科学的大肆扩张，也意味着人文精神的大幅退缩。在某种意义上，宗教的败退意味着中世纪以来最大的人文知识阵营的溃败。当然，这样说并不是说宗教的被颠覆是一件完全值得同情或者反思的事件，而是说随着宗教的被颠覆，人文知识尤其人文价值伦理体系遭到颠覆，科学和理性尤其是技术科学和技术理性大肆进入人文知识领域，人文知识领域变成了技术科学和技术理性的跑马场。长期以来，受人文知识体系维护和发展的价值和伦理体系也就受到了严重的挑战。价值和伦理体系变成了名存实亡的空壳，也就失去了对于人们的约束和规范作用。知识分子变成韦伯所说的"无灵魂的专家，无心的享乐人"①。

1. 科尔曼和黛芬妮：人文知识分子的职业化

现代性的进程在另一方面也意味着资本主义的大肆发展，即利润的追逐而不是需要的满足成了生产的最终目的，也就是说生产产品不是为

---

① ［德］马克斯·韦伯：《新教伦理与资本主义精神》，康乐、简惠美译，桂林：广西师范大学出版社 2007 年版，第 189 页。

了满足人们的物质需要，而主要是为了资本家对于更多利润的追逐。资本家为了获取更多的利润，必然需要对产品做各种各样的革新以不断吸引公众的购买兴趣，生产出更多的新产品，更快地生产出新产品成了资本家感兴趣的事情。同时，资本家对于利润的追逐是以维持工厂的延续和改善工人的生计为名进行的，这样资本家私人意义的利润追逐就深深地染上了一层社会福利提升的色彩，资本主义的生产和再生产就可以堂而皇之地成为一种正当性的社会行为，具备社会化的普遍意义。但是事实上，这种生产除了满足人类的物质需求之外，在更大程度上成了鼓励物质占有、非理性消费和物质崇拜的物欲催化器，从而也成了环境污染、资源掠夺、贫富差距加大和诸多社会问题的加速器。人类开始陷入一种历史的悖论，即为了生活的维持和改善需要不断地生产和不断地再生产新产品，但同时这种资本主义生产却也为人类带来了一些严重的问题。

资本主义生产方式对于新产品的追逐以至于崇拜，对于知识界，无论是自然科学知识界还是人文社会科学界都有很大程度的侵入，即知识界也唯有不断地生产出新产品——新知识才能证明自身存在的价值和意义。同时，知识界人士也很快认识到了他们的薪酬在很大程度上由他们的产品的数量和更新度来决定。这种评估和衡量的方式对于人文知识分子尤其具有相当程度的扭曲和异化作用，因为这俨然是在以评估工厂产业工人的方式来评估人类精神食粮的生产者。同时，这更是一种人为性的催生和催化行为，它忽略或者说漠视了知识生产的数量有限性和生产过程的长期性。另外，这种评估方法忽视了人文知识分子对于精神价值体系的维护和发展作用，也就是说一部分人文知识分子只要有效地将人类千百年来所生产的精神文明养分传递给下一代，他们就应当被认定或评估为合格，而不是仅仅以他们知识产品的数量来对他们进行评估。

小说《人性污点》中，在雅典娜学院担任院长期间，对于那些资深教授们每年从自己古董一般的博士论文中拼凑而成发表在校内刊物上的论文，科尔曼·希尔克教授毫不客气地斥责为"你们这些人都是在回收利用自己的垃圾"①。他关闭了教授们定期刊发论文的、不公开发行的校内刊物。他安排那些不思进取的教授们去教授一年级英语、历史入门以及新生规划课程。而且他首次让教授们详细罗列从事的科研项目，以书面的形式申请带薪休假。同时，他将竞争机制引入职称晋升，强力推行一位他曾经的对手指责他的所谓的"犹太人的做法"②。从这里我们可以看到，科尔曼所推行的措施显然是在促进教授们的知识产出，即要发表越来越多的、越来越新的科研论文或者出版越来越多、越来越新的学术专著，以向外界表明雅典娜学院在学术研究领域一直有着持续不断的、推陈出新的表现，从而为雅典娜学院赢得日益显赫的名声。显然，这是资本主义生产方式在学术界，尤其是在人文学术界的延伸。另一方面，科尔曼完全忽略了人文教授们的另一个重要任务乃是将千百年来人类所创造的精神文明养分传递给学生们。因此，他没有关注这些教授们是否认真尽责地履行了教学任务，是否真正有效地培养和塑造了沐浴精神文明养分成长的学生，使他们成长为具有一定社会使命感、责任感和批判意识的年轻一代。

科尔曼的做法事实上是在贯穿一种为了创新而创新的思维方式，使得人文科学的研究某种程度上背离了它应有的方向，不再为人类开发和提供更多将人类社会推向更高层次文明阶段的知识和养料。相反，按照他的逻辑，只要是创新的，就是好的，无关乎这种创新本身对于人类社会是否有意义或有价值。难怪他对于阿基琉斯的解读是那样一种方式：将阿基琉斯的英雄行为片面地解释为性欲的冲动。科尔曼这种曲解经典的行为助推了对于经典的误读行为，剔除了经典对于人的心灵的塑造因素，可能适得其反地将学生塑造成了庸俗而低下的肉欲追逐者。这种危害不容小视，本文在前文章节中已有所探讨。而科尔曼这种任意解释经

---

① Roth, Philip. *The Human Stain*. New York: Vintage Books, 2001, p. 8.
② Ibid., p. 9.

典的行为从根本上讲，乃是人文学术界向资本主义生产方式、管理模式大踏步前进所造成的，也是人文知识分子在资本主义大潮下全面溃败、最终缴械的结果。作为一名人文主义学者，科尔曼需要像产业工人一样推出新产品，即新的学术成果，而且要持续不断地这样做，否则他就会被视为一个失败的或者不合格的学者，因为不能不断推出新的学术成果。在这种考核机制的驱使下，科尔曼自觉或者不自觉地要求自己不断用新的视角和方法来观照文学作品，力图对那些经典的古希腊文学作品做出日新月异的解读和评论，以向学术界和学校当局证明自身的存在价值和日益累积的学术成果。在这种不断推出新的学术成果的时候，他并没有意识到这种为了创新而进行的创新某种程度上是一种负创新。因为创新只有在有利于人类生存和延续、有利于人类维持或者建立文明社会秩序的前提之下才是有意义的和有价值的，而显然科尔曼的这种创新不具备这种意义，他对于阿基琉斯的解读只是迎合了一种泛性欲主义的低下潮流，是在引导学生们回归动物欲充斥的原始世界，根本不是要引导学生迈向一种更富有秩序、更为文明优雅的生活状态。

科尔曼的这种行为表面看是在不断地创新，不断地推出新的学术成果，但是这种创新不能算是一种真正有意义的创新，甚至反倒是有害的，是一种负面的创新。实质上，这种行为是人文主义知识分子职业化的一种倾向，就是说，人文主义知识分子已经丧失了他们应有的社会责任感以及独立的思维和批判意识，而是选择主动迎合资本主义的生产方式，向它缴械，以换取经济利益。很显然，在这个意义上说，人文主义知识分子已经将自己完全当成了一个以生产新知识或者学术成果以换取经济报酬的产业工人，他们所应当具备的社会引领意识和独立批判精神完全被抛弃了。人文知识分子完全被矮化成为了一群养家糊口、安身立命的社会职业人群。

当然，在古希腊罗马时代和中世纪基督教时代，人文知识分子也不可能完全摆脱职业化的倾向，毕竟维持生存依然是当时那些哲学家、诗人、牧师、剧作家等知识分子所关注的一件事情。但是，在当时资本主义生产方式并未大行其道的情况下，人文主义知识分子的生存成本不会非常高昂，因为社会中充斥着大量的贫困人口和大量可开发用于谋生的自然资源，这些条件的存在使得人文知识分子无须非常勤奋地工作，也无须不断地为了谋生而创新以换取生存资源。相反，他们会更加专注地读书、思考和创作，并且在这个过程中保持自己作为人文知识分子的社会责任感、批判意识和社会引领意识。

当时间的车轮进入资本主义的时代，生产力的提升使得贫困人口大幅度减少。大众的生活在很大程度上得到了改善，如果还存在着贫穷，那也只是一种相对的贫穷，是相对于富有资本家的贫穷，而不是绝对的贫穷。同时，资本主义的生产方式必然使得大量的自然资源被开发。这样，人文知识分子过去可以仰仗谋生的劳动力资源和自然资源都丧失了，除了牧师等少数知识分子之外，大多数人文知识分子必须开始依附于一种机构或者开始努力迎合社会潮流，专门从事学术研究、知识生产或者作品创作以换取每月或每年定期支付的薪水或者相应的经济收益。而这就是人文主义知识分子在资本主义时代必须面临的职业化命运，他们很大程度上变成了产业工人的同类，甚至更为悲惨，因为大多数产业工人无须创新，只要做好重复性的机械工作就可以获得相应的工作报酬，而大多数人文主义知识分子则面临着要么发表出版要么灭亡的命运，仅仅重复性日复一日地工作会让他们面临着失去创新性的指责，而且也会影响他们的经济收益。这样，人文主义知识分子显然完全沦为一群等同于甚或不如产业工人的职业人群，他们丧失了精神独立性，从而丧失了过去所拥有的社会批判意识和引领意识。即使是那些未被资本主义生产方式完全职业化的牧师，他们的社会影响力也远非此前那样深远，因为基督教已经丧失了过去的精神权威地位。

如果说科尔曼对于经典的曲解，是人文主义知识分子职业化倾向之下的一种无意识行为的话，那么他的同事黛芬妮·茹教授的做法就是人文知识分子职业化大潮的庸俗恶果。黛芬妮·茹教授喜好用女性主义视角来看待文学作品,她拒绝使用科尔曼的"标准规范",那套科尔曼"自从20世纪50年代以来"就一直使用的"毫无兴味的纯粹文学视角""僵化的教学法""批评希腊悲剧的所谓人文主义视角"。①黛芬妮·茹教授的文学批评方法对于古希腊文学作品就更是一种有意的曲解,它忽视了文学作品产生的具体历史阶段,而是将文学作品切割开来,紧紧抓住作品的一部分枝节进行分析评论,剥夺了经典作品所要传递给读者的深刻人文主义理想。艾伦·布鲁姆指出:"人文教育意味着阅读一些公认的经典书籍,阅读它们,让它们来决定问题是什么、如何来解决问题,而不是把它们强行塞进我们杜撰的范畴,也不是视它们为历史产物,相反应当以作者所希望的方式来阅读这些经典书籍。"②黛芬妮·茹教授显然并不热心于"以作者所希望的方式来阅读这些经典书籍",而是"把它们强行塞进"所谓的"杜撰的范畴"——她所热衷的女性主义视角,将那些希腊英雄的英勇行为粗暴而简单地指责为对于女性的不尊重。如果说科尔曼是一名职业化的人文知识分子,还是一位具有一定社会理想、社会引领意识和责任感的人文主义知识分子,那么黛芬妮则是一位纯粹的知识工作者,在她的心灵精神世界里完全没有所谓的理想、美德和责任感,她的头脑里充斥着如何跻身显贵、如何追名逐利的功利思想,学术于她而言纯粹只是晋升的阶梯。在学术研究上,她热衷于使用那些新奇的文学术语以显示自己独到的学术修养和知识境界,以博取学术同行们的认可和好感,而在这些术语的背后则隐藏着她那肤浅而庸俗的头脑,更隐藏着她那为了个人名利与学术名人们调情、恶意诽谤他人、置他人于死地而毫不怜惜的恶劣灵魂。

在小说《人性污点》中,她写匿名信攻击科尔曼与芳尼娅的恋情,

---

① Roth, Philip. *The Human Stain*. New York: Vintage Books, 2001, pp. 191–193.
② Bloom, Allan. *The Closing of the American Mind*. New York: Simon & Schuster, 1987, p. 344.

而且恶意造谣说科尔曼深夜闯入她的办公室向同事们发送了让自己丢脸的电子邮件。而事实上，这位黛芬妮·茹教授因为一直未婚，打算在报纸上刊登一则征婚广告。她草拟的理想对象标准是外形硬朗、富有幽默感和批判精神、知识渊博深刻、头发灰白等，而这些标准集中起来居然是指向科尔曼。同时，因为一时疏忽，她没有将这份征婚广告电子邮件发往报社，而是群发给了所有同事。当听到科尔曼凌晨因为车祸遇难的消息时，黛芬妮没有表现出丝毫的同情与悲悯，相反她要紧紧地抓住这次机会洗清自己的身份和形象。为了掩饰自己的尴尬，她砸坏自己的办公室，声称科尔曼深夜闯进了自己的办公室，炮制并发送了这份令自己极为不堪的电子邮件。

从这里，我们可以看到这位知识新贵——新任的系主任教授，她那卑鄙而无耻的灵魂。而这样的一个恶劣而毫无羞耻感、同情心与责任感的知识怪胎，就是人文知识分子职业化大潮培养的变形畸种。因此，从黛芬妮的身上，我们可以看到人文知识分子的职业化最终会如何造成自身的堕落并且为下一代塑造培养出恶臭的灵魂苦果。

当然，人文主义知识分子的职业化在另一方面也并非完全乏善可陈。我们也必须承认，近现代以来，随着资本主义生产方式的日益巩固和扩大，人文主义知识分子的职业化大幅推进，事实上也在某种程度上大幅度地推进了文化的发展和繁荣，同时也培养了比以往所有历史时间以来培养的都要更多的知识人才。但是，这种人文知识分子职业化大潮的弊端如前文所述也是不容回避的。

2. 科尔曼和黛芬妮：人文知识分子的世俗化

在《走向封闭的美国精神》中，布鲁姆写道："大学已经放弃了所有关于价值需要学习和讲授的主张——颠覆了它曾经传授的价值观念，将关于价值的有关决定转手交给了大众，交给了时代精神（Zeitgeist），交给了相对性的东西。"① 的确，人文知识分子的职业化倾向在很大程度上消解了他们身上的社会引领意识、独立精神和批判意识，将他们矮化为一群为了经济收益而辛苦工作、追求产品生产的知识工作群体。在这个过程中，人文知识分子也在变得世俗化了，这也是韦伯在《新教伦理与资本主义精神》所提到的"除魅"所含指的意义所在，即过去具有神秘性、神圣性和崇高性的事物现在都变得与其他事物等齐划一，它们的神秘性、神圣性和崇高性烟消云散了，所有的事物都变得可以用理性来理解、分析、认识和改造。在这个意义上说，人文知识分子的世俗化就是人文知识分子的"除魅"，即消除掉他们身上崇高性、神圣性和神秘性的东西，使他们变得和庸俗、势利的世人毫无二致。这样的现象事实上就是将人文知识分子身上精英性的一面削除掉，使得这些精英和普通世人距离越来越小，直至最终的消除。另一方面，人文知识分子的世俗化也意味着他们自身对于世俗的缴械和顺从，甚至在这个方向走得更远，即比普通世人变得更加逐利和逐欲。

这一行为的另一个社会原因在于19世纪末20世纪初，资本主义普遍进入了垄断资本主义时代，社会贫富分化严重，社会问题集中爆发，人们普遍对过去一度寄予厚望的资本主义感到失望和沮丧，社会进入了幻想破灭的阶段。这种幻想破灭并未因为"一战"和"二战"的爆发完全消失，相反在战后因为战争的巨大毁灭性和战后的处处废墟而更大范围爆发。"二战"后，这种情绪因为核战阴云的笼罩而得到强化。当然，这种现象在美国，因为麦卡锡主义、民权运动、青年的反叛、越战、妇女解放运动等社会事件的风起云涌而更加引起人们的注意。显然，因为职业的原因，人文知识分子对这种幻想破灭的颓废现象感受就更为深刻，从而在行为上表现得更加颓废、大胆和放肆，这样他们的世俗化倾向就变得更加迅捷而有力。

---

① Bloom, Allan. *The Closing of the American Mind*. New York: Simon & Schuster, 1987, pp. 313–314.

在小说《人性污点》中，科尔曼·希尔克教授解读阿基琉斯与阿伽门农冲突的弗洛伊德式视角某种程度上就是对于文艺复兴以来的自然人性化趋势的一种迎合，也就是说科尔曼在迎合对于人的行为突出强调其性欲望的性冲动解释。而他之所以乐于使用这种弗洛伊德式语言，乃是因为整个社会的世俗化倾向。也就是说人们普遍在质疑信仰、崇高和灵魂，在突出强调物质、庸俗和肉体，从而使得欲望得到了前所未有的释放和满足，并以这种释放和满足为某种终极性的追求和目标。应该说，科尔曼内心非常清楚这种对于英雄行为性快感式解读将会非常投合广大学生或者听众的喜好，而他自己某种程度上也许已经习惯并且非常喜欢这种迎合俗众的解读方式。

他在被学生质疑有种族歧视倾向并且妻子伊丽丝也因为愤怒而猝然离世时，他很快就与芳尼娅展开了一场逃避性的恋情，通过情欲的放纵来使自己逃避恼人的现实。情欲完全控制了他——

> 那种兽性的残余，自然事物的残余——他现在依然还有这种残余。结果他很高兴，很感激自己还有这种残余。他太高兴了——他有些惊喜，他已经迷上了她，深深地迷上了她，因为这种惊喜。不是家庭的原因让他这么做——生物学不再对他有用处了。不是家庭，不是责任，不是义务，不是金钱，不是对于哲学的共同爱好，也不是对于文学的热爱，不是对于伟大思想的伟大讨论。都不是，那种将他与她合而为一的东西就是这种惊喜。明天他会得癌症，然后一命归西。但是今天他还依然拥有这份惊喜。①

这段话真实而生动地告诉了我们，世俗化就是科尔曼情欲放纵的深层心理原因。作为一名人文主义知识分子，科尔曼却不再具备社会责任感和

---

① Roth, Philip. *The Human Stain*. New York: Vintage Books, 2001, p. 33.

社会引领意识，他甚至都不打算保持自己头脑和灵魂的清醒，而是要趁着生命力尚未完全丧失，性欲依然残留，在有生之年抓住人生的尾巴尽情狂欢。作为一名大学古典文学教授，科尔曼·希尔克教授古典文学多年，深具古典文学修养，可是他却在世俗化的道路上完全迷失了自我。他没有用古希腊英雄们那高贵的心灵、坚毅的精神、勇敢的魄力来反抗，相反却用庸俗而低下的性欲放纵和肉体狂欢来抵抗来自外界的挫折和指责。

科尔曼的对手黛芬妮·茹教授的世俗化倾向就更为明显。她热衷于使用性感色诱手段达到自己的目的。当年她面试求职时，在当时的院长科尔曼面前她穿着性感——

> 她穿着一件苏格兰短裙，一件黑色的开司米高领上衣，黑色的紧身裤，黑色的高筒靴，她想要做的既不是用自己选择的穿着来使自己非女性化（迄今为止她所遇见的美国大学女性似乎无不极力这样做），也不想让自己看起来好像在竭力挑逗他似的……当坐在院长对面的时候，她将两腿交叉起来，裙摆分开了，她等了一两分钟才把裙摆拽着合起来——而且合起来的是那样地不经意，俨然像是在合起钱包一样——仅仅因为无论她看上去多么年轻，她却并不是一个女学生了，没有那种女学生的怯懦和拘谨了，不再受女学生守则所拘束和框限了。她不想给科尔曼留下自己像个女学生的印象，也不想任由那裙摆张开着，从而让科尔曼凭想象地认为，她有意让他在整个面试过程中盯着看她那双隐藏在黑色紧身裤里的修长大腿。她已经尽她所能地用她选择的穿着以及她的举止，给他留下了印象，让他看到了那些让她在 24 岁的年龄就看起来如此迷人的所有错综交织的各种魅力。①

---

① Roth, Philip. *The Human Stain*. New York: Vintage Books, 2001, pp. 185–186.

罗斯对于黛芬妮·茹教授当年做派的刻画真是入木三分。当年为了应聘，黛芬妮可谓费尽心机，在穿着上既不能过于暴露放肆，但也绝不是中规中矩到非女性化的地步。她既要让科尔曼折服于自身的女性魅力，又不能让他认为自己举止轻浮，她要用自身收放自如的女性魅力来征服科尔曼。事实上，黛芬妮后来如愿以偿地从科尔曼手里获取了她所想得到的职位。

尽管科尔曼当时出于一种宽容开明的想法而录用了她，但是，她却并没有如愿以偿地用自己女性的魅力征服科尔曼，相反，科尔曼对她大多都表现出一种倨傲和轻蔑，认为她的那些证书并不能证明她拥有不凡的学术能力。

从黛芬妮求职的表现来看，她作为一名人文知识背景出身的女性，却深谙自身成功的捷径所在，她要用自身女性的魅力而非自己独到而坚实的学识与见解来获取工作机会。她的身上是丝毫看不到人文主义知识分子的社会引领意识和独立精神的，相反她满脑子想的都是如何利用自身女性的资源来获取更高的职位。这样，我们就完全可以理解黛芬妮之所以能和自己的法国老师以及那位权倾一时的经济学家阿瑟·萨斯曼若即若离地调情，同时在同事面前卖弄自己的女性魅力。这些都是黛芬妮·茹教授用以获取利益、地位和权力的手段，她非常清楚自己玩弄这种手段的分寸，懂得如何获取对方的好感和支持，而又不让自己在肉体上付出真实的代价。那么，这样一位女性人文知识分子是何种知识分子呢？如果我们再考虑到她处心积虑地诽谤科尔曼，甚至最终连他死了也不放过，造谣中伤说他闯进了自己的办公室，向同事们发送了让自己倍感丢脸的电子邮件，那么我们将何等轻蔑和鄙视这样一位社会爬虫呢？她为了自身的成功有什么不能做呢？这种人怎么能够算作一位有社会理想、崇高精神和引领意识的人文知识分子呢？她已经是一位世俗化到骨髓，甚至已经邪恶化了的知识怪胎了。

第三节 科尔曼和黛芬妮
——科层机构下的知识人

现代性的过程也是伴随着科层化的过程的。知识分子，尤其是人文主义知识分子随着职业化的大潮，往往委身于各种各样的文化和教育机构，以获取相对稳定的经济收入和较为安定的生活，也就是说，这些知识分子开始委身于各种各样的科层机构。因为近现代以来，资本主义的工业化生产模式渐渐成了社会管理、文化教育和交通治安等各种社会机构的模仿典范，这些机构的从业人员开始由受过专门教育的人员充当，每个机构内部分层次管理，奉行种种标准的从业规范和守则，以便于让整个机构协调而有条不紊地推进工作，从而大范围地提高管理和工作效率。这样的结果呢？就是知识分子，尤其是人文知识分子失去了他们所极为看重的独立性和自主性，他们必须和整个机构彼此协调，迈出统一而整齐的步伐。由于他们和整个机构的共存性，他们就必须在这个机构中接受他人的质疑和挑战，从而越来越失去自己的独立性和自主性。

1. 科尔曼的"物化"倾向

在《人性污点》中，科尔曼·希尔克教授在担任院长职务时，雷厉风行地推进了一系列的改革，使得古典文学与语言系改观不小。但是，正因为他的改革魄力，同时对于那些不思进取同事们的贬斥，再加上他日常工作中的铁腕，使得许多同事对他很有看法。关于这一点，小说中是这样写的：

> 现在，我听说即使是那些普通的院长，在普通教工和高层管理者之间处于无人地带的院长，无一例外都树敌甚多。他们不是每次

都同意加薪的请求，同意将方便的车位给予最渴望得到的人，同意将大办公室给予那些自认为有权得到的教授们。尤其在弱小的系里，那些任职或者升职的候选人，总是会被例行公事地一律拒批。那些要求额外增加教工职位的请求，还有那些要求增加秘书助手的请求，和那些要求减少教学负担以及不参加晨课的请求一样，几乎总是会被拒绝。参加学术会议的经费常常被拒绝支付，等等，等等。但是科尔曼过去做院长绝非等闲之辈，他撵走了谁，如何撵走的，他废除了什么，建立了什么，以及他如何坚忍不拔地将工作推进到备受阻挠的关键当口，这一切都使他不仅仅只是怠慢或者得罪了几个古怪的忘恩负义者和心怀不满的人。在那位全身毛茸茸、英俊、年轻、炙手可热的校长皮尔斯·罗伯特的庇护下，科尔曼将一切都翻了个身，罗伯特当年介入进来并且任命科尔曼为院长，罗伯特对科尔曼讲，"变革一定要发生，那些对此不高兴的人只应该考虑离开或者提前退休。"八年之后，就在科尔曼任期到达一半的时候，罗伯特接受了一个声名显赫的最杰出八名大学校长称号，这都归因于在雅典娜堪称历史记录的时光里所获得的声名，这些成就却不是由那位光彩四射的校长取得的，他基本上只是个资金募集者，他丝毫未受打击，而且前途一片光明、毫发无损地离开了雅典娜，这一切全是由意志坚定的院长做到的。①

在这里，我们看到了一个科层体制机构里的知识人所面临的困境。对上他要努力工作以便获得认可，因此他要实施较为严苛的管理以便提高工作效率，但是这样下属便对他怨声载道。显然，这正是资本主义生产方式在高等教育机构里面的翻版，院长如同监工头一样要想方设法推进工作效率、提高工作产量，同时还要想方设法节省成本，比如如何能

---

① Roth, Philip. *The Human Stain*. New York: Vintage Books, 2001, p. 7.

够不增加人员工资支出,如何减少经费投入,如何使那些怠工偷懒者振作起来,如何将有限的车位或者大办公室分配给最应该得到的人,等等。在这个科层机构里面,科尔曼已经很大程度上丧失了人文知识分子的社会理想和独立精神,完全变成了一个理性而冷酷的科层管理专家,在他的眼中现在只有如何提高管理效率、如何提高工作产量。在他眼中,他的那些下属们在很大程度上此时已经变成了机器零件。

虽然这些下属作为人文知识分子在严密高效的资本主义科层管理体制面前,很大程度上已经丧失了自主性、独立性和批判性,只剩下了被动应付和消极怠工,但是他们依然应当被当做人来看待和管理,应当尊重他们作为人应当具备的尊严,而不应当被完全异化为物件。也就是说,应当对这些教工加薪的合理要求加以满足,应当给予他们足够的经费参加学术会议,在必要时应当增加教职员工的名额,以减轻人均工作量,同时在具体工作中应当对这些教工保持足够尊重。

现实生活中,科尔曼一上任就对每一位教师进行训话,告诉他们要改弦更张,努力工作。他训斥那些老教授们科研不够积极,发表学术论文不够认真,只是凑数过关,他将那些他自以为不够合格的教授调去给新生教授基础课。同时,他开会点名考勤,迫使每位教工按时到会。他对于职称晋升也开始提高门槛,迫使教师们在科研教学上努力工作。即使在那些年长的资深教授面前,他也毫不客气,常常自以为是地横加指责、严词呵斥,那么那些年轻的教工又会得到多少尊重呢?当然,科尔曼的治理在另一方面看来还是富有成效的:他的确提高了工作效率,促进了教工的优胜劣汰;甚至一度获得年轻一代教师的认可。但是很快,同事们就表现出了对于科尔曼式管理的反感。

总体看来,科尔曼在很大程度上已经变成了一位科层管理者,他身上充满了理性的计算和冷酷的运作,没有了一位人文知识分子所应有的深厚同情心、宽广胸怀、对于现实的批判意识和强烈的正义感。相反,这个时候,他的身上只有科层管理专家的明确奋斗目标和不惜一切代价实现这一目标的冷酷意志。在这个角度上，科尔曼已经完全异化了，异化成了一个理性、机械、冷酷、高效的管理机器，不再是一个令人感到温暖和亲切的人文知识分子。在某种程度上，自幼年就下决心要克服困难，追求成功的科尔曼就是庞大资本主义生产方式的人化象征。他努力奋斗、奋发有为，也的确取得了成功，可是这种成功是建立在他已经变成了一个工作机器、管理机器的代价之上的。正如同资本主义生产方式虽然促进了生产，大大改善了人类社会的生活和物质条件，却最终为人们所唾弃一样，科尔曼本人也在追求成功、实现自我价值的同时，最终为人们所抛弃。这里的原因就是资本主义生产方式所导致的异化，异化造成了人们对于资本主义生产方式和科尔曼式成功的质疑和唾弃。

卢卡奇（Georg Lukacs, 1885—1971）的"物化"（reification）概念是马克思异化观念的进一步发展：

> 马克思对于物化这一现象做了如下描述："所以商品成了一件神奇的东西，仅仅因为在商品上面，人们劳动的社会性在他们自身看来成了一种堆积在劳动产品上面的物质属性；因为生产者和他们自己劳动总量的关系在他们面前呈现为一种社会关系，不仅在他们自身之间是这样，而且在他们劳动产品之间也是这样。这就是劳动产品为何成了商品的原因，商品这些社会性东西的品质既可以被感觉感知又不能被感觉感知……只有一种确定的人与人之间的社会关系，在这些人们的眼中，才具备物与物之间关系的这种怪诞的形式。"
>
> 在这里具备核心重要性的是因为这一形势，一个人自身的活动，他自己的劳动变成了某种具备物质属性而且独立于他的东西，某种通过一种外在于他的自动性物体来控制他自身的东西。这一现象既有主观性的一面，也有客观性的一面。客观性而言，就是一种充斥着物体和物体之间关系的世界冒出来了（商品的世界和它们在

市场上的流通)。操纵这些物品的规律事实上渐渐地被人们发现了，但是即使如此，这些物品依然作为自身产生动力的、看不见的力量挺立在人的面前。个人可以运用他对于这些规律的知识来为自己谋利，但是他却不能通过自身的活动来改变这个过程。从主观一面来看——在市场经济充分发展的地方——一个人的活动变得开始排斥他自身，这种活动成了一种商品，这商品服从于社会自然法则的非人性物质属性，从而必须像其他消费品一样完全独立于人自身一路走去。"这个资本主义时代的典型性，"马克思说，"是在劳动者的眼中，劳动力成为了一种属于他自身的商品。另一方面，仅仅在这一时刻，劳动产品的商品形式才变得具有普遍性。"①

卢卡奇在这里对于马克思的异化概念做了发展。马克思认为资本主义社会将劳动者之间的关系异化为商品与商品之间的关系，卢卡奇则更加深入地认为"人的活动变得开始排斥他自身"，变成了一种"通过一种外在于他的自动性物体来控制他自身的东西"，人可以认知操纵这些物品的规律，但是却不能改变这些规律。卢卡奇进一步指出："如果我们沿着劳动通过合作和批量制造从手工业发展到机器工业的路径看一下的话，我们就会看到一条走向更大理性化的连续性趋势，看到工人质的、人性的以及个体性品质被日益地淘汰掉。"② 也就是说，卢卡奇认为资本主义世界的工业化生产已经将人"物化"为一个庞大机器上的小零件，它的运转完全不为人自身所控制，同时它也将人自身固有的、本质的、人之为人的品质消除殆尽，将人完全"物体化"。虽然，卢卡奇评述的是资本主义工业生产领域的一种奇怪现象，但是整个"理性化过程"却是一个逐渐蔓延至社会各个领域的历史必然进程。

---

① Lukacs, Georg. *History and Class Consciousness*. Trans. Rodney Livingstone. Cambridge: MIT Press, 1971, pp. 86 - 87.
② Ibid, p. 88.

工业生产领域的这种"物化"倾向,随着"理性化过程"在各个领域的逐步推进,必然在其他社会部门表现出来,那么科尔曼作为一名大学教授、院长自然也就表现出了很强的"物化"倾向。从这个角度来说,科尔曼作为院长,对于其他同事的苛刻严厉,冷酷无情,都是科尔曼已经严重"物化"——沦为一种管理机器的必然结果。他只关注这些同事们的工作表现,而丝毫不同情和理解他们的权宜做法,他的管理工作精确、刚健而富有成效,但是却缺少了人之为人的品质——把人当作人来看待,而不是当作机器来苛求。事实上,人唯有在被同情和尊重的基础上,才能更加富有工作成效,相反,对于人的苛求和严酷却往往结果适得其反,至少是不会长期富有成效的。所以,"物化"这一现象既是对人的摧残,也是对人的限制,既不给予人们以人之为人的尊重和爱护,也极大程度上降低了人们对于工作的热情,从而局限了他们自主性和创造性的更大发挥。科尔曼自身的"物化"和对他人的"物化"使他视他人为工作的机器,缺少对于同事的尊重和爱护,必然造成他和同事之间紧张而彼此缺少信任的关系。他的同事们称呼他的做法为"犹太人的那一套",他那"推土机式的刚愎自用和专横跋扈的自我"让他的同事们渐渐深恶痛绝;当新校长不再对他表示信任,当他当年招募的那些年轻人渐渐成长起来时,大家开始对他的做法表示反对和质疑。因此,当科尔曼被学生指控种族歧视时,"他的这些同事们对老院长指称那两位好像并不存在的学生所使用的字眼(spooks)似乎感到挺开心,开心于这个字眼既可以理解成科尔曼坚持声称他所使用的词典上的基本含义,也可以理解成导致两位黑人学生投诉科尔曼的那种带有种族歧视性的贬讽含义,科尔曼只是在一个部门一个部门地将所有这些人都计数过一遍之后,才意识到它(这股针对他的反对浪潮)有多么强大"[1]。

罗斯的这段描述很微妙地写出了科尔曼此时的众叛亲离局面,大家

---

[1] Roth, Philip. *The Human Stain*. New York: Vintage Books, 2001, pp. 9-10.

对他的这种遭遇似乎非常幸灾乐祸，幸灾乐祸于科尔曼陷入这种莫须有的指控当中，幸灾乐祸于那个字眼既可以作科尔曼自己所主张的那种意义理解，也可以作为他种族歧视的罪证理解，更幸灾乐祸于此时他们自身的态度恰好可以成为决定科尔曼下场的最终筹码，从而可以很解气地、而且不负任何个人责任感地作壁上观，冷眼静观那倒霉鬼此时如何狼狈不堪、如何最终收场。固然，这些同事们落井下石的态度让人痛心于正义的缺场和良知的失落，但是另一方面，科尔曼之前的那种冷酷、刚峻的"物化"做派何尝不应为此负责？

2. 黛芬妮的权欲做派

黛芬妮当年孤身一人从法国来美国留学，毕业后进入雅典娜学院成为一名学术新手。雄心勃勃的黛芬妮热衷于使用或者标榜那些崭新的文学术语，以显示自己学术水平的高深，企图获得同事的认可和赞许。可是，那些年长的老资格人文主义教授学者以及几名女教授同事却瞧不起她的学术成果，在他们面前她总是感觉心虚而挺不起腰杆，以至于她自身对于她从巴黎和耶鲁挪用来的术语也感到心中无数，没有十足的信心面对他们的质疑和挑战。黛芬妮时不时会和一名颇有政治影响的学者经济学家阿瑟·萨斯曼一块聚餐，利用自己出众的色相和他保持若即若离的关系，从而对他保持影响力。同时，她在那些男同事面前会时不时表现自己的女性魅力和影响力，最终成功获得古典文学系主任的职位。

法国学者布尔迪厄（Pierre Bourdieu, 1930—2002）的下面这段话有助于我们理解黛芬妮的这些做派：

> 离数学和诗歌这样的学科（它们的自主性，既由于其作品的晦涩难懂，也由于其事业中缺乏直接的社会"利益"而得到保护）越远，离拥有巨大社会影响的社会科学越近，自主性就越难获得，也越难捍卫。如果说建立理性对话的机制很难，原因与其说是研究者

没有能够控制他们的欲望、动机和利益，还不如说最自主的从业者不断受到最不自主的从业者背叛性竞争的攻击，这些听命于他人的从业者（heteronomous practitioner），总是能找到途径，通过求助于外界的力量弥补他们的弱点。①

黛芬妮在与同事的竞争中，总能想办法借助于"外界的力量来弥补"自身的"弱点"来获取优势。她之所以这样做，全是为了获取同事们的认可和最终的影响力。

作为新的古典文学系主任，黛芬妮成为了科层化体制系统的另一个管理机器，整个资本主义社会大机器上的又一颗螺丝钉。她急于树立自身的尊严和权威，恰好遇上了科尔曼被学生投诉教学方法的问题。她正好可以利用这次机会杀杀这位前任院长的威风，谁让他多年以来对她这位学术新秀总是不那么高看呢？当年，她面试时，科尔曼就显得高高在上，尽管黛芬妮外表、语言、学者风范都做得很棒，"可是他看她的神情却俨然她还是一个小学生，是无足轻重先生和无足轻重太太的微不足道小屁孩而已"，还认为"她就其年龄而言很聪明，太聪明了，但在情感方面却不及格，而且在其他多数方面严重发育不良"。②

现在，黛芬妮坐上了系主任的宝座，是该让科尔曼俯首贴耳地聆听教诲了。但是，桀骜不驯的科尔曼并未就范，更是将她的女性主义文学批评视角轻蔑地斥责为"漱口水"和"最新式的漱口水"，同时指责黛芬妮"她之所以找你投诉我，因为你很可能就是她鹦鹉学舌模仿的对象"。③ 科尔曼非但不接受批评和建议，反倒指责黛芬妮对于古典文学的批评方法肤浅而乏味，更指责她的这种肤浅而没有深度的文学批评方法对学生们曲解经典作品起到了推波助澜的作用。作为科层管理体制的一

---

① 转引自崔卫平编：《知识分子二十讲》，天津：天津人民出版社2009年版，第283页。
② Roth, Philip. *The Human Stain*. New York: Vintage Books, 2001, pp. 185–187.
③ Ibid, p. 192.

级管理官员,权欲很重的黛芬妮自然不会就此认输,而是从此开始寻找反戈一击的机会。

听说科尔曼和芳尼娅开始了一段秘密恋情之后,黛芬妮开始写匿名信攻击科尔曼。在科尔曼和芳尼娅因车祸而丧生时,权欲熏心的黛芬妮嫁祸于科尔曼,造谣说科尔曼闯进了她的办公室向同事们发送了让她丢脸的征婚电子邮件。黛芬妮这样做自然保住了自己的名声和权位,可是她在这样做的同时却让我们看到了一颗冷酷无情的心灵。这就是科层制下的知识人的一种面孔,严密而高效的理性权力机构对于知识人的扭曲式改造可见一斑,"现代知识分子已经失去了他们全面的、普罗米修斯式的能力,这种能力是指重组社会的能力以及按照柏拉图观点来改造人类的能力"①。

第四节 科尔曼的困境
——知识人的"消解"和"放逐"

科尔曼出身于黑人家庭,自幼备受种族歧视的白眼。在功课之余,他秘密投身业余拳击训练,16 岁时已在多次比赛中获胜,打败了三名金手套冠军,赢了 120 多场比赛。通过这种比赛,他想通过公正的方式赢得自身的尊严和成功。在父母知悉了他参加拳击比赛的秘密后,他对母亲说,"他们有多粗野,或者他们认为自己有多粗野,这都没关系……在大街上倒挺关键。但是在赛场就不是了。在大街上这家伙完全可能把我揍傻了。但是在赛场上?在有规则的情况下?在带着拳套的情况下?不,不会的——他一拳也打不着。"②

---

① [美]卡尔·博格斯:《知识分子与现代性危机》,李俊、蔡海榕译,南京:江苏人民出版社 2006 年版,第 133 页。
② Roth, Philip. *The Human Stain*. New York: Vintage Books, 2001, p. 95.

为了成功，科尔曼每天清早 5 点钟就出门，边跑步边练习挥拳：

> 他将所有其他的东西都排除出去，不让任何别的事情介入进来，使自己完全沉浸在事情当中，科目、比赛、考试——这件事情可以是任何需要他掌握的事情。他在生物学上可以做到这点，短跑上能做到这点，在拳击上他也可以做到这点。不但任何外在的事物没有影响，而且任何内在的事物也没有影响。如果在拳击比赛期间，人群中有人喊他，他毫不为之所动，而且即使他的对手是他最好的朋友，他也毫不为之所动。做朋友，比赛之后有的是时间。他想办法使自己忽略掉他的情感，不管它们是恐惧、不确定甚或还是友谊——可以拥有这些情感，但是要让它们远离自己。①

作为出身下层的黑人青年，科尔曼不接受自己黑人的底层命运，他想要成功，不但要努力成功，而且还要全神贯注地争取成功。他要排除一切不相关东西的干扰，使自己专心致志地投入到自己的拼搏中去。作为学生，他全神贯注于学习；作为拳击手，他全神贯注于比赛；不让任何别的事物干扰自己。他坚信凭借自身的苦练和实力，在规则盛行的赛场他完全可以取得头筹，而规则正是他认为可以实现自身成功梦想的途径。也就是说，虽然身为黑人，他相信自己可以通过自身的努力和拼搏获得成功，像在拳场上一样击败对手赢得比赛。

但是，生活本身却渐渐教会了他真相：规则并不是能使他获胜的全部条件，种族对他来说是一个难以逾越的障碍。

首先，他的拳击教练齐斯纳大夫建议他以犹太人的身份参加一场比赛，如果赢了的话就可以获得匹兹堡大学的四年奖学金。年轻倔强的科尔曼拒绝了，他下决心要听从父命去上黑人学生众多的霍华德大学，虽

---

① Roth, Philip. *The Human Stain*. New York: Vintage Books, 2001, p. 100.

然他在这场赛场上以凌厉的攻势打败了对方。可以说这个时候，科尔曼还不相信生活的残酷，依然天真地认为凭借自己的努力和拼搏可以获得成功。

其次在霍华德，他感受到了种族的不公：买东西时被称为黑鬼，并且被拒绝；他能时时感受到来自周围白人的傲慢与歧视。在中学时，他就经受过白人的白眼，但是他以为他可以忍受这些不公。他现在明白了，种族的确是自己难以逾越的一道障碍，也终于明白了表情冷峻的父亲为什么整日沉默不语，原来种族歧视的长期重压已经使他学会了沉郁和坚忍。一直以来对科尔曼很有影响力的父亲死了，科尔曼也从霍华德大学退学了。在父亲的葬礼上，科尔曼哭了，哭成了"无助的、连他自己都受不了的玩意"[1]。

1944年，因为肤色很浅的缘故，科尔曼谎报了年龄和种族，以犹太人的身份入伍了。1946年，他退伍后进入纽约大学攻读学位。也就在这个时候，科尔曼经历了他人生中最痛苦的、来自种族歧视方面的挫折。在大学读书期间，他认识了来自明尼苏达州的姑娘斯蒂娜，他们深深地相爱了。为了斯蒂娜，科尔曼甚至放弃了拳击，他觉得自己生活中离不开她。可是，去了一次科尔曼家，斯蒂娜发现了他的黑人身份，她大哭一场之后决定与他分手。

人生的这次爱情挫折对科尔曼伤害非常深重，他终于明白了自己黑人的身份注定了他的一生都将生活在这种阴影之下，他根本不可能实现自己理想的生活。科尔曼终于明白了恪守规则、积极向上、全神贯注并不能使他走上自己梦寐以求的成功之路，实现自己主体性意识的自我确认。他要改变，他要痛苦地改变，即使付出代价，也要努力实现自己的梦想，成为一个主宰自己命运的人，而不是做一个任人宰割的弱者。

在结识了犹太姑娘伊丽丝之后，科尔曼决定不再遵守规则，他要和

---

[1] Roth, Philip. *The Human Stain*. New York: Vintage Books, 2001, p. 107.

自己的过去与家庭决裂，去追求自己的成功之路。他回到家和母亲摊牌，决定要和家人断绝联系，以一名犹太人的身份去争取成功的未来。母亲沉痛地说：

> 我不知道我为什么没有为此做好思想准备，科尔曼。我应该做好的……几乎从你出生那天起，你就一直在明白无误地提醒着我注意这一点。你甚至很认真地拒绝吃我的奶。是的，你是这样的。现在我明白为什么了。甚至那样都可能延误你逃离此地。我们家一直有什么东西，我不是指肤色——有一种什么东西阻碍着你。你的思维像个囚徒。你的确如此，科尔曼·布鲁特斯。你白得像雪，却像一个奴隶一样思考。
>
> ……
>
> 现在，我可以告诉你你逃不掉的，所有你企图逃脱的东西最终只会让你回到起点。那也是你父亲会对你说的话。在《裘里斯·凯撒》里就有东西印证他的说法……当然你会失望的。当然没有什么会照你想象的那样发生，不会照你如此平静地坐在我对面所想象的那样发生。你的特殊命运会很特殊，好了吧——但那又怎么样？你才26岁——压根还没开始懂事呢。但是你什么都不做，同样的事情就不会发生吗？我觉得，生活中任何深远的变化都会对某个人说"我不认识你"。①

科尔曼母亲的这番话语沉痛之至，语重心长。她如同古希腊神话里的神谕一样道出了儿子最后必将面对的悲惨命运：虽然科尔曼野心勃勃，刚强冷酷，但是强大的命运最终会恶作剧般地将他像玩物一样打回原形，如同凯撒的悲剧命运一样。母亲的话也道出了生活的深奥：生活的真相

---

① Roth, Philip. *The Human Stain*. New York: Vintage Books, 2001, pp. 139-140.

对于任何人来说都是完全陌生的,那种要将命运置于自己手心的想法毫无疑问是滑稽可笑而且自取其辱的。科尔曼母亲的这番话语固然显得很沉重,但是却道出了一个严酷的事实,那就是生活才是真正的主人。在当时美国的社会里,科尔曼作为一个黑人,他要不顾个人力量的单薄挑战整个社会,要不顾种族歧视那浩淼而无垠的大海阻隔去实现自己个人的人生梦想,获得一个成功的自我确证,这谈何容易?更何况他是要取得和白人一样平等的成功?

这一切没有使科尔曼却步,他坚定前行。当然,他也的确取得了自己所认为的成功,取得了学位,娶了一个犹太姑娘伊丽丝为妻子,做了大学教授,做到了院长,并且在学院里取得了非凡的声望。这一切使得科尔曼的成功几乎无可挑剔。但是,如同科尔曼所讲授的希腊神话一样,这一切只是命运之神对他最后摊牌之前的一次次假象,让他以为自己可以掌控命运,可以取得和操纵证明自己力量和成功的东西,然后在他人生的巅峰时刻将他突然打翻在地,羞辱他、放逐他并最终孤立他。

科尔曼虽然出身黑人家庭,但是父亲良好的文学素养使他自幼受到了非常严格的人文主义教育。他们兄弟姐妹从小就被教会要阅读文学经典,要精确地表达自己的思想,而不是像其他下层小孩一样语言随意和含混。同时,在大学里,科尔曼修读的是古典文学专业的学位,教授的也是古典文学的课程。因此,科尔曼是一名具备着深厚人文素养的知识分子,他有着深刻的社会理想,有着希腊神话里悲剧英雄的明知失败而依然拼搏前行的反抗精神。他不甘心于接受既定的底层命运,而是想努力通过个人的奋斗来实现自身的人生梦想,反抗如同群峰叠嶂般茫茫群山的社会不公,所以他的一生可以看做是人文知识分子奋斗、成功、放逐和最终孤立的一生。

科尔曼通过自己的努力取得了他自己梦寐以求的成功,功成名就,即将荣耀地退休。就在此时,他被学生指控有种族歧视嫌疑,顿时开始陷入人生低谷,受到调查和质疑。同事们出于种种复杂的心态对此心照不宣，作壁上观，似乎在旁观一场和自己毫无干系的闹剧。新任系主任黛芬妮和新任院长别有用心地、煞有介事地要将这起莫须有的事件变成折磨和打击科尔曼的突破口。心灰意冷的科尔曼和芳尼娅发生了恋情，这对经历了彼此人生突变的男女想通过这场无望的恋情来使自己的人生稍微具备一些人间的温度和趣味，从而获取一些能够继续生活下去的勇气。

黛芬妮抓住了他们的秘密恋情，开始处心积虑地编写匿名信进行诽谤。芳尼娅的前夫莱斯特·法雷，一名具有暴力倾向和精神有些错乱的越战退伍老兵也开始追踪和监视科尔曼。科尔曼聘请的律师普利姆斯劝告科尔曼结束这场恋情：

> 我不怀疑法雷有精神变态……如果他悄悄追踪我的话，我也会担心的。但是在你搭上他前妻之前，他追踪过你吗？他连你是谁都不知道。黛芬妮·茹的信完全是另外一回事。你让我给她写信——尽管我不那样看，我还是写了。你要让专家鉴定笔迹——尽管我不那样看，我还是让人分析了那字迹。你让我把笔迹分析寄给她的律师——尽管我不那样看，我还是把结果寄了。即使我希望你能够将小事看小，我还是照你所吩咐的去做了。但是莱斯特·法雷可不是小事。不管是作为一个精神变态者，还是作为一个对手，她黛芬妮·茹为法雷提鞋都不够格。法雷的世界，芳尼娅也才仅仅勉强幸存下来，而且她在跨入你家门的同时就不可避免地将这个世界带了进来。莱斯特·法雷在路政队上班，对吧？我们对法雷实施限制令的话，你的秘密就会传遍这个安静偏僻的小镇。很快就会传遍这个小镇，传遍整个校园，那么你所应对的就是与那恶意的清教主义别无二致的了，你会被涂上柏油，粘上羽毛的。我记得，当地幽默周刊摆明了挺不理解对你的荒唐指控，也不理解你辞职的意味。我记得在你的照片下面有行说明，"前任院长在种族主义的阴云下离开

校园"。"课堂上使用了一个贬义词迫使希尔克教授退休。"我记得这事当时对你来说是怎么回事,我想我明白它现在是怎么回事,而且我相信我知道这事未来会是怎么回事——当全县明白了在种族主义阴云下离开大学的那个家伙的性丑闻时。我的意思不是说在你卧室门里面发生的事情是别人的事情,不是你的事情。我知道事情不应该是这样,1998年了嘛,自从詹妮丝·乔普林和诺曼·奥·布朗将这一切事情推向好的改变方面以来。但是,在伯克夏还是有人,乡巴佬和大学教授都一样,不愿将他们的价值观提升到这个层次,不愿意彬彬有礼地向性革命让步。这些思想狭隘的教堂常客,固守行为规范的保守者,各种各样开历史倒车的家伙们都很迫切地想揭露、想惩处你这样的人们。他们会将事情搞得很热闹,科尔曼——却不是用伟哥的那种方式。①

普利姆斯的这番话为科尔曼条分缕析地说明了利害:虽然黛芬妮写了匿名信,但是她并不构成真正严重的威胁;相反,科尔曼必须认识到法雷卷入这件事情的严重性,他会为科尔曼带来不可预测的人身危险;同时,普利姆斯提醒科尔曼要注意到事情败露后,整个小镇将会对他造成极为保守的道义性谴责,即使是那些学富五车的大学教授也会做出同样的反应,科尔曼不要指望自己会获得同情。普利姆斯的分析有一定道理:法雷作为一名越战老兵,因为备受战场上无情杀戮和血腥暴烈的摧残,精神已有些不太正常;科尔曼招惹上这样的危险人物自然是惹火烧身;而一旦警方介入,对法雷采取法律措施,那么科尔曼与芳尼娅的丑闻便会不胫而走,招致同事和乡邻的白眼和嘲弄而身败名裂。

此时的美国社会现实依然存在着相当多的危险因素,其中越战老兵法雷就是一个典型的例子,他备受战争摧残却不能得到有效救助,最终

---

① Roth, Philip. *The Human Stain*. New York: Vintage Books, 2001, pp. 76-77.

仇视社会、滥用暴力，成为社会的不安全分子。他仇视科尔曼，跟踪他，寻找机会报复他。同时，美国社会中相当强大的保守势力依然存在，他们习惯用陈腐的传统观念来看待事物，其中甚至包括那些富于教养的大学教授。再加上科尔曼的同事们此时也纷纷作壁上观，坐看事态发展。这样，科尔曼的处境自然非常微妙。

律师普利姆斯警告科尔曼要当心芳尼娅患有艾滋病，或者用怀孕来要挟他。普利姆斯的说法代表了在当今的美国社会，人们普遍关注自身而很少关怀别人的自私自利现状。资本主义社会的最本质之处就在于使人们之间关系日益淡漠，使人人都变成一个单向度的人。

如果说科尔曼·希尔克教授只是在课堂上用弗洛伊德的性解剖方案来解读阿伽门农和阿基琉斯的冲突的话，那么这一次他则是在内心独白中表达了他对于经典的真实感受——

> 结束了——这是要告诉他儿子的消息，也是要告诉他自己的消息。结束脱离以前生活的放逐。心满意足于比自我放逐以及铺天盖地的、对于自己力量的挑衅更不光彩的东西。谦卑地与自己的失败共处，再一次理性地重整旗鼓，抹去痛苦和愤怒。如果不屈服，就静静地不屈服。平和地、有尊严地思考——按照芳尼娅喜欢的说法，那就是门票。要过一种让心灵远离菲罗克忒忒斯的生活。他不必像他课程中的悲剧人物那样生活。[①]

在遭到学生和同事的种族歧视指控后，科尔曼愤而辞职。可是妻子伊丽丝因为承受压力而猝然离世，子女们又纷纷指责科尔曼。最终，科尔曼决定放弃自己本初的希腊英雄式的反抗方式，放弃最初的自我放逐，与世界妥协，"谦卑地与自己的失败共处"，"静静地不屈服"，心灵要远离

---

① Roth, Philip. *The Human Stain*. New York：Vintage Books, 2001，p. 170.

另一位最初拒绝参战，最终又杀死帕里斯的希腊英雄菲罗克忒忒斯。科尔曼内心深处深深地感受到了严重的失败，甚或是自己人生的失败，他已经不能再像菲罗克忒忒斯那样在战场上驰骋纵横了，甚至已经完全偃旗息鼓，向现实缴械了。

科尔曼的这种心态在很大程度上可以解释为什么他会最终陷入与芳尼娅的肉体放纵。作为社会的良知，知识分子已经在世俗化、物欲化、个人原子化的社会状态下完全迷失了方向，他们不但无力改变这一现状，而且自身也已完全陷落，陷入一片迷茫、颓废和放纵之中。罗斯的小说中，科尔曼·希尔克教授的放大版人物就是《情欲教授》(The Professor of Desire) 和《垂死的肉身》(The Dying Animal) 里面的凯普什教授。凯普什教授也是完全迷失在现时社会的困境中，只能借助情欲的一次次放纵来麻痹自己，因为在他眼中性作为身体的一种存在形式，可以对抗死亡，对抗衰老，对抗绝望。在他看来，自我的存在主要是肉体的存在，精神与文化只是附属品，只有肉体的消亡才是真切的，因为在现代性社会已经没有了什么真实的意义，除了自身肉体之外。

人文知识分子在理性化和世俗化的大潮下，一方面要遭受理性的质疑和验证，另一方面他们也必须降低自身的学术标准以融入文化的娱乐化和世俗化潮流。在《人性污点》中，古典文学教授科尔曼拒绝接受一名学生对于经典戏剧的"漱口水"式女性主义视角批评，被新任系主任黛芬妮约谈。这就是世俗化潮流挑战知识分子学术标准的一个典型事例。同时，黛芬妮认为科尔曼批评古典文学作品的人文主义视角已太过陈旧，她更热衷于炫耀自己各种新奇的文学术语，以显示自身的专业素养和理性精神，以博取学术名声和同事们的赞誉。显然，经典作品中深刻而全面的人文主义意义和价值，对于学生心灵和灵魂的塑造，知识分子传播文化经典、影响社会大众的社会责任和使命，这些都被黛芬妮弃置一边了。

在理性化大潮中，知识分子的一切言行都必须经过理性化的反复讨论和验证,其中的感性和信仰成分,即使是极有价值的,也必须被彻底过滤掉。他们必须将自己理性的一面尽力呈现,而将自身非理性的一面隐藏起来。黛芬妮的做派正是理性化大潮下知识分子蜕变的产物,她的文学批评处处表现出专业的理性化,充满了新奇的名词和概念,但是却是没有情感和信仰的。她对文学作品的人文价值和意义完全视若不见,只是纯粹以科学、理性为导引进行职业性的知识制造和传播,她已完全失去了知识人所应具备的范导社会大众的意识和责任感,变成了"没有情感的专家"。

但是,作为一名知识分子,她欺骗不了自己的内心,因此她在科尔曼面前感到极度缺乏自信。同时她时常感到一种负疚感,感到自己背叛了米兰·昆德拉在讲座上的告诫,没有摆脱那些所谓的"结构主义、形式主义"的法国文学批评理论;这些理性主义的文学理论固然让她出版了好几本书,而且也获得了逐渐鹊起的学术名声,但是她内心很清楚,使用这些文学理论来分析文学作品是非常困难的。[①] 显然,黛芬妮只是一个职业知识人的形象,她所关注的是职业的成功和名声,并不在乎自己学术成果是否真有价值和意义。但是尽管如此,她的内心依然为此感到自责,感到自己的所谓文学理论批评很大程度上是对文学作品的背叛,是对自己心灵的背叛。

比照一下黛芬妮的负疚感,不甘于放弃自身心灵空间和信仰担负的科尔曼·希尔克和凯普什的精神痛苦就可以理解了,他们的肉体放纵仅仅是精神极度苦闷的自虐式逃避和病态宣泄。举杯消愁愁更愁,很清楚,他们的心灵痛苦是无法纾解、无法逃避的,相反只会愈来愈积聚壮大。这些知识分子形象表现了罗斯对于知识分子在现代性社会中"消解"和"放逐"的深刻思考,表现了罗斯对于当代西方尤其是美国社会现状的思考和批判。

[①] Roth, Philip. *The Human Stain*. New York: Vintage Books, 2001, pp. 266-267.

第四章 "主体性意识的零散化"

第一节 "历史的终结"和"深度感的丧失"

美籍日裔学者弗朗西斯·福山（Francis Fukuyama，1952— ）在他的名作《历史的终结》中写道：

> 换句话说，现代教育助长了某种相对主义倾向：一切视域和价值体系都是相对于各自的时空而言的，它们中间没有一个是真理，都不过是各自提倡者的偏见和利益的反映。这一学说主张并不存在特具优势的视角，这与民主人认为自己的生活方式与他人的一样好那种欲望完全吻合。在这种背景下，相对主义并不会给伟人或强者带来解放，而只能促成普通人的解放，这些人现在被教导而认为自己没有什么要感到羞耻的。历史开端处的奴隶之所以不敢冒死参与流血斗争，是因为他们有一种本能的恐惧。历史终结处的最后的人，懂得不会为了一项事业而冒生命危险，因为他认识到历史充满了人们相互拼死战斗的毫无意义的战争，无论这些人是基督徒还是

穆斯林，是新教徒还是天主教徒，是德国人还是法国人。那些推动人们做出勇敢和牺牲的拼死行为的忠诚，在后来的历史中被证明不过是愚蠢的偏见。受过现代教育的人们满足于待在家里，对自己的心胸豁达和行事冷静感到庆幸。恰如尼采笔下的查拉图斯特拉说到他们那样："因此你们说：'我们全都是真实的，没有信仰，也没有迷信。'因此你们挺起胸膛——可是，哎，胸膛是空的！"①

福山这段话表明了现代性社会的一种尴尬局面：相对主义盛行，真理与价值遭受质疑，平庸大范围流行，人们开始对现实表现出一种顺从与安逸，而信仰与灵魂则已丧失，不会再"为了一项事业而冒生命危险"，不会为了"愚蠢的偏见"去做无意义的奋斗和牺牲，完全成了尼采所说的"空胸膛"的人。这正是马克斯·韦伯所说的"无灵魂的专家，无心的享乐人"的一种注脚。韦伯更是指出，资本主义即经济理性主义的盛行使人们仅仅关注于物质利益的追求，忽略了精神方面的提升，而科学理性化与"除魅"的盛行更是推动了人们对于真理与价值的质疑与冷落。这个世界充满了无意义的平庸和物欲的猖獗。

福山更是指出，"在道德和理论领域中"，"贵族社会那些从容刻意的反功利精神所培育的东西"完全丧失掉了，"所谓真的人"已不再存在，艺术家们"对于人类的情境说不出任何本质上新颖的东西"，"哲学也不再可能"，"未来的哲学家……只能重复早前的无知"。②

基于这些论述，福山提出了历史终结论观点，认为资本主义社会是人类社会形态的终结，资本主义社会中的人将不再追求进步和卓越，成为人类历史上完全满足于现状和物欲享受的最后的人，不再是真正意义上的人了。很显然，福山这一论点值得商榷之处颇多。但是，福山对于

---

① [美] 弗朗西斯·福山：《历史的终结与最后的人》，陈高华译，桂林：广西师范大学出版社2014年版，第315—316页。
② 同上书，第318—320页。

当代资本主义社会,也就是现代性社会的分析却是非常有道理的:资本主义社会状态下,人们已经丧失了人所应具备的精神追求和思想深度,完全沦丧为仅仅关注物欲享受的肉体动物,生活状态降低到了动物的层次。

同时,现代性社会的理性化进程,再加上科学技术的巨大进步,使得社会管理机制相比于人类以往所有社会形态都要日趋严密而且高效,它将每个人都嵌入了一个层次分明、结构严密、功能齐全、运作高效的庞大社会管理体制之中,如同一个巨大有力、连续前行、冷酷无情的火车机车,会将一切试图抵制和反抗的个体碾得粉碎。这样,个体尤其是具有精神追求和独立思想的人,其命运必然就是悲剧性的边缘化和毁灭。

关于个体的孤立和无助,詹姆逊(Fredric Jameson,1934—)写道:"爱德华·蒙克(Edvard Munch,1863—1944)的绘画《呐喊》,理所当然地、经典性地表述了一些重要的现代性主题,诸如疏离、颓废、寂寥、社会零散化以及孤立,这些都是过去被称为焦虑时代的主要体现。"[1] 显然,现代性社会面临着一种人自身的零散化,因为社会状态的静态化和生活的可预见性导致人们失去了全力奋斗、激情满怀的意愿和斗志,只是满足于循规蹈矩的日常生活和物质追逐,同时社会管理机构的日益庞大和高效,使人们更加感到自身的渺小和无助,另外竞争的剧烈和持久性使人们无法建立起充分的友谊和互信关系,取而代之的是彼此的疏离和戒备。正是这些,也就是韦伯所说的"祛魅"导致人们失去了对于神圣、崇高、精神和友爱的信仰和追求,失去了能够让人们的生活拥有崇高和终极意义的航标和方向,人的群体存在意义在日益降低,个体存在也变得琐碎和碎片化,生活完全变成了一种碎裂化的存在状态。

---

[1] Jameson, Fredric. *Postmodernism, or the Cultural Logic of Late Capitalism*. Durhem: Duke University Press, 1991, p. 11.

在这个意义上，我们可以理解科尔曼和瑞典佬的困境。他们都极为努力上进，一个凭自身的努力从一个被排斥的黑人男孩，一步步艰辛地成长为大学古典文学教授，另一个则是早早投身家族企业，勤劳苦干，恪尽职守，苦心经营着家族几代人传承下来的祖业。但是，他们的命运都遭遇了来自现代性社会的深重毁灭。这是历史的终结时代给予"真正的人"的沉重一击，是"最后的人""无胸膛的人"对于他们的胜利和凯旋。唯有那些平庸的碌碌之辈能够享受到幸福的和平和安宁。

科尔曼在遭受学生指控时，他非但不能得到公正的理解和支持，反倒被同事们孤立和冷落，即使是他那些以前曾经提携过的同事们也都纷纷退避三舍、置若罔闻。他去寻求律师普利姆斯的帮助，却被劝说放弃与芳尼娅的爱情。这位年轻的、前途无量的律师甚至提醒科尔曼，芳尼娅会用怀孕来要挟他，全镇的人，无论是大学教授还是乡巴佬似的人物，都会非常乐于对他施以惩戒。这位律师的说法，从科尔曼的安全和声誉来讲，无疑是有道理的。但是，作为一个律师，一个雄心勃勃、年轻有为的律师，普利姆斯并没有从自身的专业角度来为科尔曼提供法律支持，为他做出有力的辩护，为他义无反顾地斗争和呼吁。相反，他却是一味地劝说科尔曼息事宁人，最好能从这场混乱的局面中全身而退，不要再与芳尼娅搅在一起，不要再与法雷有任何瓜葛，也不要让自己成为了镇上人们的笑料和谈资。

很显然，普利姆斯只是福山笔下所说的"最后的人"和"没有胸膛的人"。普利姆斯所关注的，只是如何平安地帮人打官司赚钱，"满足于待在家里，对自己的心胸豁达和行事冷静感到庆幸"，绝"不会为了一项事业而冒生命危险"，因为在他眼中，正义只不过是一种"愚蠢的偏见"，是不值得为之斗争乃至于牺牲的。虽然从受过的教育和社会地位来看，普利姆斯似乎更应当是社会的中坚或者精英，但是以其言语和行为观之，则完全是希望与世无争、平安度日的"经济人"，是"最后的人"的一种类型而已。

科尔曼的儿子杰夫，一名大学教授，整日忙于自身的工作，丝毫不关心自己父亲的状况。科尔曼打电话给他诉说遭遇时，杰夫居然怀疑父亲让芳尼娅做了流产，导致她企图自杀，而且不容父亲申辩就挂断了电话，不再与父亲联系。父子亲情已发生了扭曲，父子之间更像是路人，彼此甚少关心，更谈不上共同分担与面对痛苦和不幸。这正是现代性社会所造成的悲剧，个人之间彼此隔绝与冷漠，每个人必须要完全依靠自己面对生活的各种挫折和磨难。

孤独的科尔曼在遇到被学生投诉具有种族主义歧视倾向时，显然很容易就失去了自控力，在作家内森·祖克曼的屋里，"他站起来，坐下去，再站起来，在我（内森）的工作间里一圈一圈地走过来走过去，大声讲话，在冲动之下甚至威胁性地向空中晃动着拳头"，他变成了一个"有成就、但却完全失去了往日重要性的人——他就像身临一场严重的公路车祸、一场火灾或者一起令人恐怖的爆炸一样，这些公共灾祸的不可能性也罢、怪异恐怖性也罢，都一样地令他瞠目结舌"；科尔曼崩溃了，"他在房间里四处歪歪斜斜地走来走去，让我（作家内森）想起了那些熟悉的小鸡，它们的头被砍掉了却依然继续前行"。①

他的那张脸，在内森看来，"是一张一度修饰得很好、显得年轻帅气的年长者的脸。可现在，他的脸颊已深陷……并且奇怪得令人厌恶，更有可能是他内心激荡的所有情绪的负面结果扭曲所产生的……那是一张青肿的脸，像在菜场摊架上被碰下的一块水果，让那些行人四处踢踏，毁掉了。"②

科尔曼的孤苦无助，在这些文字中以令人心酸、倍感凄凉的笔调表达出来了：一个成就斐然的古典文学教授，大学二级院系的前任院长，居然因为一次学生莫须有的种族歧视指控而众叛亲离、无所凭依，精神恍惚得如同灵魂已经死去的躯体一样，而且还备受世人的冷眼与侮辱。

---

① Roth, Philip. *The Human Stain*. New York: Vintage Books, 2001, p. 11.
② Ibid., p. 12.

这时科尔曼的命运,也是现代性社会形态中所有社会成员的必经命运:众叛亲离、无所凭依、精神恍惚。

瑞典佬西摩·利沃夫自幼酷爱运动,性格积极向上,在精明强悍的父亲拉乌教导下长大,他笃信父亲的教诲"人生中最严肃的事情就是要不顾一切往前走",让周围人看到了"希望的象征",看到了"力量、决心和努力提振起来的勇气",大学毕业后,进了父亲的公司,成了公司年轻的董事长。即使后来已经事业有成,他依然孜孜不倦地努力奋斗,路过百货商场也要研究竞争对手的产品,以便改进产品质量,而且会亲自上门推销产品,并且赢得了工人们的忠心和用户的信任。但是,他却经历了妻子背叛,女儿策划了一场恐怖爆炸案的连续打击,同时又因为叛逆年轻人的频繁打砸,他不得不把辛辛苦苦经营的工厂迁离原址。就是这样一个积极向上、责任感强的成功企业家,却经受了命运的接连打击。这正是现代性社会的悲剧一面,真正刻苦奋斗、积极有为的人却要遭受被打击和摧毁的命运。

芳尼娅的丈夫莱斯特·法雷是一名越战老兵。在当兵上战场之前,他曾是一名修路工,无论工作多么辛苦和低下,他都是尽心竭力地努力工作。可是,在他经历了战场的炮火硝烟退伍回到家乡时,人们非但不把他当英雄看待,反倒说他像变了个人,有些让人认不出来了,甚至对他有些恐惧。为了逃避这种孤立的状态,法雷二度入伍参战。这次法雷真的变了,罗斯写道:

> 所以他第二次参战了,这次他全力以赴、怒火中烧、劲头十足,成了一个极具攻击性的勇士。第一次他可不是那么狂热。第一次他是随和的莱斯,压根不知道绝望是怎么回事。第一次他只是来自伯克夏的一个小伙子,对人极为信任,对于生活会变得多么低下,他毫无概念,也不知道嗑药是怎么回事,在任何人面前从不感到自卑,只是开心而幸运的莱斯而已,对社会不构成任何威胁,朋

友一大堆，喜欢开快车，就这些而已。第一次他割过耳朵，因为他在场，而且大家正在这么干，但是仅此而已。他还没变成一个一旦进入无法无天的状态就等不及要动手的家伙，那些家伙心智都不怎么正常，极具攻击性，喜欢动手，只需要一点点机会就会变得如同狗屎一样。他部队里的一个家伙，大伙管他叫大块头，那家伙才上战场一两天，就劈开了一个孕妇的肚子，法雷自己第一次参战快结束时，才开始擅长干这个的。①

第二次参战后，法雷变得凶悍异常，感到既刺激又恐惧。他报名当了一名直升机机舱门射手，大开杀戒，向地面上任何移动的物体射击。他亲眼看到直升机爆炸，战友们尸体烤焦的味道充斥于空气当中，听到阵阵惨叫声，看见整个村庄湮没在火光中，第二天又回到了伯克夏。

在家乡，他找不到归属感：

> 对于上空的东西他感到恐惧。他不想和他人待在一起，既不笑也不开玩笑，他觉得他不再属于他们这个世界，他看见的、做过的事情与这些人所知道的事如此格格不入，以至于他无法与这些人打交道，他们也无法与他打交道。他们告诉他可以回家了？他怎么回家呢？他家里又没有直升机。他一个人待着，喝酒，当他找退伍军人管理局时，他们说他来只是想搞点钱，而他知道自己只是想得到帮助。早先，他曾经试图寻求政府帮助，他们给他的只是一些安眠药，所以操他娘的政府。把他当垃圾一样对待。你还很年轻，他们说，你会扛过去的。②

心灵备受战争摧残的法雷遭受的全是冷漠、敷衍与推诿。法雷经常

---

① Roth, Philip. *The Human Stain*. New York: Vintage Books, 2001, pp. 64–65.
② Ibid, p. 66.

会感到惊慌、不安,并且开始酗酒,暴躁易怒。与芳尼娅结婚生子之后,法雷的战争后遗症并没有得到有效遏制,依然酗酒,脾气暴躁,经常会在睡梦中突然卡住她的脖子。芳尼娅很恐惧,趁法雷被带走强制疗养期间,她带着两个孩子逃掉了。一天晚上,芳尼娅和一个木匠在车里幽会,房子着火了。一直跟踪她的法雷迅速冲进屋子,将孩子们抱着冲了出来。可是,当他看见木匠站在门口时,法雷不顾一切地冲了上去,直到警察来才放开。可怜的孩子们最终死了,因为没有被及时救出火场。法雷恨芳尼娅抛弃了自己,恨她与木匠幽会,恨她当时没有及时帮忙救出孩子们,而是帮着那木匠对付他。被再次强制约束治疗的法雷,下决心要用当兵时政府教给他的杀人手段报复,他开始追踪芳尼娅的行踪,追踪她情人们的行踪。科尔曼作为芳尼娅的最后情人,最终成了法雷追踪的对象,并且和芳尼娅一道在法雷精心设计和实施的交通事故中,车辆失控,冲进路旁的河里,双双丧生。而法雷,却因为整个过程的设计和实施非常巧妙,成功地逃脱了嫌疑和法律的指控。警方最终认定整个事件是一次超速转弯状态下的交通意外。

从法雷的身上,我们可以看到现代性社会状态中个体的被忽略以及零散化。参战之前,他是一名普通筑路工人,一个积极向上、随和的年轻人,对他人毫无戒备之心,心灵充满了温暖而阳光的憧憬和幻想。社会的冷漠尚未在他身上留下明显的印痕。在他第一次从越南战场上复员回家以后,这种冷漠他明显感觉到了:周围的人非但不关心和信任他,而且对他警惕有加;作为退伍老兵,他得不到国家和社会的理解和帮助,相反却被推向了社会的边缘。正因为这种原因,法雷第二次上了战场之后,才变得更加凶悍残忍,社会的冷漠和排斥进一步激发出了他身上的动物性和报复心理。他在战场上的嗜杀一方面源自战场上你死我活的凶险激发出的动物性毁灭本能,以及战友们的引领与激励,另一方面源自社会的冷漠。社会的冷漠没有及时融化他那日益冰冷的心灵,相反却进一步将它推向了更加冰冷而攻击成性的境地。这一因素对他战后危险嗜杀的性格倾向起到了更为关键性的催化作用，因为这种冷漠、敷衍与孤立是在客观上放任战争后遗症进一步扭曲他那业已变形的心灵，进一步强化他对他人的攻击性倾向，最终将法雷塑造成了一个酗酒成性、危害家庭、攻击他人、涉嫌谋杀的冷酷异常的家伙。

正如前文所说，社会状态的静态化和生活的可预见性导致人们失去了全力奋斗、激情满怀的意愿和斗志，只是满足于循规蹈矩的日常生活和物质追逐，同时社会管理机构的日益庞大和高效，使人们更加感到自身的渺小和无助，另外竞争的剧烈和持久性使人们无法建立起充分的友谊和互信关系，取而代之的是彼此的疏离和戒备。这种社会状态扼杀着崇高、神圣、友爱和信仰，使人们的生活失去了本身所应具备的意义和价值。生活对于人而言只是一段时间的生存，而不是某种价值和意义的成就和展现，只是一段琐碎、卑微、无聊和孤立无助的时间延续和苟活。人的生活失去了它本应具有的价值和意义，也就失去了它的整体性，从而演变成为零散化和碎片化的肉体存在。

更需指出的是，这种现代性社会还会导致个体自身的分裂和对立。现代性社会扼杀神圣、崇高和信仰，消磨了人们的牺牲精神和激情，造就出一个个平庸而"没有胸膛的"的人。但是，人总是要追求一些生活的意义和寄托的，否则生活就会变成令人难以忍受的漫长历程，生命自身的生机和活力就会失去用途和存在的意义。因此，平庸而乏味的生活必然将人们积极向上的生命力引向无谓的消耗和虚度之中，旺盛的生命力就会逐渐消耗在放纵和逐乐当中。但是，正如《荀子·乐论》所言，"以道制欲，则乐而不乱；以欲忘道，则惑而不乐"，消耗生命力的放纵和逐乐只能导致"惑而不乐"，只能导致困惑、虚空和颓废，而进一步的放纵则会导致进一步的迷茫和空虚感。这样的周而复始，只能导致更大的迷茫和空虚感。这样，生命力自身就成了自身的敌人，即生命力的产生将导致生命力无谓的消耗，生命力的消耗是生命力产生的目的，而生命力的产生则仅仅是为了生命力最终无意义的消耗。这种彼此矛盾而冲突的过程存在于个体身上，必然造成个体自身的矛盾和冲突、分裂和对立。

这种矛盾和冲突、分裂和消耗在罗斯作品中的人物科尔曼·希尔克教授、凯普什教授的身上表现得再明显不过了。二者都最终沉溺于情欲的放纵，将自己无所寄托的生命力消耗在肉体的宣泄之中。科尔曼下面的这段心理陈述可以窥见这种典型的宣泄式的颓废心态：

> 我陷进去了。没有语言、形状、结构、意义——没有多样的存在，没有宣泄，没有一切。更多的是未曾改造过的、不可预见的东西。为什么还会有人想得到更多呢？毕竟，这个叫做芳尼娅的女人就是不可预见的。与这个不可预见者快感地纠结在一起，与无法忍受的习俗纠结在一起。这些令人无法忍受的正直原则。与她的身体发生联系才是唯一的原则。没什么东西比这个更重要。她那持久而有力的嘲笑。外在于中心的。与那发生联系。有义务将我的生命交付于她的生命，交付于她那不可捉摸的生命，交付于她那漂泊不定的生命，交付于她那逃避责任的生命，交付于她那陌生的生命，交付于这种基本的性本能快感。用芳尼娅的铁锤去对付那些老掉牙的一切，对付那些所有的高尚的道理，砸出一条通向自由的路。摆脱什么的自由？摆脱这种行为正确的愚蠢荣光，摆脱这种对于人生意义的荒谬追求，摆脱这种为了获取合法性的、永无止境的奋斗。在七十一岁时开始追求自由，将平生置于身后——也就是所谓的阿斯肯巴赫式的疯狂[1]。[2]

---

[1] 德国作家托马斯·曼的小说《威尼斯之死》中主人公阿斯肯巴赫，功成名就而且洁身自好。但是在威尼斯游历时，他却疯狂地迷恋上了一位出身于波兰贵族的英俊青年男子塔兹奥。

[2] Roth, Philip. *The Human Stain*. New York: Vintage Books, 2001, pp. 170–171.

此时的科尔曼可谓屡经挫折之后的万念俱灰,他下定决心要"砸出一条通向自由的路","摆脱这种行为正确的愚蠢荣光,摆脱这种对于人生意义的荒谬追求,摆脱这种为了获取合法性的、永无止境的奋斗",要像阿斯肯巴赫一样展开一场情欲的疯狂追逐。从事实的角度来讲,科尔曼一生都在追求自己作为一个个体的"合法性",追求他人和社会对他自身存在意义的承认和肯定,力图行为正确,永无止境地树立着自身的生命价值和社会意义。可是,这又怎么样呢?这种一贯的努力奋斗和拼搏却丝毫没有改变他被质疑、投诉乃至羞辱和孤立的最终命运,丝毫没有改善和提高人们对他形成的最终恶感。所以,科尔曼的绝望和最终对于这种肉体宣泄和放纵的选择就似乎成了一种无可避免的行为。正如同科尔曼一样,凯普什教授力图在肉欲放纵中对抗绝望的选择也是同样的绝望和万念俱灰之下的自我放逐。在这个意义上说,现代性的社会或者说资本主义社会是在无数次地复制着科尔曼和凯普什的自我放逐式的肉体宣泄,他们二人的个人选择乃是具有一定社会性普遍意义的社会现象。

可是,正如同前文所说,这种无谓的、追逐肉体放纵的生命力消耗是无补于生命自身意义的填补和树立的,只能进一步增加困惑、虚无和迷茫而已。很显然,生命本身的意义建构关键在于心灵和精神的满足和提升,而不是物质或者肉欲的满足,后二者充其量只能充作生命意义当中微不足道的一小部分而已。因此,企图在肉体放纵的基础上建立起生命意义的宏伟大厦只能导致反向的更剧烈崩塌,这也正是科尔曼和凯普什这两位本应的精神强者却最终感到自身精神困境无从摆脱、痛苦有增无减的原因所在。

第二节 "孤独的人群"

在现代性社会之中,人们愈来愈群居在一起,但是在愈来愈壮大的人群之中，人们却日益感到孤独与彷徨。那么，这种心态的原因何在呢？戴维·里斯曼（David Riesman，1909—2002）在1950年发表的名作《孤独的人群》中指出：古代社会是"传统导向型社会"；市场资本主义社会是"个人导向型社会"；后现代主义社会则是"他人导向型社会"。① 后现代主义社会作为现代性社会的一种表现形态，这种"他人导向型"倾向就很明显了。首先，现代性社会突出地体现了工具理性和技术理性中心主义观念，体现了科学、技术以理性的形式对于信仰和精神的挑战和质疑，体现了以理性为中心组织起来的社会和机构对于个人的检验与驱遣，同时也体现了个体之间依凭理性的彼此质疑和验证，以及由此所引起的人与人的彼此疏离、对立乃至个人自身的零散化。在传统的社会里，个人可以依凭信仰从上帝、教堂和教友那里获得精神慰藉来对抗生活现实中的困境与挫折，通过与上帝、教堂与教友的沟通和交流来抵抗生活中不幸与失败所造成的孤凄与无助。但是，现在，宗教信仰已随着达尔文进化论的普遍接受而形同消亡，因为上帝造人——上帝存在的最后证据，基督教赖以存在的最后基石已被达尔文用进化论宣告为一介谎言。人们这时已经无法再将精神的归宿寄托在上帝身上，人要完全靠自己来应对世间的苦痛、煎熬与荒芜，而且此时资本主义急剧发展的时代巨轮更是将惨烈竞争、贫富极度分化、物质崇拜、消费主义盛行、人际关系彼此疏远戒备的种种苦果抛掷在孤苦无依的原子化个体面前。个人、灵魂所遭受的质疑、怠慢与摧残是巨大而苦痛的，作为社会成员中的一分子，知识分子灵魂与精神的堕落与迷失是这种社会和时代的悲剧现象之一。

　　随着科学、技术的飞速发展，科学、理性成为社会机构、社会组织、社会运作的主要甚至居统治地位的思维机制和运行模式，社会日益像一个严密组织起来的机器，理性而机械地依照某些定律运转着，社会

---

① ［英］彼得·沃森：《20世纪思想史》（两卷本），朱进东等译，上海：上海译文出版社2008年版，第504—506页。

的运行日益浸透出一种有意的目的论安排。关键是这种安排，体现出一种极为明显的科学和理性的思维方式。自不待言，自然科学知识分子既以自然科学为志业，其思维方式必然表现出一种明晰的科学和理性轨迹，即使像科尔曼、凯普什一样的人文知识分子，也都早已像那些自然科学知识分子一样，将科学和理性纳入他们的职业思维之中，逐渐沦为以知识的生产、传播和出售为生的知识工作者。因为在世俗化的大潮之下，人文知识分子早已失去了他们昔日崇高的如同灯塔般的精神光环，取而代之的是挥之不去的物质枷锁。他们不再是社会良知的载体，相反却孜孜计较于名利的得失与地位的高低。他们非但不能为社会提供精神的指引和文化的启迪，而且他们自身已蜕变成了精神迷失、肉体放纵的无助弃儿。这某种程度上，可以部分归因于人文主义者心灵依凭的精神归宿——宗教或者精神信仰的被彻底否弃。

虽然文艺复兴、宗教改革、启蒙运动都是以挑战宗教中心地位为中心诉求的，但是不可否认，宗教一千多年以来在西方传统上形成的精神灯塔地位是不可完全否定的，因为宗教已经在人们的精神生活中牢固地树立起了自身不可取代的终极地位，科学、技术、理性固然可以反对它的专断与霸道，却不可以将它从人们的生活中，尤其是精神生活中完全清除，甚至都不可以将它彻底地否定，相反却应当给予它应有的历史地位。布林顿等学者指出，文艺复兴时期人们依然像他们的祖先一样笃信宗教，虽然他们同时也是唯物论者、怀疑论者和个人主义者；同时启蒙运动时期，宣扬科学与宗教彼此妥协共存的自然神论学说拥有更广大的接受者人群。这些事实正可以证明宗教在当时依然拥有相对稳固的地位。

但是，达尔文学说的兴起造成了对于宗教的本质挑战。达尔文通过大量的经验事实证明，各个物种是通过漫长的生存竞争和自然选择一路变异和进化发展而来，并非上帝的创造物。"这里我们能感到达尔文凝视的威胁，它照亮了一个不再有神灵参与的世界。如果我们采纳这种观念,就不会见到仁慈的上帝——上帝的统一创造"。①

如果说文艺复兴、启蒙运动只是对于宗教中心地位的一种反拨的话,那么现在达尔文的学说则从根本上否定了宗教的地位。上帝是宗教的根本,既然上帝的存在本身已是一种巨大的疑问,那么作为上帝学说的宗教又能有多大的存在意义呢?在宗教时代,教堂忏悔、虔诚祈祷、教友互助乃至心灵净化基本是宗教给予信徒最重要的心灵慰藉和精神压舱石。宗教的被质疑和否弃,导致了人们精神的普遍孤苦无依,因为人们不能奢望再像往常一样,向上帝寻求精神的慰藉和指归,人们只能退而依靠自身克服精神和心灵的困苦。千百年以来,人们依赖宗教加以维系的精神依靠和归宿现在突然却被抽走,留下了一片令人惶惶不可终日的精神荒漠。

同时,社会竞争的加剧,导致人们将彼此视为竞争对手,而不再是心灵可以彼此依靠的同伴。这样,遇到精神困境和苦痛,人们普遍只能依靠自身微薄的力量去艰难面对。通常情况而言,多数精神困境和苦痛,仅仅凭借个人的力量是难以克服的。可以断言,大多数人的精神苦闷只会日复一日地延续下去,从而造成艾略特(T. S. Eliot, 1888—1965)笔下的"精神荒原"(1922 年):世界没有了中心,生活没有了意义,绝望情绪弥漫整个世界。稍早的时候(1913 年),埃兹拉·庞德(Ezra Pound, 1885—1972)在他的名诗《巴黎地铁车站》中对这种情形有生动的描述:阴雨绵绵的一天,地铁车站里面涌出了熙熙攘攘的人群,人们脸上浮现着惶恐而孤苦无依的神色,如同"雨中随时会凋谢的花瓣一样"凄苦无助;阴雨凄凄,每个人都只能凭借个人的力量尽快离开,匆匆赶往目的地,周围冰冷的建筑物如同冷酷的世界,对于人们的精神惶恐丝毫无动于衷,有的只是如同雨中"湿漉漉、黑漆漆"的粗大树枝一样局外旁观者的冷漠与幸灾乐祸。

---

① [英]乔治·迈尔森:《达尔文与物种起源》,侯静译,大连:大连理工大学出版社 2008 年版,第 97—98 页。

现代性社会主要聚焦于资本主义驱动之下的科学技术发展，从而推动人类社会的经济和物质繁荣。但是在文化，尤其是精神文化方面并没有取得与之相应的进步和繁荣，相反导致更多的是精神的孤独、苦闷乃至绝望。从这个角度来说，罗斯小说中科尔曼和凯普什两位教授的肉体放纵和精神沉沦，就成了现代性社会的一幅精神绝望的缩影，即使是学识渊博、专为人师的知识分子也难免这样一种凄苦的结局。因此完全可以说，现代性社会的主要问题就是物质与经济日益繁荣之下的精神苦痛和绝望。

第三节　反抗的年轻人

现代性社会的一个基本特征是科技与物质的繁荣之下的精神苦闷。第二次世界大战之后，美国社会经历了非常巨大的经济繁荣。人口迅速增长，婴儿潮开始出现。20世纪20年代美国汽车制造厂商制造了3100万辆汽车，但是20世纪60年代则有7700万辆汽车驶离生产线。汽油消费急剧增加，到了70年代，汽油消耗迅速攀升至920亿加仑。汽车旅馆大幅出现，以便接待越来越多的自驾车出行的游客和商人。州际公路发展很快，而且也更为安全。长途旅行时，人们开始更多地选择飞机，铁路和跨大西洋船运乘客人数下降很快。电视机大量普及，到了1961年，美国有5500万台电视机被使用，电视内容充斥了无趣而粗俗的系列片，多种多样的日常性电视秀活动以及智力竞赛类节目，取悦于那些无知的普通观众。当然电视台也会重播一些老电影，但是在收视高峰时段会反复插播商业广告。另外，电视也在很大程度上对观众的意见和情绪进行着潜移默化的影响。同时中产阶级大量增加，到了20世纪60年代早期，有1200万家庭，大约美国人口的三分之一，进入中产阶级行列，其中包含大量蓝领阶层。①

然而，当时美国社会却在经历着一个悖论性的尴尬境地：虽然美国是世界上最强大的国家，国民受教育程度最高，最富裕也最有活力，却无法富有智慧地调动资源应对最显而易见的挑战，同时，国民个人普遍感受不到幸福感，也无法与他人认同，社会无力实现其理想生活；人们都成了"自我的一代"（me generation），他们深知自己生活在社会之中，生活受到社会的深刻影响，可是却不愿认同自己是社会的一员。②

资本主义社会的经济繁荣满足了人们的物质需求，但却同时催生了更大更多的物欲追求，这样就很大程度上忽略了个人精神方面的关注和提升；同时物欲的无止境追求和贫富差距的急剧加大，也容易造成人们心态的失衡和心灵的焦虑。人的生命力量总是要寻找投注渠道和对象的，而年轻人的生命力量更容易成为一种骚动而不安定的社会因素。年轻人在这样的社会里极易感到压抑和绝望，如同流行歌手波特·瓦格纳（Porter Wagoner，1927—2007）所唱的歌词一样"小心肝，你曾多次心碎/但是伤口最终会愈合，不管它有多么疼痛/但是这次有点不同/我也不知道为什么/吃吧，喝吧，快乐吧！明天你将会哭泣"。

年轻人发现社会机构冷漠而机械，人们循规蹈矩地生活着，生活中充满了庸俗和麻木，关键是心灵和精神完全变成了一片死寂，尽管物质方面的进步有目共睹。旺盛的生命力和充沛的激情使得年轻人们开始反抗。1964年秋天，愤怒的学生们在加利福尼亚州立大学伯克利分校发起了静坐示威，反对美国卷入越战，反对大学从事与战争有关的研究工作，反对大学现行的一些管理制度。这场学生反抗运动使得整个校园数周之内完全陷于瘫痪。他们中的一些激进分子甚至宣称，需要用暴力推翻掉这个社会，改革压根无济于事。

---

① Garraty, John A. *A Short History of the American Nation*. New York: Harper & Row, Publishers, 1985, pp. 522-523.

② Ibid, p. 526.

一些激进的年轻学生成立了社会民主化学生促进会（Students for Democratic Society）。1968年，社会民主化学生促进会在哥伦比亚大学组织了一次学生示威，他们占领了校园大楼，要求大学停止军事方面的秘密研究，并且妥善处理与大学社区少数族裔的关系问题，结果格雷森·科克校长（Grayson Kirk，1903—1997）调集了警察驱逐学生，引发了冲突。

在小说《美国牧歌》中，年轻人偷车、抢车、飙车成风，他们常常在大街上呼啸而过，并且结伙打砸工厂厂房。小说中，罗斯写道：

> 头顶没有路灯，人行道上到处扔着破碎的家具、啤酒罐、瓶子、成团成团的说不清是什么的东西。脚下到处是汽车号牌。这地方已经有10年没打扫过了。也许从来就没打扫过。每走一步，脚下就会踩到玻璃碎片。人行道中央有一把酒吧高脚凳四脚朝天地竖着。这是从哪儿拿来的？谁拿来的？有一条男人的裤子窝在一起，脏兮兮的。那个男人是谁？他发生了什么？即使看见一条人的胳膊或者腿，瑞典佬也不会感到吃惊。一个垃圾袋挡住他们的路。黑色的塑料袋。扎得紧紧的。里面是什么东西？大得都放得下尸体了。①

当时瑞典佬西摩·利沃夫好不容易找到了自己的女儿莫莉，她当时栖身的街区刚刚被洗劫过，非常狼藉，到处是破碎的家具、玻璃碎片、啤酒罐、垃圾袋。而社会治安非常令人担忧，过往的司机路过时都会赶快锁上车门。罗斯的这段描写是非常生动传神的，短短几句话就清楚形象得将当时荒乱危险的处境描绘了出来。

而瑞典佬西摩·利沃夫的女儿莫莉则成了一名青年叛逆的典型，她成为一名恐怖袭击者，在邮局大楼安放了定时炸弹，把邮局大楼和村里

---

① Roth, Philip. *American Pastoral*. New York: Vintage Books, 1997, p. 233.

的百货店炸掉了，也炸死了一名医生。

另外一些年轻人则选择了在神秘宗教或者群居中寻找慰藉，他们发展出了一种"反文化"（counterculture），他们鄙夷金钱、物质利益或者凌驾于他人之上的权力，宣称爱高于财富或权力，情感高于思维理性，自然事物高于任何人工产品。瑞典佬利沃夫的女儿莫莉选择了与勤勤恳恳经营家族企业的父亲乃至整个社会对抗，她最终也迷恋上了一种神秘的东方宗教耆那教。很明显，莫莉和上文那些"反文化"的年轻学生一道，选择了皈依一些东方神秘宗教来寻找精神方面的安慰与疗伤，因为西方现代性社会造成了不可填补的精神鸿沟。

可以说，现代性社会是以主体性意识的觉醒和崛起为主要奋斗目标的，也正因为如此，反映主体性意识觉醒的平等、民主、自由等政治概念才日益深入人心，成为时代最具召唤力的前进口号，号召千万男男女女为这些美好理想的实现前赴后继，九死而无悔。不可否认，这些启蒙运动以来的社会理想在科学技术与经济迅速发展的巨大驱动力之下，在很大程度上推进了世界的进步和发展，大幅改善了人类社会的生存状态和文明层次。但是，悖论的是，这些理想也催生了一些自我否定的社会问题。其中一个就是，个体主体性意识的反向崩塌和零散化以及由之而导致的肉体放纵、物欲沉溺和宣泄式破坏乃至毁灭。

第四节 社会的疏离和对立

现代性社会的理性化进程既促进了科学与技术的日新月异，也促进了社会的民主、平等与自由的进程，因此，虽然其间经历了重重起落与挫折，西方社会在政治上、经济上普遍取得了具有历史意义的进步与成就。但是，民主、平等与自由尤其理性化进程的长足推进，在很大程度上也引发了社会的疏离与对立。因为，现代性社会主体性意识的崛起使得人们普遍开始努力追求自身的个人实现，而个人实现使得每个人都仅仅关心自身的提升与成功，不再关心他人，甚至只是将他人视为自身成功的手段和途径。这在一定程度上，容易造成人际关系的不信任与对立。

而另一方面，追求更大的经济利益在很大程度上成了许多人追求个人实现的最主要目标，经济利益的彼此冲突与对立导致人们彼此之间出现了疏离与对立，人们之间产生了具有不同利益诉求的社会群体，而这些群体彼此之间互相质疑、疏离与对立，同时个人与个人之间也依然是彼此质疑、疏离和对立。而且，这种彼此之间的质疑、疏离与对立往往会因为彼此之间的对立而进一步加深，因为"这些群体如此众多，他们拥有如此众多且互相冲突的目的，因此根本无法使公民们拥有社会性的合作心态，相反只会使他们更加以自我为中心"。①

同时，现代性社会的理性化进程将一切都置于理性显微镜的计量、分析和比较之下。笛卡尔曾经指明以下几条理性思维原则：

第一条是：决不把任何我没有明确地认识其为真的东西当作真的加以接受，也就是说，小心避免仓促的判断和偏见，只把那些清楚明白地呈现在我心智之前，使我根本无法怀疑的东西放进我的判断之中。

第二条是：把我所考察的每一个问题，都尽可能地分成细小的部分，直到可以而且适于加以圆满解决的程度为止。

第三条是：按照次序引导我们的思想，以便从最简单、最容易认识的对象开始，一点一点逐步上升到对复杂的对象的认识，即便是那些彼此之间并没有自然的先后次序的对象，我也给它们设定一个次序。

---

① Garraty, John A. *A Short History of the American Nation.* New York: Harper & Row, Publishers, 1985, p. 526.

第四条是：把一切情形尽量完全地列举出来，尽量普遍地加以审视，使我确信毫无遗漏。①

按照笛卡尔以上的说法，要对一切对象首先进行怀疑、理性验证与核实，证明为真实之后，方可接受其真实性。同时，他鼓吹将一切事物要加以分析，要将它们分析至不能再分的地步，由简单逐步上升到复杂，从而达到对于对象的客观、准确的认识和判断。这种理性分析、客观认知、逐层推进的认识和思维方式构成了西方世界近现代以来最主要、也最广为接受和认可的世界观和方法论。可以理解，这种思维方式极大地促进了西方对于自然世界的科学认知，同时也迅速扩大至对于人类社会与自身的认识，从而在很大程度上促成了人与人之间的彼此怀疑与对立。

1. 精英与大众的对立

在现代性社会中，精英作为历史前进的推动者，作为理性精神的代表，也面临着与大众的对立与疏远，遭受着大众的质疑和挑战。在小说《人性污点》中，出身黑人家庭的科尔曼·希尔克教授凭借个人努力的奋斗，成了古典文学教授，成了院长。可是，他与同事的关系却明显存在着彼此的对立。科尔曼坚信奋斗与努力的价值。在担任院长期间，他锐意改革，努力进取，改革教学大纲，关闭了教授们从自己老掉牙的博士论文里面拼凑文章发表的校内刊物，让那些不思进取的教授们承担低年级课程教学任务，将竞争机制引入职称晋升中，采取了诸多措施来鞭策教师们努力奋斗。

可是，他的同事们对他积怨却很深，认为他所推行的都是些典型的"犹太人的做法"。还有，当科尔曼被旷课学生荒谬地指责为种族歧视者时，当黛芬妮处心积虑地诽谤科尔曼和芳尼娅的关系时，同事们都冷漠

---

① [法]笛卡尔：《方法谈》，北京大学哲学系编译《十六—十八世纪西欧各国哲学》，北京：商务印书馆 1963 年版，第 110 页。

旁观，即使是曾经受惠于科尔曼的同事赫伯特·柯博尔也保持了费人深思的沉默。

这一切是怎么回事呢？

这是因为，虽然科尔曼为学院的发展和同事们的进步做出了客观上的贡献，可是另一方面他却严重忽视了对于同事们的尊重，关键是忽视了对于同事们心灵的了解和关注。科尔曼作为院长和成功的古典文学教授，强力推行一种个人理性对于历史的主宰，推行的是黑格尔的"理性主宰"的理念。也就是说，科尔曼本人在很大程度上，已经将同事们视为他自身个人实现或者"理性主宰"的工具和手段，而并非将他们视为与自身一样是拥有同样个人实现的梦想、凡人的欲望和需求的个体人。他没有时间与空间去了解每个同事的内心世界，相反只是满足于高高在上地发号施令，自以为是地以古希腊英雄式学术权威自居，认为自己殚精竭虑地推动学院发展和同事进步就应当得到每个同事的理解和尊重。这正是现代性社会的一个典型特点，那就是主体性意识的觉醒和崛起，使得每个人都仅仅关注自身的个人实现，没有时间去关注他人，也不愿意去关注他人，甚至于沾沾自喜地将他人视为自身个人实现的阶梯和途径。

小说中，一天早餐时，科尔曼在为芳尼娅读报纸上克林顿总统与莫妮卡·莱温斯基绯闻的报道，芳尼娅站起来吼道，"难道你就不能没有那该死的讨论课程吗？我受够讨论课程了！我学不会！我不学习！我也不想学习！别再他娘的教我了——这不管用！"① 显然，芳尼娅对科尔曼把她当做小学生一样教她读书认字的做法很反感。在她看来，科尔曼只是将她当做可以帮助他自己实现自身价值和意义的教育对象，一厢情愿地以为如果能够帮助她提高和进步，自己就会如同救世主一样得到对方的理解、尊重乃至感激。这种情况下，自己无须去理解和认识对方的真实感受。某种情况下，这是一种"良知的傲慢"。

---

① Roth, Philip. *The Human Stain*. New York: Vintage Books, 2001, p.234.

另一方面,科尔曼作为一名成功的知识分子,自以为是地认为,知识和学习可以改变一个人的处境乃至命运,读书识字,芳尼娅就会改变自身的处境,因此无须去关心她自身的感受,无须去体会她此时的尴尬和痛苦的心境。这是现代性社会人们对于理性和知识的极度信仰和崇拜造成的,这是一种"理性与知识的傲慢"。

这种"良知的傲慢"和"理性与知识的傲慢"交织起来,构成了现代性社会精英们的自以为是心态。他们以为只要出于良好的动机和企图,只要出于对历史的推动和社会的提升,他们就无须去关注他人的心灵感受,也无须费心地尊重他人。正是因为这样,在现代性社会中,精英与大众出现了彼此的质疑和对立。

关于这些"傲慢",罗斯接着写道:

> 她最恨的是什么?就是他居然真切地认为他的苦难是件大事。他居然真切地认为在雅典娜学院人人对他的看法、对他的说法太让人心碎了。大家不喜欢他是够糟的——但并不是什么大事。对他来说这就是所发生的最糟糕的事情?哦,这不是什么大不了的事。两个孩子窒息了,奄奄一息,那才是大事。继父把手指放进你的阴道,那才是大事。都快退休了,失去工作不是什么大事。这就是他招她恨的地方——他的苦难都有一种高于他人的特权。他觉得他从来没机会?在这片土地上,有的是真正的苦痛,而他居然觉得自己没有机会?你知道什么时候你才没机会吗?早上挤过奶之后,他拿起铁管子砸你脑袋的时候。我甚至都没看见怎么回事,就被砸了——他居然不曾拥有机会!生活居然亏欠了他!①

科尔曼虽然和芳尼娅朝夕相处了一段时间,但是却完全没有了解她

---

① Roth, Philip. *The Human Stain*. New York: Vintage Books, 2001, pp. 234–235.

的内心苦痛，也没有向她表示由衷的同情，仅仅满足于将自己的痛苦沉浸在肉体放纵中，也仅仅满足于居高临下地教她识字和读书。芳尼娅两个孩子窒息而死，她的心灵经受了沉重的打击和悲伤；芳尼娅的继父晚上溜进她的房间，对尚未成年的少女芳尼娅进行猥亵和侵犯；前夫莱斯特·法雷，作为一名被越战毁掉的老兵，精神有严重的暴力倾向，经常会对芳尼娅拳脚相加，用铁管子揍她，甚至半夜睡梦中就掐住了她的脖颈，这一切对芳尼娅造成的痛苦和悲伤，显然远远超出了科尔曼所遭受的误解与指责。可是，科尔曼却只是沉浸在个人所遭受的委屈和愤懑的情绪中，认为他"没有机会""生活居然亏欠了他"。他想当然地认为自己的委屈和愤懑远远超出于他人，因为自己是"良知"和"理性"的代表，是历史的推动者，是社会的中坚和脊梁，自己不欠这个时代或者他人任何东西，他人只是受惠于自己力量或者行动的人，他们的痛苦和悲伤是个人的痛苦和悲伤，而科尔曼自身的委屈和愤懑则应当具有时代和历史的意义，是历史和时代的不幸。历史和时代亏欠了他，他是真正的受害者。可以说，作为知识精英的科尔曼·希尔克教授自身的"良知"和"理性"的傲慢造成了他事实上的自我中心主义，造成了他一心一意专注于学院教学与科研工作的提升和推进，忽视了对于同事们内心感受的关注和尊重，对于他人痛苦和悲伤只是置若罔闻，从而也造成了他的同事们乃至于芳尼娅对他的排斥、质疑和指责。

另一方面，大众也因为局限于个人自己的认识和利益框架之中，对精英充满了质疑和挑战。小说《人性污点》之中，科尔曼与芳尼娅遇车祸身亡之后，黛芬妮趁机造谣说科尔曼闯进了她的办公室，以她的名义向各位同事发出了那封令人尴尬的征婚广告，其中征婚对象的条件与科尔曼多有符合。实际上，这是黛芬妮自己撰写的征婚广告，本想发给杂志社，却因错误操作电脑而发给了同事们。为了遮掩自身的难堪，她居然冷酷地向已死的科尔曼栽赃。但是，大家都相信了。对此，罗斯写道：

这种公众的落井下石会止于何处？这种照单全收的轻信会止于何处？这些人怎么能够彼此口耳相传这种黛芬妮·茹告知安全部门的说法——这说法摆明了如此虚假，显然是一派谎言，他们当中怎么会有人相信这样的怪事？怎么证明与科尔曼相关？不可能的。但是不管怎么说，他们信了。尽管很荒谬——他闯进去，打开档案柜，闯进她的电脑，给每一个同事都发了电子邮件——他们都相信了这个，他们想要相信这个，他们想要口耳相传这个，已经等不及了。这个说法没任何道理，讲不通，然而没人——即使是不公开地——提出哪怕是最简单的疑问。如果他撬开她的办公室，想制造一个恶作剧，那他为什么还要提醒大家关注他闯入这一事实呢？看过那个征婚广告的人中，百分之九十都不可能认为和他有任何关联，那他为什么还要写那样一则征婚广告呢？除了黛芬妮·茹，还有谁会读了那则广告，想到他呢？她声称他干过的那些事，他要做的话，一定得先疯掉才行。但是他疯了的证据何在呢？什么地方能找到他行为发疯的过往经历呢？科尔曼·希尔克，他单枪匹马将整个学院扭转了过来——这人疯了？痛苦、愤懑、孤立，诚然如此——但是疯了？雅典娜的人非常清楚这不是事实，然而如同那次黑人学生事件一样，他们的表现俨然是他们并不清楚，他们心甘情愿乐意这样做。仅仅指控一下就足以证明这个指控，听一下控诉就足以相信这项控诉。犯事者的动机没有必要，也无须什么逻辑性或者合理性。只需要一个标签就够了。标签就是动机。标签就是证据。标签就是逻辑性。为什么科尔曼会干这个？因为他是个 X，因为他是个 Y，因为他二者都是。起初是个种族主义者，现在则是个厌女狂。将他称为共产党，在本世纪有点太晚了，尽管这是过去常常的处理方式。这是一个厌女狂的所作所为，已经证明了这个人完全能够以一个脆弱的学生为代价，做出一种恶毒的种族歧视性评价。这就解释了一切，那件事和他的发疯……我所有能确信的是，恶意的萌芽已经萌发出来了，就科尔曼的行为而言，任何荒谬的说法都会有人接受，并且从中挖出义愤填膺的意味。一种传染病在雅典娜爆发了——他死后我就是这样想的——什么东西才能阻止这种传染病的蔓延呢？这传染病已经出现了。病原体已经出现了。出现在空气中。出现在铺天盖地的硬性驱动中，持久永续，无法消除，这就是人性凶险的标记。①

科尔曼的同事们迫不及待地相信了黛芬妮的造谣，认为就是科尔曼卑鄙地干了这一切。他们对此没有一丁点的质疑，也不屑于搞清科尔曼这样做的动机和合理性何在，更压根不想如实而客观地了解科尔曼的处境，走进他的内心世界，只是简单地给他贴上标签，说他是"种族主义者""厌女狂"，对他的憎恨不亚于当年麦卡锡时代对于共产党的仇视。

同时，罗斯指出，随后有人甚至在网上发出帖子让同事们讨论芳尼娅的死亡。那张帖子指控科尔曼道，"这种小屁孩般的破门而入，并且假造邮件的恶意行为，其构成动机是一种决心，一种敌意，这种完全相同的决心和敌意——在那天晚上被恶魔般地强化了——促使他在自杀的同时，冷血地谋杀了一位学院后勤工作人员，他几个月前玩世不恭地引诱了她，让她为自己提供性服务。"② 这张帖子继续对科尔曼进行攻击，说他曾经是学校所有二级学院院长里面最独裁的一位，他运用自己的独裁权力强迫了芳尼娅，对她进行性奴役；他是对芳尼娅进行虐待折磨的人当中恶意最扭曲的一个，因为他要报复雅典娜学院；他逼她流产，让她差点自杀；他之所以要在谋杀现场安排那样的一幕不堪场面，就是要以此方式表明虽然他狂暴地鄙视她和整个学院，但是芳尼娅和整个学院群体却对他依然充满了不舍和顺从；芳尼娅曾经遭受过科尔曼的毒打；科尔曼为什么会制造这样一场谋杀，乃是要将他们两个都干掉，而且要

---

① Roth, Philip. *The Human Stain*. New York: Vintage Books, 2001, pp. 289–291.
② Ibid., pp. 291–292.

将自己虐待折磨她的整个历史抹掉，不让她揭发出自己的丑行。①

这张帖子指控科尔曼完全是出于一种恶毒的敌意，才做了这一切：闯进黛芬妮的办公室，假造邮件，并且强迫了芳尼娅，对她进行性奴役和重重折磨，因为他要报复整个雅典娜学院；同时最终冷血地谋杀了她，以便消除自己的斑斑劣迹。整个帖子可谓义正词严，表现出对于科尔曼的极度敌视！毫无疑问，这张帖子是科尔曼的一位同事撰写的，无论是黛芬妮还是其他人。那么这种敌意何来呢？显然，这与科尔曼作为院长时权柄独掌、大刀阔斧的行事方式有关。他自以为为了学院和同事们的进步和发展，他就应当得到大家的理解和支持，以至于他毫不顾忌他的做派已经严重将同事们变成了一种历史前进和进步过程中的阶梯和手段，将他们视为历史前进机器上的零部件，而不是具有自身情感和心灵希冀的活生生生命和人。

当然，另一方面，同事们在平等和民主口号下出于个人利益格局的考虑，对于科尔曼的质疑和挑战则是另外一个原因。他们想当然地将他归结为大权在握的独裁者，忽视了他"单枪匹马将整个学院扭转了过来"的巨大贡献，仅仅不能忘怀于自身所遭受的忽视和怠慢。大家津津乐道于科尔曼被指控的劣迹和尴尬处境，对此不作任何质疑，根本不愿为科尔曼说句公道话，相反只是幸灾乐祸地冷眼旁观，甚至落井下石，做了黛芬妮的帮凶。

在科尔曼受到不公正指责时，同事赫伯特·柯博尔未能公开对科尔曼表示支持，而是想充当"理性的声音"，企图平息这种非理性的狂热，甚至促使双方之间进行对话，从而消除彼此的敌意和误会。在科尔曼的葬礼上，他沉痛地表示忏悔，自己当初的做法是错误的，自己当时完全应该站出来替科尔曼说句公道话。同时，他说道：

---

① Roth, Philip. *The Human Stain*. New York: Vintage Books, 2001, pp. 292–293.

是的，是我们，这些道义上喜欢指责他人的人，如此可耻地玷污了科尔曼·希尔克的美好名声，也让我们自己丢了脸面。我尤其说的是那些和我一样的人，大家都深切地和他打过交道，了解他对于雅典娜学院的深深责任感，也了解他作为一个教育工作者的纯粹奉献精神，不管怎么说，是我们这些人，出于无论什么被误导的动机，出卖了他。我再说一遍：我们出卖了他，出卖了科尔曼和他的妻子伊丽丝。①

柯博尔这番话，表明了同事们对于科尔曼的冷漠，大家刻意孤立与疏远他，任由他被诽谤谗言所吞噬，也不愿为他说句公道话。柯博尔痛悔自己当初的选择，因为他发现他当时的设想并没有带来双方的对话与和解，而是科尔曼最终在孤立、众叛亲离与声名狼藉中丧身车祸。

在小说开头，罗斯就明确地指出，人们对于克林顿总统与白宫实习生莫妮卡·莱温斯基绯闻的津津乐道与道德指责充满了"对道德伪善的迷狂"，与霍桑当年指出的"乐于迫害人的精神"别无二致。② 同时，在前面引文中，罗斯认为科尔曼同事们的幸灾乐祸和助纣为虐，乃是一种"传染病"，一种"病原体"，"出现在空气中"，"出现在铺天盖地的硬性驱动中，持久永续，无法消除"，是"人性凶险的标记"。显然，罗斯将科尔曼的悲剧归因于所谓的"人性凶险"。这种说法有一定道理，因为人类彼此之间的迫害并非一种新近出现的历史现象，而是由来已久。

但是，罗斯忽略了一点，那就是马克思说过，"人的本质不是单个人所固有的抽象物，在其现实性上，它是一切社会关系的总和。"③ 也就

---

① Roth, Philip. *The Human Stain*. New York: Vintage Books, 2001, p. 311.
② Ibid., p. 2.
③ 马克思，恩格斯：《马克思恩格斯选集》第一卷，北京：人民出版社2012年版，第135页。

是说，罗斯忽视了社会因素对人性的塑造，而将人性片面地视为乃是人自身形成的。因此，同事们对于科尔曼的冷漠孤立和道德指责，就不能简单、孤立地将之归结为是"人性的凶险"造成的。他的悲剧应当从社会的角度来思考其成因。科尔曼的悲剧是现代性社会主体性意识的空前崛起、个体主体性意识的膨胀从而造成的个体之间的质疑、疏离、冲突和对立造成的，也就是詹姆逊（Fredric Jameson，1934—　）在评论爱德华·蒙克的名画《呐喊》时指出的一些现代性主题"诸如疏离、颓废、寂寥、社会零散化以及孤立"所造成的。①

当然，人与人之间的不信任与迫害并非只有现代性社会才存在，这种悲剧亘古有之。但是，在现代性社会里，这种悲剧却更具有悲剧性，因为这种迫害是在大众明知内情的情况下完成的。也就是说，在前现代性社会，人与人之间迫害的悲剧很大程度上是在大众被误导或者煽动的情况下进行的，而现代性社会却是在大众有意旁观、幸灾乐祸和恶意助虐的情况下进行的，他们完全清楚真相和内情，或者真相距离他们并不遥远，但他们却宁愿让悲剧持续进行下去。从这个意义上说，詹姆逊对于现代性社会的见解可谓入木三分，正是现代性社会的"疏离、颓废、寂寥、社会零散化以及孤立"等主题造成了大众的冷漠旁观和冷酷助虐，因为现代性社会造成了个体与个体的质疑、疏离和对立，也造成了个体自身的颓废和寂寥乃至零散化。

2. 瑞典佬与女儿莫莉：资本主义与其对立面

小说《美国牧歌》中，瑞典佬西摩·利沃夫，继父亲之后努力地经营着家族的手套制作企业。在生意方面，西摩勤勤恳恳、努力进取。他会亲自去百货商场研究竞争对手的手套产品，及时改进工艺和技术，保

---

① Jameson, Fredric. *Postmodernism, or the Cultural Logic of Late Capitalism*. Durhem: Duke University Press, 1991, p. 11.

持自身产品的竞争力。他也会亲自推销产品，处理一些订单。他经营企业有方，赢得了工人们的忠心。他那英俊帅气的面孔也赢得了众多女客户的认可。可以说，瑞典佬西摩·利沃夫就是一个典型的资本主义工厂主，是资本主义生产方式的一个典型正面代表。

可是，他却遭遇了女儿莫莉的沉重打击：为了抗议和反对越南战争，她用炸弹炸掉了邮局，使数人死伤；随后在长期的逃亡中，又接受了耆那教的信仰，成了一个原教旨主义者。她戴着面纱，以免呼吸时伤害到空气中的微生物；她头发从不修剪，也从不洗澡洗发，以免对水构成伤害；天黑之后，她不再外出，甚至在房中也不再走动，以免踩坏一些生命；她坚信任何一种事物都是有灵魂的，都受困于自身的躯壳，摆脱躯壳的最好方式是力行禁欲和自我克制，以实现一种灵魂的完美。当西摩再次见到逃亡中的莫莉时：

> 从她的外表来看，她吃得非常、非常少；从外表来看，她根本不可能是在老里姆洛克东边五十英里的地方，相反却好像是在德里或者加尔各答，都快要饿死了，看上去也不像是一个力行禁欲以追求纯洁的虔诚苦修者，相反却像是一个备受鄙视的最低种姓者，四肢纤细瘦弱，似乎都经不起触碰，可怜兮兮地四处走动着。①

她的房间很小，连窗子都没有，睡觉就在一张脏兮兮的泡沫橡胶地铺上，地板从未打扫过，墙角脏衣服成堆，房门上没有玻璃，也没有锁和把手。她拒绝伤害任何生命，不论是人、动物还是植物，只是勉强吃一些蔬菜，极度向往像一个耆那教圣徒那样拒食而死，以到达灵魂的完美境界。

事实上，莫莉当年在邮局放置炸弹的行为乃是对于以父亲西摩·利

---

① Roth, Philip. *American Pastoral*. New York: Vintage Books, 1997, p. 233.

沃夫为代表的资本主义制度的挑战和反抗。而随后在逃亡中对于耆那教的皈依，更明显是对于资本主义生产方式的抗议性行为。因为资本主义的生产方式作为现代性社会的一个主要特征，追求的是生产和再生产的扩大化，在为社会提供日益丰富的物质财富的同时，为自身创造更多利润，实现自身主体性意识的最大张扬。小说中，瑞典佬西摩·利沃夫少年时就热爱奋斗，在棒球运动中成绩卓著，在球场上即使被人压倒，也依然会爬起来继续战斗，表现出了顽强进取、不断拼搏的自我奋斗精神。在经营自家手套工厂时，他兢兢业业、经营有道，与工人们相处甚为友善，争取凡事亲历亲为，工厂的业务蒸蒸日上。在家庭生活上，他恪尽为父、为夫之道，努力为家人创造一份温馨幸福的家庭生活氛围。从这个角度来说，西摩·利沃夫完全是资本主义生产方式的一个典型代表，他充满了追求自身主体性意识最大化实现的不懈奋斗精神，他不断进取、恪尽职守，为社会创造了大量的物质财富，也为工人们提供了舒心的工作环境和稳定的经济收入。同时，他也为家庭创造了温馨舒适的物质生活和轻松愉快的精神氛围。

但是女儿莫莉却形成了另外一种人生观。她曾经质疑父亲努力经营企业、追求利润的道德有效性，愤怒地斥责父亲是"她所见过的最循规蹈矩的人"，是"一个愚蠢的自动化机器，一个机器人"。① 在小学读书期间，对于老师"生活是什么"的问题，她写道"生活就是你活着的一段短暂时间"，而其他同学则回答说"生活是来自上帝的美丽礼物，是一个伟大的机会、一次高贵的尝试。"② 显然，莫莉对于人生的认识迥异于其他同学，迥异于那些充满乐观阳光气息的人生理解。她的人生观念比起其他同学要早熟、深刻一些，但同时也要灰暗一些。

固然，生活不完全是其他同学眼中"来自上帝的美丽礼物"、"一次伟大机会"或者"一次高贵的尝试"，但也不是莫莉眼中如此黯淡无望

---

① Roth, Philip. *American Pastoral*. New York: Vintage Books, 1997, pp. 240 - 241.
② Ibid., pp. 248 - 249.

的时光空耗。因为前者那种积极进取的人生态度夸大了人对于世界的认识和改造能力，忽视了人在世界中的局限性，忽视了人对于世界的依存性。而后者则否定了人对于世界的主动性意义，要求人们过一种禁欲和自我否定的圣徒生活。这种圣徒般的生活，对于人类来说，具有一定的精神引导和心灵模范的作用，但是却显然不具有普遍性意义，因为这种生活方式本身是对人类存在的否定和摒弃。人类整体本身必须首先延续和存在下去，这是人类社会和文明存在的最根本前提。从这个意义上说，生活固然意味着人活着，但同时人也必须为自己也为他人和社会创造价值，使这个世界日益成为一个"人化的世界"。当然人也要清楚自己在世界中的局限性，不能陷入对于世界的肆意改造和粗暴践踏之中。

在莫莉眼中，生活只是一个人生命的存在时间，除了活着是可以肯定之外，其余任何理想、计划都只是无法确定的一场空幻的迷梦。这种理解否定了人在这个世界上可以进行的努力和尝试，也否定了人在这个世界上创造一个"人化世界"的可能性。它隐含了一种宗教性的世界观念，这种观念与圣经旧约《创世纪》中那句"你是尘土，终将复归于尘土"（Dust thou art, and to dust will return）一样，一味突出和强调了生活的虚空性和徒劳无益性。另外，这种观念也隐含了一种对于自身需求与欲望的克制和压抑，要求人们尽可能地过一种简朴而禁欲的生活。莫莉的这种人生理解在某种程度上就预示了她后来与父亲和家庭的分道扬镳，也预示了她后来对于耆那教的皈依。

莫莉之所以能与父亲对抗，走上恐怖袭击的道路，乃至最后皈依耆那教，很大程度上源自于现代性社会的理性化与世俗化趋势。因为现代性社会理性化与世俗化趋势的历史进程切断了人们的宗教信仰之路，也忽视了人的精神性需求，否定了人们成为圣徒的合理性，也使得圣徒式的生活变得更加不可能。这种理性化和世俗化大潮对一切精神性和神圣性的东西都以"祛魅"的名义涂上了浓浓的世俗色彩，并且以理性化的名义对之进行质疑和检验，而且是以世俗性的、机械性的、数字性的、形式性的标准来进行质疑和检验，完全摒弃了精神性和神圣性特有的品质所决定的特定标准，将一切精神性和神圣性完全与庸常、庸俗乃至粗俗的东西并置而等量齐观。

　　作为企业主，瑞典佬西摩·利沃夫固然经营企业勤勤恳恳，也深得工人认同，但是他依然是一个以追逐利润为己任的资本家。在他眼中，如何使企业生存下去是他最为关心的事情，其次就是为家庭创造更多更好的物质条件。他完全忽视了女儿莫莉的精神需求，尤其是童年的莫莉还笼罩在口吃而自卑的阴影之下。他只是关心于为女儿付出学费，让她去学习芭蕾、骑马和网球，让她接受畸齿整形术、精神病学和语言发音方面的治疗。莫莉作为一名罹患口吃病症的小姑娘，相对较为敏感，精神和心灵方面更容易感受到挫折和孤独，也就需要父母和周围人的更多关心和抚慰。因为父亲瑞典佬忙着经营工厂赚钱，而母亲则忙着照顾自己的牛场，莫莉精神和心灵方面长期遭受忽视和冷漠。这样她就很容易仇视父母亲的工作和生活方式，乃至仇视整个资本主义制度，从而走上恐怖袭击的道路以表达自己的反抗和愤怒。而原教旨主义耆那教之所以对她拥有强大的吸引力，以至于她皈依了这种宗教，虔诚地奉行不洗澡洗发、生活极度穷困肮脏的生活方式，甚至愿意像圣徒一样拒食而死，就是因为这种信仰让她找到了可以让资本主义生活方式自惭形秽的精神高度，也找到了可以让自身精神极度充实丰沛的生活方式，也让自己找到了尊重这个世界并为这个世界献身而不是一味索取的圣徒精神。

　　在现代性社会中，在资本主义生产方式的推动下，理性化与世俗化甚嚣尘上，莫莉所追求的这种圣徒精神日益失去其生存的土壤，但是这种圣徒精神却依然拥有其存在的意义与价值，因为它可以形成一种反照，照出资本主义世界的世俗性、逐利性、掠夺性和自我中心性。

　　但是，另一方面，我们也必须认识到，这种圣徒精神在很大程度上是对自身生命的一种摒弃，对世俗生活的否定，因而虽然具有一定的精神引导性，却不具备足以让众人效法的普遍性。

瑞典佬西摩·利沃夫所代表的资本主义与女儿所代表的对立面，成了罗斯对于现代性社会的更深一层思考。也许，罗斯正是要用瑞典佬和女儿莫莉的这种戏剧性关系来表达他自身对于现代性资本主义生产方式的深刻理解：现代性社会理性化和世俗化大潮的一贯风行，一贯对于精神性和神圣性的漠视和质疑，最终制造出了令自己摆脱不掉同时又痛苦不堪的精神苦果。

第五章 问题的应对

第一节 现代性的伦理困境

现代性社会自其开端以来，主要以理性化和世俗化这两大进程推动社会的发展和进步。事实上，这种发展和进步是巨大的，尤其是在科学技术和物质生产方面，可以说有目共睹，毋庸置疑。

但是，在现代性社会的大潮下，种种问题逐一发生。这些问题本文在前面的章节已做了列举和论述，其中有经典的消解、知识分子的世俗化沦落、主体性意识的反向崩塌和零散化、社会的疏离和对立等。而这些问题的最根本原因都在于现代性社会中理性化和世俗化进程，因为理性化是以数字化、机械化、分解化等手段对一切事物进行无一例外的数字计量和价值比较的一种典型潮流，而世俗化则是以物质获取和肉体需求满足为主要标尺。这两种倾向互相交织，理性化以世俗化作为最终指归，而世俗化则以理性化作为自身的实现手段，这样，双方彼此互相证实，互相支撑，互相成全，成了一股更为强大、且难以抗拒的浩荡潮流，置身其中，甚少有可以全身而退者。这种理性，当然主要是韦伯所指出的"工具理性"，而非其同时指出的"价值理性"。因为，此时的理性乃是以实现世俗化为最终目的的,也就是说,理性化必须以其最终是否能实现世俗化,来作为自身施行成功与否的关键标准,因此,这种理性是作为一种工具和手段而获取意义与价值的。

而世俗化以追求现世物质获取和人身需求满足为主要诉求,在很大程度上迎合了人自身的物欲和肉欲需求满足。这是人人要生活,便绝对无法拒绝和摒弃的一种巨大潮流,世俗化以其诉诸人本主义的大旗,获取了人人皆不愿否定也不能否定的终极性力量,所向无不披靡而势如破竹。在理性化的奥援之下,世俗化更是增加了巨大的推动力量,使得世俗化进程获得了空前未有的发展速度和最终成果。

世俗化一个重要的后果就是,将精神性的、神圣性的东西从以前被顶礼膜拜的神坛拽了下来,将它们与其他事物并置,等量齐观地予以数字化考察和估量。结果显而易见,所谓精神性与神圣性事物的价值在于对于真、善和美的维护、传扬和发展,这些价值无法以数字来展示,只能以一种抽象的概念形式存在。这样,自然而然,精神性与神圣性的事物就失去了往日曾经拥有的光环,而完全变成了世俗化进程中的可以加以消解、质疑乃至摒弃的东西。因此,经典的消解与知识分子的世俗化沦落就成了现代性社会不可避免的历史产物。

可是,人类社会的维系和进一步发展不仅仅需要依靠理性化与世俗化所带来的繁荣物质生产,也需要真善美等思想概念的进一步繁荣昌盛。从这个角度上说,经典的消解与知识分子的沦落就成了现代性社会的一种历史隐痛。

另一方面,理性化的数字计量倡导一种空间和时间的发展和延伸,也要求对世界和社会实现一种全面、准确和深刻的认识,并对之进行有效的改造和提升。这样,空间与时间的增长、扩大与力量的获取就成了现代性社会的一种奋斗目标,成了人们的一种奋斗目标,成了衡量成功与否的一种标准。要实现这些目标,主体性意识的崛起就成了现代性社会推动空间与时间增长与力量获取的一个主要途径,因为唯有如此,整个社会方可获取一种前进的巨大动力。同时，是否获得一种增长或者力量也成了衡量主体性意识是否有效崛起与提升的关键标准。

这种主体性意识突出强调了一种扩张与进取。在罗斯的小说中，古典文学教授科尔曼·希尔克和企业主瑞典佬西摩·利沃夫就是主体性意识崛起的典型人物代表。他们积极努力，在事业上始终在想方设法取得更高的成就与进步。但是他们都遭遇了滑铁卢式的惨败，原因何在？本文在前面的章节中已对此进行了分析，在此简单地归结一下，就是他们这种追求外向式扩张与进取的主体性意识在很大程度上忽略了精神与灵魂的进一步提升，只简单而片面地注重外在的、数量的、单向度的、以自我为中心的进步与延伸。这在很大程度上就造成了他们这种扩张与进取的一种关键性欠缺，造成了他人甚至是自己亲人的反感与排斥，造成了他们自身精神与心灵的孤苦与颓废，也最终成了他们遭遇惨败的隐性火药。

这种对于精神、灵魂与神圣的忽视与冷漠，同时也造成了人与人之间的彼此质疑，因为一方面将人们联结在一起的宗教被颠覆了，另一方面理性化的扩张与社会竞争的加剧也使得人们习惯于使用怀疑和疏离的眼光来看待一切，从而使得彼此之间充满了冷漠与敌意。而这种个体之间的彼此冷漠与疏离，也削弱了每一个个体在面对巨大社会不公时的力量与勇气，反而会对那些值得同情的受害者大加挞伐。对此，罗斯写道，"半数以上的世界注定要承受社会政策的病理性虐待……个人生活被以史无前例的规模摧毁着，意识形态领域的罪犯摧毁了民族，奴役着人们，夺走他们的一切，整个人类如此灰心丧气，早上都没有了起床面对新的一天的一点点愿望……而在这儿他们却在芳尼娅·法雷这件事上严阵以待。"①

这些实际上都是现代性社会理性化与世俗化潮流彼此扭结纠缠所造

---

① Roth, Philip. *The Human Stain*. New York: Vintage Books, 2001, p. 154.

成的伦理性问题,同时也是资本主义社会在罪恶中前行并取得巨大历史进步与成就的"历史二律背反",因为"历史本来就是在这种文明与道德、进步与剥削、物质与精神、欢乐与苦难的二律背反和严重冲突中进行,具有悲剧的矛盾性;这是发展的现实和不可阻挡的必然。正像当年马克思、恩格斯深刻论述过的资本主义在历史上的进程那样"。① 也就是说,现代性社会是在造成了巨大伦理危机的情况下取得了巨大的历史进步。

这种历史进步固然必须肯定,但是它造成的伦理危机也足以让人震惊。也正因为如此,科尔曼同事们对他的敌意和冷漠似乎具有相当的合理性,同样,莫莉反抗父亲以及资本主义生产和生活方式的过激行为并不能让读者扼腕痛恨,相反却是给予她深沉的同情和唏嘘。

正因为如此,当年卢梭乃至更早的老子、庄子、第欧根尼对于社会进步所造成的种种道德与伦理危机所表现出的满腔义愤和冷嘲热讽才会令人心潮澎湃、热血沸腾。但是,历史终归是要前进的,因为人类社会文明唯有在前进中才会继续存在和维持下去,尽管这种前进是以巨大的痛苦和呻吟为代价的。所以,卢梭乃至他的众多先驱,虽然言论义正词严、慷慨激昂,却无法也不能阻挡或者停止历史前进的滚滚车轮。

当年,伏尔泰对卢梭激烈攻击现代文明的著作《论人类不平等的根源和基础》回应道,"先生,我已收到您攻击人类的新书,非常感谢……您试图将人变成野兽,在这一点上,谁也比不上您的机智和幽默;读了您的大作,人们说不定会希望用四条腿走路。然而,我深感遗憾的是,因为我已经六十多年没有练习了,所以我不能够再恢复这种姿势了。"他甚至说卢梭是"第欧根尼的一条疯狗"。②

---

① 李泽厚:《中国古代思想史论》,北京:生活·读书·新知三联书店2008年版,第189页。
② [美]威尔·杜兰特:《西方哲学简史》,梁春译,北京:新世界出版社2005年版,第215页。

显然，伏尔泰不能接受卢梭对于人类文明的批判和否定，尽管他也承认文明社会存在着种种道德缺陷。他反对卢梭所倡导的激进和革命，而是希望通过教育来缓慢改变这些不公。他指出，要让这个世界继续进行下去，尽管问题重重。伏尔泰的态度具有更多的合理性。人类社会的问题应当通过渐进的改良或者改革来逐步解决，不能指望用激进和暴力的方式一劳永逸地全部消除，因为人类对于世界的认识与改造是有渐进性的，人类不可能一次性地将世界以及世界的问题全部认识清楚，更不可能将世界一次性地改造至完美无缺。

从这个角度来说，伏尔泰对于人类文明的态度比起卢梭，更符合人类社会发展的现实和趋势。同样，瑞典佬西摩·利沃夫与科尔曼·希尔克教授这两个人物的积极进取精神对于人类社会来说就拥有更大的合理性，因此，他们的悲剧也就更值得同情。

从另一角度而言，现代性社会的诸多社会问题，却也绝不能因为人类社会更需要存在和发展下去，从而被严重地忽略和漠视。从这个角度来说，莫莉的反抗也不是没有合理性，尽管她的暴力袭击的方式需要加以谴责，原教旨主义的圣徒式生活也不值得大多数人们效仿。

这样，现代性社会的诸多问题就具有较强的复杂性。一方面，人类社会的延续性趋势决定了现代性社会必然要继续存在下去，因为它是目前人类社会发展和存在下去无可替代性的社会形态，其效能最大、代价也最小，能为最大多数的人们所接受。

另一方面，这些现代性社会问题，诸如经典的消解、知识分子的沦落、个体意识的零散化、社会的对立、暴力反抗与原教旨主义的兴起等问题，已经构成了对于现代性社会的严峻挑战。这些问题是不容回避的，不能因为现代性社会需要延续下去，就将这些社会问题束之高阁。因此，这些现代性社会问题需要进行反思和应对，唯其这样，人类社会才会真正健康地前进，人类文明才会得到不断的提升和进步。

第二节 蒂利希的药方

对于现代性的这种困境，价值理性或者信仰不失为一种补救的良方。"一战""二战"之后，人们痛定思痛，重新认识到宗教的作用，开始回归宗教。西方自宗教改革、启蒙运动以来，尤其是达尔文进化论以来宗教衰微的局面有所改变。截至 2014 年，全球总人口 720746 万，广义基督徒 237561.9 万，注册 226582.4 万，参加礼拜者 157123.5 万，增长率 1.32%，基督教继续保持第一大宗教地位。而以天主教会为首的教会，也成为世界上最大的非政府教育、医疗和慈善机构。因此，在人类面临现代性社会困境的时候，尤其在宗教信仰遭到根本挑战和怀疑的时候，宗教依然在自身力所能及的范围内为世界提供慈善救济和微薄的精神抚慰。有一点可以肯定，宗教已经失去了中世纪所长期拥有的意识形态统治地位，因为它的存在根基已经被颠覆。究其原因，关键在于宗教是把道德约束力建立在神的崇拜之上：人唯有向神不断靠近，才能最终得到救赎。而在现代社会，这一点因为理性化与世俗化的飞速进程，已渐渐失去了最终的号召力，因为人们在理性上已不能完全认同神的存在了，对神有的只是一种缥缈的精神寄托。再加上，宗教尤其基督教所宣扬的性恶论及平等博爱等观念已被政治法律制度吸收和付诸实施。

在这个意义上说，宗教已经难以在现代社会发挥其过去非常强大的精神导引作用，对于信徒和民众的号召力已经大不如前，很大程度上已经转而成为一种名义上的机构存在。

1. 蒂利希和他的学说

但是，一种以宗教为依托的宗教哲学开始在 20 世纪中叶兴起，其代表人物就是宗教哲学家保罗·蒂利希（Paul Tillich, 1886—1965）。

保罗·蒂利希 1886 年 8 月 20 日出生于德国勃兰登堡，父亲是普鲁士福音教会路德宗一名较为保守的牧师。因为父亲职务的升迁，1900 年，蒂利希转往柏林读书，1911 年在布雷斯劳大学获得哲学博士学位，随后 1912 年获得神学从业证书，同年被任命为勃兰登堡路德宗牧师。

"一战"期间，他成为一名随军牧师。战后，他开始在柏林大学充任教员。1924 年到 1925 年，他在马堡大学担任神学教授，1925 年到 1933 年，他先后在德累斯顿理工大学、莱比锡大学和法兰克福大学担任神学教授。1933 年，因为言论冒犯了纳粹，他被开除，受莱因霍尔德·尼布尔（Reinhold Niebuhr, 1892—1971）邀请，他赴美国，并在纽约联合神学院任访问教授直至 1955 年。

1933 年到 1934 年期间，他曾在哥伦比亚大学担任哲学访问讲师。1951 年他出版了《系统神学》一书第一卷，1952 年出版了《存在的勇气》。1955 年，他受聘哈佛大学担任教授，并获得哈佛杰出教授称号，当时哈佛只有 5 位教授具有这一头衔。在哈佛期间，他出版了《系统神学》第二卷。1962 年，他去往芝加哥大学担任神学教授，1963 年出版了《系统神学》第三卷。

1965 年 10 月 22 日，蒂利希因心脏病发作去世。著名神学家乔治娅·哈克尼斯（Georgia Harkness, 1891—1974）盛赞了他的神学贡献，说"蒂利希之与美国神学，就如同怀特海之与美国哲学"。[1]

蒂利希把现代社会称之为"焦虑的时代"，同时他对恐惧与焦虑做了区分，他指出：

> ……与焦虑相对的恐惧，（正如多数作家所同意的）总有一个确定的对象，这对象可以被直面、被分析、被进攻、被忍受……。
> 然而焦虑却不是这样；因为焦虑并无确定的对象，或者用一句

---

[1] "Dr. Paul Tillich, Outstanding Protestant Theologian", *The Times*, 25 Oct 1965.

自相矛盾的话来说,焦虑的对象是对每一对象的否定。因此,与之相关的参与、斗争和爱也就失去了可能。对于那处于焦虑之中的人,只要其焦虑只是一种焦虑,他人是爱莫能助的。这种焦虑中的无助状态,可以在动物与人类中观察到。这种焦虑中的无源状态表现为方向的失落、反应的失当、"意图"的缺乏(意图是联系于知识或意志的有意义的内容的存在)。之所以有时会出现这种引人注目的状态,是因为缺乏一个主体(处于焦虑状态)可将其注意力集中在它上面的对象。唯一的对象是威胁本身而不是威胁的源泉,因为威胁的源泉是"虚无"。

人们可能问,这种威胁性的"虚无"是否为一种真实威胁所具有的未知的、不确定的可能性呢?在某一已知的恐惧的对象出现的那一时刻,焦虑不是终止了吗?这样一来,焦虑就是对未知之物的恐惧。但是,这样来解释焦虑是不充分的。因为存在着不计其数的未知事物的领域,它们相对于每一主体都是不同的,而主体在面对它们时并不产生任何焦虑。只有一种特殊典型的未知物,人们与之相遇时才带着焦虑。这种未知物按其本性来说是不能够被认知的,因为它是非存在。①

在蒂利希看来,现代社会充满了种种焦虑。他认为,焦虑不同于恐惧,因为它没有任何对象,从而无法依靠他人的帮助来加以摆脱;虽然焦虑没有明确的对象,更多的是源自于未知事物,但是焦虑不能被简单地归为"对未知之物的恐惧",它是对于生命和存在的一种无法加以认识的威胁,是对于存在的否定和瓦解,是与存在本身不可二分的一种非存在。同时,他指出,人们总是想尽办法要将焦虑转化为恐惧,从而加以最终克服,"然而,把焦虑转化为恐惧的那些努力最终是徒劳的。那

---

① [美]保罗·蒂利希:《存在的勇气》,成显聪、王作虹译,陈维正校,贵阳:贵州人民出版社1988年版,第33—35页。

基本的焦虑即有限存在物对于非存在的威胁的焦虑，却是不可能被消除的。这种焦虑属于存在本身。"①

蒂利希指出，人们需要一种存在的勇气来应对这种种焦虑，需要对自我加以肯定，从而肯定存在本身，以对抗种种非存在，克服对于生命的种种瓦解和威胁。存在，在他看来是生命的延续，乃是对于自身肯定的不断追求。他认为，存在的勇气来自于自我肯定，一种是对自我本身的肯定，即"作为自我而存在的勇气"，另一种是对作为世界参与者的自我的肯定，即"作为部分而存在的勇气"。无论是对自我本身的肯定，还是对世界参与者的肯定，二者所产生的勇气，都具有相对的片面性，容易导致自我本身的膨胀或者泯灭。唯有"绝对信仰"（absolute faith）则可以将这两种勇气结合起来，使二者统一起来，同时又避免了各自的片面性。

关于"绝对信仰"，蒂利希解释道：

> 绝对信仰，或者说被超越上帝的上帝所攫住的存在状态，并不是与其他精神状态比肩而立的状态。它绝不是某种分离、确定之物，绝不是可被孤立出来加以描绘的一件东西。它总是出现在其他精神状态中，与其他精神状态一起活动，并受它们的影响。它是处在人的可能性边缘上的境况。它就是这边缘。因而，它既是绝望的勇气，又是每一种勇气中的勇气和超越每一种勇气的勇气。它不是人可以生活于其中的一个场所，它没有词语和概念所提供的庇护，它没有名称，没有教堂，没有崇拜，没有神学内容。但它运行在这一切的深处。它是存在之力，上述的东西参与这力量，但只是这力量的某方面的表现。
>
> ……路德式的勇气又出现了，但这种勇气却得不到那种认为上

---

① ［美］保罗·蒂利希：《存在的勇气》，成显聪、王作虹译，陈维正校，贵阳：贵州人民出版社1988年版，第36—37页。

帝既审判又宽恕的信仰的支持。它是按照绝对信仰而重现的,这种信仰肯定着,尽管它并无战胜罪过的特殊力量。敢于自己承担起对无意义的焦虑的勇气,正是存在的勇气所能达到的边界。越过这条边界,就进入另一领域——非存在。在这边界的范围内,所有形式的存在的勇气都在有神论的超越上帝的上帝的力量中得到重建。存在的勇气植根于这样一个上帝之中:这个上帝之所以出现,是因为在对怀疑的焦虑中,上帝已经消失了。[①]

蒂利希将"绝对信仰"建立在"超越上帝的上帝"(God above God)这一概念之上。"超越上帝的上帝"超越了传统宗教信仰的上帝,因为传统的上帝已经遭到怀疑,已经被遗弃了。"超越上帝的上帝"是对传统上帝的超越,但同时依然需要成为信仰的基石,成为信仰的来源。这种信仰是对存在本身的肯定。这种对于存在的肯定是在面对非存在种种威胁和瓦解的情况下进行的,是对非存在种种威胁和瓦解的蔑视和战胜。但同时,这种信仰本身却不能消除非存在的种种威胁和瓦解,相反却必须与之共同相处。这种信仰所产生的勇气就是"绝望的勇气",因为它必须面对种种来自非存在的挑战和威胁,这些挑战和威胁往往拥有更为巨大的力量,并且根本无法消除。正因为如此,这种"绝望的勇气"更值得钦佩和崇敬。虽然它的信仰来源——绝对信仰,既没有"词语和概念所提供的庇护",也"没有名称,没有教堂,没有崇拜,没有神学内容",但是这种勇气却足以成为"每一种勇气中的勇气和超越每一种勇气的勇气",成为"存在之力"。

后来蒂利希在他1957年出版的著作《信仰的动力》中提出了"终极关怀"(ultimate concern)的概念,认为这是现代社会宗教态度的核心和本质。他说,"人,和每一个有生命的存在一样,关怀着许多东西,

---

[①] [美]保罗·蒂利希:《存在的勇气》,成显聪、王作虹译,陈维正校,贵阳:贵州人民出版社1988年版,第168—169页。

首先关怀的是决定着他自身生存的那些条件……如果（一种情况或者关怀）具有终极性，那么认可这一终极性说法的人就需要完全做出让步……这种关怀就要求其他所有的关怀……应当被牺牲掉。"①

同时，他强调这一概念是一种信仰，只是这种信仰"既超越了非理性无意识的驱动，也超越了理性意识的结构……信仰的这种迷狂性质尽管不同于它自身的理性性质，但对其并不排斥，同时尽管与非理性驱动不相同，却对其加以包容。'迷狂'意味着在继续自身存在的同时外在于自身，将所有因素统一在人的中心之上"。②

此处，蒂利希的"终极关怀"一词与理性或者非理性的因素均不对立，它超越了二者，是一种追求终极性的富有激情和迷狂的状态。对于上帝，他表现出一种模糊的态度，"在有终极性关怀的地方，即使是对上帝的否弃，也必须要以上帝的名义进行。"③ 通过提出这一概念，蒂利希希望能够号召人们超越世俗、物质、逐利性的活动，努力关注精神性的、终极性从而具有神圣性的更高意义与价值，并且以之作为自身人生的更高目标。显然，蒂利希想要做的，乃是要在崇尚理性化、世俗化的现代性社会建立起精神性、超越性、崇高性、神圣性的价值坐标。

蒂利希极力倡导一种宗教性的、虔诚的"绝对信仰"和"终极关怀"，以便在现代社会为人们找到一种更为圣洁、崇高的精神寄托，同时他还要努力将这种信仰与以教会和牧师为代表的世俗宗教区分开来，与传统宗教的偶像崇拜区分开来。简而言之，他是要建立一种更加纯洁、更加富有启示性精神同时也更加值得信仰的信仰，以便能够更加有效地帮助现代社会的人们摆脱精神困境，让他们更加坚强而富有信心地面对现实中的种种绝望和瓦解。这种信仰依然指向上帝，当然指向的是"超越上帝的上帝"，这种上帝显然要比世俗教会所宣扬的上帝更加神圣

---

① Tillich, Paul. *Dynamics of Faith*. New York: Harper & Row, 1957, pp. 1 – 2.
② Ibid, pp. 8 – 9.
③ Ibid, p. 52.

和崇高。

2. "绝对信仰"和"终极关怀"的效用

那么，蒂利希针对现代性社会种种问题所开出的药方是否有效呢？

前文中我们已经分析了罗斯小说中所触及的现代性社会问题，那就是社会的日益世俗化、经典的失落与被消解、知识人的沦陷、主体性意识的零散化、青年人的反叛和社会的疏离与对立。同时，我们通过分析，认为所有这些社会问题，基本都是在现代性社会的理性化和世俗化进程的刺激和引发下出现的。

蒂利希所倡导的"绝对信仰"和"终极关怀"目的在于加强人们精神和心灵的力量，以便对抗现代社会的种种心灵和精神的焦虑。在罗斯小说中，知识人的沦陷、主体性意识的零散化这些问题就是由现代社会心灵和精神的沦陷和焦虑造成的。在这个意义上，蒂利希的"绝对信仰"和"终极关怀"对于上述问题具备一定的应对意义，因为通过"绝对信仰"和"终极关怀"，人们的精神和心灵能够变得强大起来，在一定程度上克服心灵的焦虑和沦陷。

小说《人性污点》中科尔曼·希尔克教授的肉体放纵就是理性化与世俗化过程中主体性意识的零散化所造成的。那么"绝对信仰"和"终极关怀"就可以帮助科尔曼面对这种精神的崩塌，坚强而勇敢地继续关注存在，以绝望的勇气继续坚强地生活下去，在面对种种焦虑的同时依然保持精神的力量和信心，而不会以一种肉体放纵的存在方式来麻醉自己的心灵，客观上向现代社会的种种焦虑缴械。

同样，这种"绝对信仰"和"终极关怀"对于法雷的困境也是有效的。法雷在上战场之前，也一直是一名守法公民，是一名富有前途的普通劳动者。可是战场的血腥屠杀最终造成了他心灵的扭曲和崩溃，让他成了一名杀人狂和迫害狂，以残忍的手法谋杀了科尔曼和芳尼娅。从这个角度上说，法雷也是一个主体性意识的零散化者，他也需要"绝对信仰"和"终极关怀"来凝聚自己溃散的心灵,并且将这种心灵加以矫正,使他能够逐渐回归一种正常的生活,而不是对他人和社会充满敌意,并最终使他坚强而勇敢地直面种种非存在所造成的焦虑和瓦解。

在小说《人性污点》中,科尔曼的女儿丽莎可以说是一个拥有"绝对信仰"的人物。丽莎的工作是教一些智力较低下的孩子识字。她的一位学生卡门大声地读着故事书,用手揉着眼睛,将衬衣的腹部揉搓起来,鼓成一个小包,两腿在她那小孩尺寸的椅子横档上交叉着,身体因之慢慢地一点点后移,但是她却依然不能辨识"your"这个单词,也没法对它进行正确发音;25周前,她连"h""j"这些字母都不认识,还会将"u"和"c"混淆起来;现在则将"m"和"w"、"i"和"l"、"g"和"d"区分不了;而另一些学生连杂志色彩斑斓的封面封底都辨认不清。① 但是,丽莎对科尔曼说道,"……所以你得做事,但是做事真的让我耗尽了。你第二年应该好些。你第三年应该会再好些。现在我已经第四年了……难。非常难。每一年都会更难。如果一对一的教学都没用的话,你怎么办?"②

面对着这样一群孩子,丽莎筋疲力尽地承认"难。非常难。每一年都会更难"。但是,她并没有放弃这些处于严重学习困境中的孩子,而是依然坚持下来,充满毅力与爱心地坚持下来。她循循善诱地反复引导着孩子们辨认字母,对他们非常耐心。事实上,她心里非常清楚,她的诸多努力不会有什么效果,正如同她对父亲所坦承的一样:

> 我的孩子们按说不是学习障碍者。当我读书时,卡门根本就不看字。她压根不在乎这个。这就是为什么一天结束时你就崩溃了。我知道,其他老师工作也不容易,但是一天到头除了卡门就是卡门、卡门,回到家你情绪就整个崩溃了。到那时,我已没法再自己

---

① Roth, Philip. *The Human Stain*. New York: Vintage Books, 2001, pp. 158–159.
② Ibid., p. 161.

读书了。我甚至都不想打电话。吃点东西就上床睡了。我真的很喜欢这些孩子。我喜欢这些孩子。但是这比崩溃还糟糕——这简直要命。①

丽莎承认这项工作非常累人而且收效甚微,等回到家时,已经筋疲力尽,极度疲惫了,"简直要命"。但是,她依然喜欢着这群孩子,热爱着这群孩子。

可以说,丽莎的这种"知其不可而为之"的精神正是蒂利希"绝对信仰"和"终极关怀"的具体体现。对于丽莎而言,她深怀一种使命感,深深地关注着她的学生,关注着他们的存在,从而也透过这些学生关注人类的存在本身,虽然这种存在面临着种种非存在的挑战和瓦解。而且非存在的这些种种挑战和瓦解在很大程度上是难以克服的,会让丽莎"整个崩溃",甚至会最终吞噬掉"绝对信仰者"或者"终极关怀者"丽莎的积极行动,让丽莎的一切努力毫无效果。尽管如此,丽莎的这种"绝对信仰"性行为却值得大大肯定和赞赏,因为她的行动会造就或者促成一个更加"人化的"世界,使这个世界更加符合人的生存,也使人的存在更加具有尊严感和崇高感。

可以说,丽莎的"绝对信仰"性行动本身是非常崇高和庄严的,它使人的地位在自然和世界面前得到了提升,使人的存在更具有一种深刻的意义和价值。也正是因为这一点,人才在纯粹自然的世界中站立起来,一步步艰难地走向进步,走向更高级的文明。可以说,没有类似丽莎这样的"绝对信仰"或者"终极关怀"的积极行动,就不会有人类社会的产生和进步。

另一方面,我们也必须承认,这种积极行动面临着种种来自非存在的挫折和瓦解。但是,这些挫折与瓦解是不能改变来自"绝对信仰"或

---

① Roth, Philip. *The Human Stain*. New York: Vintage Books, 2001, p. 159.

者"终极关怀"的积极行动的。

当年,孔子面对"滔滔者天下皆是也,而谁以易之?"的汹汹质疑,回答道"吾非斯人之徒而谁与?天下有道,丘不与易也",表达的正是这种"知其不可而为之"的思想:天下无道滔滔,社会弊病重重,要做出变革实在太难了,但是作为人类一分子,就必须怀抱救世的信念,为人类的生存和进步做出自己应有的贡献;子路也说道"不仕无义……欲洁其身,而乱大伦。君子之仕也,行其义也。道之不行,已知之矣"。①

孔子认为既然与众人生存在这个世界上,就应当担负起自己应负的责任。子路更是指出,面对种种社会弊病与问题,个人必须勇于面对和承担,而那些所谓明哲保身、洁身自好而怯于担当的做法是不符合道义要求的;即使深知自身的行动不会产生应有的效果,甚至会完全惨败,勇敢坚定地履行自己的职责依然是义不容辞的。

虽然孔子儒学思想与蒂利希的"绝对信仰"和"终极关怀"观念迥然不同,但是就它们所共同倡导的直面挑战、勇于担当的积极行动意识而言,二者之间是相通的。它们都是要造就一个更为文明和进步的人类社会,在这一点上,二者都具有极为深刻的积极和进步意义。同时也是在这一点上,丽莎显然比科尔曼、法雷伟大的多,不像后二者面对困境就会颓废、焦虑、放纵,她的坚强和努力是对世界的肯定和延续。

另一方面,蒂利希的"绝对信仰"也罢,"终极关怀"也罢,虽然以"超越上帝的上帝"这一概念来显示与传统宗教信仰的不同,却从本质上讲依然是基于宗教之上的一种信仰,力图强化个人的精神和心灵的力量。这一诉求固然有利于巩固精神世界,强化精神力量,使人们能够勇敢面对现代性社会的种种困境。但是,同时我们也必须看到,这种诉诸个人精神心灵的学说有着另一层面的局限性,也就是说它只是一味鼓吹个人精神信仰的强化,而忽略了人对于人类社会经典文化的继承和发

---

① 朱熹:《四书集注》,西安:三秦出版社1998年版,第282—283页。

扬。这样，这种学说在某种程度上就忽略了现代性社会中文化经典的消解和失落这一社会问题，另一方面经典的消解和失落也容易造成"绝对信仰"和"终极关怀"丧失经典文化知识的滋养和修护。

第三节 社会分裂的应对

在稍前几章中，我们已经讨论过了罗斯作品中的社会分裂和对立问题。显然，对于这一问题，蒂利希的学说无法加以有效应对，因为他的"绝对信仰"和"终极关怀"主要是诉诸个人精神心灵世界的重建和加固，而不是要实现人与人之间的沟通和交流，实现彼此之间的一种谅解和共识。

那么，小说中表现的科尔曼与同事疏离、瑞典佬与女儿莫莉的对立这些问题应当如何应对呢？可以说，一方面，这些问题的出现与现代性社会对经典文化的消解与颠覆有关，因为经典的消解意味着千百年以来对于人们心灵进行塑型作用的文化从此不再具有以前强大的塑造影响作用。同时，现代性进程中理性化与世俗化的合力作用则是另一方面的原因，人们开始相信自身在理性尤其工具理性的指引和支持下具有强大的力量，不再需要希冀得到他人的帮助和支持，也不再需要关注精神方面的提升。另外，笛卡尔式的理性怀疑精神也助推了人们之间这种彼此疏离、对立的关系，因为这种理性怀疑精神首先针对的是客观世界，其次就要向人类社会延伸，这样人与人之间的信任就渐渐被彼此的质疑所取代，这样每个人都必须经受他人的质疑。而这种人与人彼此之间的质疑必然最终冲淡和疏远了人际之间的关系。

如何将日益离散的人心凝聚起来，成了现代性社会面临的一个重要问题。在小说《人性污点》中，院长科尔曼·希尔克教授通过自身强硬的领导手段，成功地提升了学院的教学质量和学术水平。表面上，这样做似乎有效地将同事们凝聚了起来，促成了学院的进步和提升。但是，深层次的角度来说，同事们却对科尔曼开始充满了种种不解和反感，这很大程度上解释了为什么同事们在科尔曼遭受学生投诉时纷纷保持沉默，也可以解释为什么有人在科尔曼悲惨死去时，依然落井下石，在网上发布攻击科尔曼人品的帖子。因此，从这个意义上说，科尔曼的这种做法并不是一种真正成功的人心凝聚方法。他所做的，只是一种利用个人坚强的领导意志和开拓精神，将同事们简单地视作实现发展和进步的工具和棋子而已。他对同事们的态度，只是一味驱使和命令而已，是缺乏尊重意识的。因此，尽管他的努力使得学院得到了前所未有的发展和提升，同事们也因为他的努力分享到了成功所带来的客观成果，可是却依然保持对他的深深不解和敌意。这不能不说是现代性社会的一种悲剧。

同样，小说《美国牧歌》中，瑞典佬认真经营自己的家族企业，对家庭、家人恪尽一个丈夫、父亲的职责，将企业经营得井井有条，家人也一度生活在幸福和美满之中。可是，这一切，不能阻止女儿莫莉对他乃至整个社会充满敌意，也不能阻止她最终铤而走险地走上暴力恐怖之路。从这个意义上说，科尔曼和瑞典佬这两位都是现代性社会的典型人物，他们精力充沛、野心勃勃，工作勤勤恳恳，富有开拓精神，一心一意要实现人生成功的梦想。事实上，他们这种奋斗开拓精神是符合历史大方向的，而且也促成了历史的前进。可是他们都经受了最终惨败的结局。

这里的原因是什么呢？主要是因为他们只是一心一意地关注进步和发展，关注历史的前进，却完全忽略作为历史参与者的众多他者包括他们自身的精神提升，同时也完全忽略了他们与其他历史参与者之间的彼此谅解和共识，客观上构成了对于他人精神和心灵的忽视和冷漠，从而也就引致了来自他人的质疑和敌意。

1. 哈贝马斯和他的交往理性

德国当代哲学家哈贝马斯（Jürgen Habermas, 1929— ）提出的交往理性对此问题有所涉及。哈贝马斯认为理性是人们有效沟通的必然产物，因此他花了相当巨大的心力来论证他的普遍性语用理论（即所有的语言行为都必须具备一个内在的互相交流目的，同时人类应当具备一种达致互相理解的语言能力）、话语伦理以及理性重建的问题，企图澄清和解释最易形成共识的规范和程序，以便实现人们之间有效的沟通。

哈贝马斯青少年时期正值纳粹执政，当时他的家乡古默斯巴赫纳粹化程度较深，哈贝马斯本人也主动要求参加了纳粹青少年团体组织。1943年，他成为了"希特勒青年团"的团员，1944年，他曾经以见习外科军医助理的身份照料病伤员。战后，纳粹被清算。哈贝马斯陷入了迷惘和困惑当中，悔恨自身早年的纳粹化经历。他不能理解，一个曾经造就了康德、马克思为代表的德国文化却也为希特勒和纳粹的诞生和发迹提供了肥沃的土壤。[1]

人生的这一经历很大程度上成了哈贝马斯大半生的学术追求动力。他意识到，"理性、自由与正义不再仅仅是值得探讨的理论问题，而且是迫切需要解决的现实问题"，"要超越过去，要使德国不再成为新的希特勒和新纳粹分子的故乡，德国社会，以及所有的社会，应重新回到理性的道路上来"，"而且这一理性本身必须是普遍的、超越传统的"。[2]

很大程度上是在这样的基础上，通过长期的学术研究和积累，哈贝马斯终于提出了著名的交往理性概念。交往理性认为理性是人们有效沟通的产物，是人们之间通过理性讨论所形成的具有普遍合理性的理性共识。通过交往理性，哈贝马斯企图摆脱福柯所谓的"启蒙运动的敲诈"

---

[1] 陈勋武：《哈贝马斯评传》，广州：中山大学出版社2008年版，第13—19页。
[2] 同上书，第23页。

(the blackmail of the Enlightenment),走出一条中间道路,要对近现代启蒙运动以来大行其道的理性概念采取既批判又捍卫的双重态度。他认为,"一旦用语言建立起来的主体间性获得了优势……自我就处于一种人际关系当中,从而使得他能够从他者的视角出发与作为互动参与者的自我建立联系。而且,从参与者视角所做出的反思避免了客观化,而观察者视角即便已经具有反思性,也会导致客观化。"①

哈贝马斯努力要避免视角的客观化,避免导致技术理性和工具理性的大行其道,同时也要避免视角的个体主观化,避免"遭到分裂和压迫的主观自然的生命力"成为对理性大加挞伐的"理性的他者"。② 哈贝马斯认为,真正的理性,必定对许多个体人具有合理性,而这种理性必然是在有效的社会交往中被认可的。因此,哈贝马斯花了巨大的心力来讨论实现有效沟通的规范和程序。当年,霍克海默和阿多诺曾经公开批判启蒙理性,认为其具有一定的专制性。可是,他们又不想否定民主、自由和人权的理性信念。现在,哈贝马斯指出了以主体为中心的理性的局限性,认为应以交往理性作为人类的真正理性。和启蒙理性不一样,交往理性与自由、民主、正义和平等的理念是一致的。

2. 交往理性能否应对社会分裂?

可以说,哈贝马斯的这种理论足以实现人与人之间一定层次上的理性沟通,而且,这种诉诸沟通与交往以形成彼此共识的方式无疑具有方向上的正确性。但是这种理论能否进而实现人与人之间、群体与群体之间深层次的心灵共识,减少彼此之间的心理距离呢?答案恐怕是复杂的。哈贝马斯的交往理论只是努力要实现一种理想化的、双方彼此都具有真诚、理性立场的交往和沟通。它未曾考虑到交往双方的差异性因

---

① [德]尤尔根·哈贝马斯:《现代性的哲学话语》,曹卫东译,南京:译林出版社2011年版,第348页。
② 同上书,第359页。

素,如性别、种族、民族和性取向等,同时对于历史原因所造成的彼此冲突、竞争和排斥也未曾考虑。

在小说《人性污点》中,科尔曼·希尔克教授面对学生种族歧视的质疑,他为自己辩护说他所用的"spooks"乃是其"鬼魂"的意思,并非对黑人的蔑称,而且他未曾见过这两个学生,根本不知道她们是黑人。可是新任院长连同他的同事,尤其是那位对他憎恨有加的黛芬妮·茹,对他的说法丝毫不予考虑。可见,彼此双方的沟通显然是失败的,关键原因是科尔曼做院长时工作作风上较为强硬,树敌太多,同事们内心对他怀有深重的不满,从而置公平、正义于不顾,对他的困境置若罔闻。

另外,小说《美国牧歌》当中,瑞典佬西摩·利沃夫与女儿莫莉的沟通也以失败告终。经过多年寻找,瑞典佬终于见到了四处逃亡的女儿莫莉,可是他们彼此之间的沟通压根无法实现共识。莫莉现在皈依了一种崇信原始生活方式的耆那教,对父亲所在的资本主义生活方式不屑一顾,尽管双方之间存在着父女的血缘关系,却依然无法彼此接纳对方的现状。他们之间沟通的失败很大程度上是源于双方拥有完全不同的精神世界,一个坚信积极进取的生活,一个坚守克制禁欲的信仰,双方无法接纳彼此的心灵。当双方涉及彼此核心信仰的差异时,真正理性、有效的沟通是无法实现的,因为这种差异是很难在双方之间取得共识的,而且这种差异往往是非理性的,或者说是难以用理性、逻辑等来陈述和论证的,即使勉强得到了论证,也难以在双方间取得共识。

从这个角度来说,科尔曼与同事们的日常事务性沟通既然都已失败,那么双方要形成更深层次的心理共识,彼此拉近心灵的距离就更为困难。当然,不像瑞典佬和女儿莫莉,科尔曼和他的同事们双方的精神世界或者说核心信仰是没有根本差异的,但是他们历史上形成的彼此之间的冲突、排斥和不信任却像楚河汉界一样横亘在中间,这也是难以消除或者说很难以取得彼此谅解和共识的。和核心信仰的差异一样,沟通双方历史上彼此的对立和排斥也是非理性的，也难以用理性来充分说明和论证，往往是越说明越难以说明。

2003年2月，哈贝马斯应伊朗前总统穆罕默德·卡塔米创办的文明间对话中心的邀请，抵达伊朗首都德黑兰进行访问。他在德黑兰大学做了《国家、社会和宗教》的演讲，听众的反应非常激烈，讲演尚未结束，一些人就在会场争吵起来。同时，在文明间对话中心的座谈会上，哈贝马斯提了一个问题，为什么伊斯兰教不只依赖自己教义的力量，而要依靠国家性压迫力量的支持来维护宗教的权威？这个问题马上激起了一位在场伊朗知识界著名人士的打断。哈贝马斯进行了解释，说他的着眼点是伊斯兰教应该依靠自身宗教教义的合理性和真理性，而不应诉诸国家机器的支持，但是这一解释使得双方彼此之间更加对立，座谈会被迫提前终止。①

这件事情以事实的一面说明，在涉及信仰内核时，交往理性必然表现出它的局限性，更何况西方与伊朗之间也存在着一个历史上的黑色记忆呢？因此，从某种程度上说，哈贝马斯的交往理性固然可以促进人们之间的理性交往，可谓当今现代性社会的一项重大成就性理论，但是它的局限性还依然是很明显的。它目前尚不能真正拉近人们之间的心理距离，无法消除现代性社会的社会分裂和对立，更无法在不同民族之间、不同宗教信仰之间、双方存在黑色历史记忆之间形成真正有效而理性的沟通，消除彼此间的隔阂与偏见。

当然，哈贝马斯对于理性沟通的强调和重视无疑拥有非常巨大的现实意义与实践价值。当今现代性社会虽然社会进步巨大，但是另一方面也是问题重重，人与人之间、人群与人群之间达成有效而理性的沟通无疑是解决许多问题的关键条件之一。哈贝马斯的交往理性至少为达成这样的沟通指出了努力的方向，正是在这个意义上，哈贝马斯的贡献无疑

---

① 陈勋武：《哈贝马斯评传》，广州：中山大学出版社2008年版，第227—228页。

是巨大的。

但是，我们也必须认识到哈贝马斯的交往理性"仍然是西方理性的新发展，它可能部分地适应当代社会，却不会创造出一种新理性"①。它对于情感与直觉等非理性因素显然重视不够，而不可置疑的是，情感与直觉作为人意识活动当中一个很重要的成分，是一定会参与到沟通和交往当中去的。另外，交往理性还面临着一个严峻的挑战，那就是它必须着力应对如何在来自不同民族文化、宗教信仰、历史记忆的个体或群体之间实现一种真正有效的沟通和交往。

第四节　儒学的启示

罗斯的小说《人性污点》和《美国牧歌》当中，展现了当今美国现代性社会的诸多问题，这些问题应该说在如今全球化的时代具有相当大的普遍意义。这些问题彼此交结，相互催生深化，从而显得具有更加严峻的挑战性。在本章前两节当中，本文探讨了当今西方对于这些问题两种具有代表性意义的应对方案，同时也指出了这两种应对方案各自的局限性。这两种应对方案，仅仅表现出了对于这些问题的局部应对意义，都缺少一种综合性和根本性。

如前文所言，罗斯这两部作品中表现的现代性社会问题，主要是现代性进程中理性化和世俗化两种时代趋势，互相纠结，互相深化，共同造成的除魅化造成的，其中有经典的失落与消解、知识分子的沦落、主体性意识的零散化、青年人的反叛和社会的疏离与对立等。这些问题当中最核心的乃是物质的猖獗和精神的沦丧，这两者，也就是理性化与世俗化的具体产物，纵横交织起来，形成了上述具体性的社会问题。

---

① 方汉文：《比较文明学》第 5 卷，北京：中华书局 2014 年版，第 360 页。

蒂利希的"绝对信仰"和"终极关怀"有助于形成主体个体的坚强精神世界，以勇敢面对非存在的种种挑战和蔑视。但是，问题在于蒂利希把他的概念依然建立在宗教信仰基础之上，虽然他说的是"超越上帝的上帝"。同时他忽视了经典文化对于精神世界的培育作用，失去了经典文化的养护和滋润，他的学说最终会陷于无根的境界，从而失去持久性的救赎意义。

同样，哈贝马斯的交往理性理论强调理性而规范的沟通和交流，在这一点上有助于实现人与人、人群与人群之间有效的沟通，实现社会团结，形成理性共识以应对社会问题。但是，哈贝马斯只是再三强调理性规范在沟通中的重要性，却在很大程度上忽略了情感与直觉等非理性因素，同时也没有考虑到民族文化、宗教信仰和历史记忆对心灵和意识的塑形作用。

1. 梁漱溟对于资本主义的认识

梁漱溟先生指出，"西洋旧说，人类之所以成社会是由于自利心的算计要彼此交相利才行。讲到伦理学上的利他心，总说为从自利心经过理性推广而来。如此等等，无非一向只看人的有意识一面，而于本能和情感之为有力因素缺乏认识。"[①] 梁先生的这番话语，深刻地指出了启蒙运动以来西方学说的中心概念乃是自利的理性，将人类社会的构成原则也完全归纳到"自利心的算计"上去了，完全忽略掉了人的非意识性因素如本能、情感等。可以说，梁先生对于西方学说的这番评价也在一定程度上适合于哈贝马斯的学说。

梁先生接着写道：

> 处在资本主义下的社会人生是个人本位的，人们各自为谋而生

---

① 梁漱溟：《人心与人生》，上海：上海人民出版社2011年版，第83—84页。

活，则分别计较利害得失的狭小心理势必占上风，意识不免时时要抑制着本能冲动，其人与人之间的感情是很薄的（如《共产党宣言》中之所指摘）。同时，作为阶级统治的国家机器不能舍离刑赏以为治（此不异以对付犬马者对人）。处在威胁利诱之下的人们（革命的人们除外）心情缺乏高致，事属难怪。——此即人类即将过去的精神面貌。

转进于社会主义的社会人生是社会本位的，大家过着彼此协作共营的生活，对付自然界事物固必计较利害得失，却不用之于人与人之间；在人与人之间正要以融和忘我的感情取代了分别计较之心（如所谓"人不独亲其亲，子其子"）。同时，阶级既泯，国家消亡，刑赏无所用而必定大兴礼乐教化，从人们性情根本处入手，陶养涵育一片天机活泼而和乐恬谧的心理，彼此顾惜、融洽无间。——此则人类最近未来的新精神面貌。①

这番评论深刻地点出了资本主义社会的不足，那就是个人本位的计较个人利害得失的思维模式使人与人之间缺乏一种心灵的亲近感，从而使社会缺乏一种"融和忘我"和"天机活泼而和乐恬谧的心理"，人们心灵缺乏一种"高致"的境界。梁先生的这番评述是针对资本主义和社会主义的，但是这评述也完全适合于评价儒家学说中的理想社会境界，诚如梁先生所言，"一望而知其为两千多年间在儒书启导下中国人魂梦间之所向往，并且亦多少影响到事实上，使得中国社会人生有所不同于他方"。②

另外，梁先生认为资本主义社会主要以刑赏来维持社会的组织和秩序，而儒家与社会主义则更注重礼乐教化的作用，当然对于刑赏也断然不会放弃。显然，梁先生认为儒家更注重对于人们心灵的关怀与培育，

---

① 梁漱溟：《人心与人生》，上海：上海人民出版社2011年版，第84—85页。
② 同上书，第85页。

而不是仅仅局限于外在的规范约束和制度惩罚。

正是基于这方面的认识,梁先生指出,"墨家是实利主义者,只从意识计算眼前利害得失出发,而于如何培养人的性情一面缺乏认识。儒家则于人的性情有深切体认,既不忽视现实问题,却更照顾到生命深处。我当初正是从儒墨两家思想对勘上来认识儒家的;同时,亦即在其认识人类心理之深或浅上来分别东方(古代)与西方(近代)",同时更进一步地指出,"最微渺复杂难知的莫过于人的心理,没有彻见人性的学问不能措置到好处。礼乐的制作恐怕是天下第一难事,只有孔子在这上边用过一番心,是个先觉。世界上只有两个先觉:佛是走逆着去解脱本能路的先觉,孔子是走顺着来调理本能路的先觉。"①

梁先生上述这番话语,可以说以比较的方式非常明确精当地指出了孔孟儒家学说对于现代性社会的应对意义与价值。从梁先生的视角来看,哈贝马斯的交往理性只是"从意识计算眼前利害得失出发",忽视了"如何培养人的性情",只是注意到了"现实问题",未曾"照顾到生命深处",根本没有看到"人心"。

另一方面,蒂利希的"绝对信仰"和"终极关怀"概念注意到了精神和心灵的力量,注意到了"人心",但是对于"如何培养人的性情"未曾提出真正有针对性的方案,可以说没有"彻见人心"。

2."仁"的应对意义

孔孟学说中的核心概念应当说是"仁"。冯友兰先生的《中国哲学简史》中说,"对于个人的品德,孔子强调仁和义,尤其是仁"。② 劳思光先生认为,孔子"摄'礼'归'义',更进而摄'礼'归'仁'","'仁、义、礼'三观念构成孔子之基本理论";"'仁'观念是孔子学说

---

① 梁漱溟:《人心与人生》,上海:上海人民出版社2011年版,第86页。
② 冯友兰:《中国哲学简史》,天津:天津社会科学院出版社2005年版,第39页。

的中心,亦是其思想主脉之终点"。① 李泽厚先生认为孔子思想的主要范畴是"仁",孔子重视"仁"这个此前就有的概念是为了解释"礼","仁"而非"礼"才是孔子学说的核心所在;孟子把孔子的以"仁"释"礼"学说"发扬而推至极端"。②

关于"仁",李泽厚先生指出,"孔子所要'追回的',是上古巫术礼仪中的敬、畏、忠、诚等真诚的情感素质及心理状态,即当年要求在神圣礼仪中所保持的神圣的内心状态。这种状态经孔子加以理性化,名之为'仁'。"③ 同时,庞朴先生也指出,"郭店楚简凡一万三千余字,其中'仁'字约七十见。无论是在道家文献里,还是儒家文献里,也无论是出自哪位抄手的手笔,这么多的'仁'字,一律上'身'下'心'"。④ 从这儿可以看出,儒家学说中的"仁"更多是指的一种精神和心灵的神圣状态,更重视精神与心灵的提升。

儒家强调"仁",即人自身的道德自觉和心灵提升。在《论语·述而》中,孔子强调"仁远乎哉?我欲仁,斯仁至矣";《论语·颜渊》中孔子回答颜渊的提问说,"克己复礼为仁……为仁由己,而由人乎哉",这里面都是在讲人自身的自我规范、自我教育和自我提升。《孟子·公孙丑上》中,孟子在他著名的"四端说"中直接将"仁"解释为"恻隐之心,仁之端也";而这个"仁之端也"与"羞恶之心,义之端也;辞让之心,礼之端也;是非之心,智之端也"共四端,"人皆有是四端,犹其有四体也";这"四端"人们若能"知皆扩而充之,若火之始燃,泉之始达",也就是说"苟能充之,足以保四海;苟不充之,不足以事父母"。在《孟子·尽心上》中,孟子说:"人之所不学而能

---

① 劳思光:《新编中国哲学史》(一卷),桂林:广西师范大学出版社2005年版,第83—87页。
② 李泽厚:《中国古代思想史论》,北京:生活·读书·新知三联书店2008年版,第10—36页。
③ 李泽厚:《历史本体论·已卯五说》,北京:生活·读书·新知三联书店2008年版,第180页。
④ 庞朴:《说"仁"》,《文史哲》,2011年第3期,第16—18页。

者,其良能也;所不学而知者,其良知也。孩提之童,无不知爱其亲者;及其长也,无不知敬其兄也。亲亲,仁也;敬长,义也。"这良知,就是"仁"的根本。明代的王阳明将"良知"定为自己学说的核心,他在写给儿子王正宪的信中说"吾平生讲学,只是致良知三字",在给邹谦之的信中也说"除却良知,还有甚么说得"。按照劳思光先生的解释,"致良知"的"致"乃是"充足实现或完满扩充之义",因此"透显及展开道德主体性,亦皆可说是'致良知'"。① 这与上文所引孟子的"扩充四端"说法是一脉相承的,二者皆主张要将人内心本质性的善念发扬光大,从而实现人精神心灵的提升和完善,以实现"仁"的境界。

实现了"仁"的境界,就可以在很大程度上应对本文所列罗斯作品中所呈现的现代性社会问题。前文已经指出,罗斯作品中的现代性社会问题主要是经典的失落与消解、知识分子的沦落、主体性意识的零散化、青年人的反叛和社会的疏离与对立。同时,前文也指出,这些社会问题的产生都源于现代性进程中的理性化与世俗化两大潮流彼此纠缠、彼此深化造成的物质猖獗和精神沦丧。

首先,"仁"这一概念在很大程度上能够应对知识分子的沦落。在现代性社会中,知识分子的沦落固然与世俗化、理性化有关,但更重要的是知识分子自身精神心灵的暗弱与无力造成的,即知识分子因为精神心灵的空虚无助而纷纷向世俗化与理性化缴械。儒家的"仁"这一概念,非常强调精神心灵的强大和无畏。前文指出,面对人们的嘲讽和奚落,孔子和子路言语中表现出了一种"知其不可而为之"的勇于承当的精神,《论语·泰伯》中曾子说"士不可以不弘毅,任重而道远",孔子在《论语·宪问》中说"仁者必有勇",《孟子·公孙丑上》中孟子说,"昔者曾子谓子襄曰:'子好勇乎?吾尝闻大勇于夫子矣,自反而不缩,虽褐宽博,吾不惴焉;自反而缩,虽千万人,吾往矣……我知言,我善

---

① 劳思光:《新编中国哲学史》(三卷上),桂林:广西师范大学出版社 2005 年版,第 319—320 页。

养吾浩然之气……难言也。其为气也,至大至刚,以直养而无害,则塞于天地之间。其为气也,配义与道;无是,馁也'。"所以,儒家的"仁"可以大大加强知识分子的内心力量,使他们能够以坚强的心灵面对现代社会的世俗化与理性化大潮,并在这种甚嚣尘上的社会潮流中表现出自身的精神和心灵的独立性和高贵性,在某种程度上可以为世人树立起一座座精神灯塔,在另一层面映照出世俗化与理性化潮流的相应局限性和荒谬性。诚如此,富有人文理想的科尔曼·希尔克教授就不会简单粗暴地将阿基琉斯与阿伽门农的争执肢解为"一场关于一个年轻姑娘、她的年轻肉体以及性欲快感的野蛮争吵",就能够抵制人文知识分子的职业化,不会很快蜕化为驱策教授同事们发表论文的冷酷学术监工头,同时也就不会因为学生的投诉、同事的不解与质疑就轻易自我放逐,乃至自我放纵,因为他自身强大的精神世界足以让他从容面对这场人生中并不算太大的挫折和磨难。

当然,自甘物化与世俗化的黛芬妮·茹教授则另当别论,"仁"的人格品质于她而言,那简直是天方夜谭、毫不相干的说法而已,因为她是一位毫无人文理想的职业知识工作者,知识于她而言只是获取职位、利益和名声的谋生工具而已,在经典消解过程中她是乐观其成,甚至乐助其成的知识机会主义者。知识中的人文性、理想性成分早已经被她弃之如敝履了,经典尤其是人文经典在她眼中,只是供其任意肢解和扭曲以获取利润的书本资源而已,绝非什么值得尊敬和用心阅读体味的精神圭臬。

同时,"仁"这一人格品质的培养对于主体性意识的零散化也具有应对意义。一方面"仁"可以使人的心灵和精神强大起来,面对现代性社会物质利益与欲望放纵的种种诱惑,保持心灵和精神的充实和独立,而不至在这气势汹汹的世俗化和理性化大潮中迷失自身的内心和灵魂。另外,一旦拥有了强大的心灵世界,人们就可以面对福山所说的"历史的终结",不会被相对主义、平庸和享乐主义所吞噬,更不会因为意义与价值的丧失而感到绝望、寂寥和颓废,而是会努力提升自身的心灵和精神世界，并且在提升自身精神和心灵世界的同时，将人类社会文明推向更高的层次。

李泽厚先生曾指出：

> 中国诗歌对废墟、荒冢、历史、人物，对怀旧、惜别、乡土、景物不断地一唱三叹，流连忘返，却少有对上帝、对星空、对"奇迹"的敬畏崇赞，也少有对绝对空无或深重罪孽的恐惧哀伤，也没有那种人在旷野中对上帝的孤独呼号……所有这些正是这个"空而有"的情理结构的"本体"展现。①

李泽厚先生认为"空而有"是中国儒家吸收了道家和佛家思想形成的人生态度。不过事实上，如同前文已经指出的，孔孟原典儒学中已经包含着这方面"知其不可而为之""虽千万人，吾往矣"的思想成分，显示出了儒学思想的勇敢承担精神和"课虚无以责有"的坚强意志。虽然人生中充满了太多的无奈与虚无，儒家却坚定地认为必须在这虚空当中去努力创造一种"有"的意义和价值。所以，当下现代性社会的一些虚空和无意义，在中国历史的长河中也曾经以相似的面目出现，但儒家培养出的一种顽强而坚毅的精神意志，在很大程度上可以化解这种消极和颓废。

这种顽强精神和坚强意志的本原乃在于"仁"这一品质的培育和形成。北宋明道先生程颢说过，"学者须先识仁。仁者，浑然与物同体。义、礼、知、信，皆仁也"；又进一步说"仁者以天地万物为一体，莫非己也，认得为己，何所不至？"② 岛田虔次认为，"以天地之心为心，或者是让以本来是天地之心的自己之心在本来之相发生作用，这就是所

---

① 李泽厚：《实用理性与乐感文化》，北京：生活·读书·新知三联书店2008年版，第100—101页。
② 转引自劳思光：《新编中国哲学史》（三卷上），桂林：广西师范大学出版社2005年版，第157页。

谓'万物一体之仁'。"① 这种解释是很有道理的，而且也与前文所引李泽厚先生所指出的"仁"是"上古巫术礼仪中的敬、畏、忠、诚等真诚的情感素质及心理状态，即当年要求在神圣礼仪中所保持的神圣的内心状态"若合符契。可以说，"仁"要求人们将自己与天地万物融汇起来，以天地万物之心为心，从天地万物中汲取力量，始终保持一种敬畏、坚定和神圣的精神状态。因此，中国儒家所坚信的"万物一体之仁"可以为人们提供非凡强大的精神力量。

其次，"仁"的品质所要求的同情心，会使人们以彼此相通的心态来促进彼此的互谅互让，减少彼此之间的质疑、挑战乃至冲突。梁漱溟先生指出，"人与人之间，从乎身则分隔（我进食、你不饱），从乎心则虽分而不隔……人类生命廓然与物同体，其情无所不到。凡痛痒亲切处就是自己，何必区区数尺之躯。"② 既然"仁者以天地万物为一体"，人类虽然身体各为自身，但是别人的痛苦就能为自己感受到，因为自身心灵与他人心灵相通，情感与他人相通。小说《人性污点》中的退伍军人莱斯特·法雷当兵上战场之前，也是一位纯真守法的善良公民，可是战场上的血腥杀戮却将他变成了一个杀人机器，退伍之后，世人所给予他的冷漠与推诿，最终将他推向更加深重的冷酷之境。"仁"的人格培养可以使莱斯特保留对于他人的感同身受的同情，在战场上也就不会那么残忍冷酷，更不会冷血地置科尔曼与芳尼娅于绝境，同时也可以让那些老兵服务机构的人体会到他的孤苦，不至于将他推向绝望而无助的深渊。

对于经典的消解与失落，儒家的"仁"也有应对价值。《论语·阳货》中孔子说，"好仁不好学，其蔽也愚；好知不好学，其蔽也荡；好信不好学，其蔽也贼；好直不好学，其蔽也绞；好勇不好学，其蔽也乱；好刚不好学，其蔽也狂……小子！何莫学夫诗？诗，可以兴，可以

---

① [日]岛田虔次：《中国思想史研究》，邓红译，上海：上海古籍出版社2009年版，第15页。

② 梁漱溟：《人心与人生》，上海：上海人民出版社2011年版，第92页。

观。可以群,可以怨。迩之事父,远之事君。多识于草木鸟兽之名……女为《周南》《召南》矣乎?人而不为《周南》《召南》,其犹正墙面而立也与?"孔子认为仁、智、信、直、勇、刚这六种品质固然可贵,可是要是不努力读书学习以巩固、加强、扩充和调整这些品质,它们就会表现出明显的缺陷出来。而且,孔子尤其提倡阅读和学习当时的经典《诗经》,认为学好《诗经》,既可以获得知识,提高修养来与父母相处,也可以提高自身素质来为君主和国家服务。如果不学习经典,一个人简直就像面对着墙站立着一样,就完全成为一个孤陋寡闻、目光短浅、见识偏狭的不学无术者。因此,学习,尤其是经典的阅读和学习孔子是非常重视的。那么,"仁"的儒学概念就会在很大程度上应对现代性社会里的经典消解和失落,让人们不断对经典保有一种虔诚而且虚心的态度,努力从中学习可以使自身提高和充实的养分,而不是简单粗暴地以创新为名对之进行断章取义式曲解。

最后,"仁"的人格品质能够使人们彼此同情,彼此理解,使青年人对于社会现状能够抱有一种合作式革新的态度,从而减少社会成员之间的对立、冲突和反抗。前文已经说到,哈贝马斯的交往理论固然有利于促进真诚和有效交往的开展,但是却同时忽略了情感、直觉、民族文化、宗教信仰和历史记忆在交往过程中的作用与影响。"仁"的人格培养在减少社会分裂和冲突方面可做出一定的补充作用。"仁"作为一种神圣而真诚的精神心灵状态,对于任何怀有不同情感经历、不同直觉意识、不同民族文化、不同宗教信仰和不同历史记忆的社会成员来说,都具有一定的可亲近色彩,因为它不诉诸任何外在的、具体的客观对象和标准,而是鼓励每个成员返乎自身,自我反省、自我检视,以实现自身的精神和心灵的体悟和提升。由于不诉诸外在具体的崇拜偶像和教义规范标准,人们就可以最大限度地搁置不同的民族文化、宗教信仰和历史记忆,回归自身的本心。如果人们能够回归本心,就可以实现或接近"仁"的心理状态,就可能暂时搁置一些无法完全取得共识的差异而达到有效的沟通和交往。当然，在沟通过程中，理性是一定要参与并且发挥关键性作用的。但是，正如同前文所引明道先生程颢的话语，"学者须先识仁。仁者，浑然与物同体。义、礼、知、信，皆仁也"，"仁"是"智"或者理性的根本；《论语·卫灵公》中，孔子也说"知及之，仁不能守之；虽得之，必失之"。儒家认为"智"或者理性固然重要，但是它必须被置于"仁"之下，接受"仁"的节制和管辖，而不能让"仁"反制于"智"或者理性。这样的话，社会成员之间就可能在"仁"的要求和规范下，彼此心灵相通而不是心灵分隔，就可以从共同的出发点出发，搁置一些争议，实现真正有效的沟通，达成最大限度的共识以消弭社会分裂，实现社会合作。

3. "仁"的主体性价值

本文开头就已指出，古希腊神话尤其《荷马史诗》中都刻意刻画了一种"像似神灵"精神①，主要的代表就是阿基琉斯。这些英雄尽管深知死亡必至和命运的强大，依然竭力地将自己最大的能量展现出来，以努力接近一种神性的崇高和伟大精神，最大限度地实现自身的欲望追求和荣誉构建。基督教则重视精神和心灵的规范和钳制，并且将美好的寄托安放在来世。同时基督教竭力拉开人神之间的距离，加强肉体与灵魂、精神与物质的对立。这一切是与古希腊文化截然对立的。到了文艺复兴时期，人们开始努力争取追求世俗幸福的权利和合法性，要求宗教认可这一点。可以说，文艺复兴时期，人们只是在努力宣扬人的主体性意识自然属性的一面，只是从宗教改革和启蒙运动开始，人们才开始追求主体性意识理性实现的一面。

这种主体性意识的崛起其主要的表征就是努力追求物质财富的急剧

---

① 陈中梅：《荷马的启示——从命运观到认识论》，北京：北京大学出版社2009年版，第44—45页。

增加，或者追求自身对于历史和外在世界的理性主宰。在罗斯的作品中，瑞典佬西摩和古典文学教授科尔曼就是两个努力实现个人主体性意识崛起的典型形象。他们要么追求财富增加，要么追求自身对于外在世界和历史的主宰。可以说，他们在很大程度上都实现了自己的人生目标和人生价值，但是同时他们也都遭遇了人生道路上的滑铁卢，最终以悲剧为自己的人生奋斗画上了句号。

那么这种悲剧产生的原因是什么呢？

如同本文前面所论述的一样，这种悲剧源于主体性意识的极度膨胀，源于每个个体主体性意识崛起所造成的彼此冲突和对立。

事实上，儒学以"仁"的观念为核心，也是一种非常重视主体性意识的"心性"之学。关于这一点，劳思光先生写道：

> 孔子立人文之学、德性之学，其最大特色在于将道德生活之根源收归于一"自觉心"中，显现"主体自由"，另一面又由"仁、义、礼"三观念构成一体系，使价值意识由当前意念，直通往生活秩序或制度，于是有"主体自由之客观化"。有此两步肯定，于是义命分立，原始信仰之阴霾一扫而空，而人之主宰性及其限制性，亦同时显出。就规模而论，孔子之学确是一宏大之文化哲学。但就纯哲学问题说，即此一切肯定能否成立，必视一基本问题能否解决，此即"自觉心"或"主宰力"如何证立之问题。①

孔子的学说非常重视"自觉心"，认为人应当建立自己的道德自觉，并努力将之加以扩展和运用，改造世界并且建立良好的社会秩序。当然，劳思光先生也指出了孔子学说的一个缺陷，即"自觉心"和"主宰力"应建立在何种基础之上？同时，劳思光先生认为，孟子后来补充了

---

① 劳思光：《新编中国哲学史》（一卷），桂林：广西师范大学出版社2005年版，第115—116页。

这一缺陷，用性善说和四端说证立了人的"自觉心"，同时也要求统治者必须关怀民生，以民生为本，这样就补充了孔子学说的另一缺陷，即用"仁"作为政治合法性的原则，补充了孔子学说中对于政权合法性以及政权转移的论述空缺。① 可以说，在孔子以至孟子几代儒者的努力之下，"心性"之学基本建立起来了。劳先生接着指出，"孟子之心性论，全建立在'主体性'观念上"。② 前文所引李泽厚先生认为孔子以"仁"释"礼"，孟子将"仁"发扬至极致，从另一侧面印证了劳先生结论不虚。至此，我们可以认为儒学的"仁"观念完全也是一种主体性意识的宣扬。

那么，儒学的"仁"这一主体性意识学说与西方启蒙运动以来所形成的主体性意识学说有什么区别呢？或者说这两种主体性意识相比，哪一种是更具有生命力和合理性的学说呢？

关于这一问题，梁漱溟先生的说法具有一定的揭示作用。梁先生指出，西方近代文化乃是一种"明于利害""明于是非"的功利思想，这种文化"肯定欲望而要人生顺着欲望走"，"社会人生是个人本位的"，因此也就"人与人之间，从乎身则分隔（我进食、你不饱）"，无法实现"一体相通无所阻碍的伟大生命表现耳"。③

从这个角度来说，西方文化的主体性意识主要是以"利害""个人本位"为中心关注点的，注重身体而忽略人心的，也就是"从乎身"而不是"从乎心"的。也正因为如此，西方近现代以来，世界的面貌发生了翻天覆地的变化，在身体、利害方面促成了巨大的进步与提升，但是，在心灵、精神方面却也陷入了巨大的危机。罗斯的小说，尤其是他的一些后期小说如《人性污点》和《美国牧歌》，突出表现了现当代美

---

① 劳思光：《新编中国哲学史》（一卷），桂林：广西师范大学出版社2005年版，第116—136页。

② 同上书，第150页。

③ 梁漱溟：《人心与人生》，上海：上海人民出版社2011年版，第79—92页。

国社会乃至西方所深深弥漫的精神危机与心灵苦痛。

至此，我们可以说，西方近现代的主体性意识文化促成了现代性社会的实现和进步，在物质、科学、技术和政治制度的进步方面做出了巨大的贡献，其进步远远超出了人类有史以来取得的所有进步的总和。这一点，是必须加以承认的，是不容反驳的。但是，这种主体性意识文化却也造成了巨大的精神心灵危机。在精神和心灵的安顿方面，中国儒学文化作为"从乎心"的主体性意识文化完全可以在现代性社会做出自身应有的贡献，为人们创造出一个更为安宁、平和、友爱的精神乐土。

当然也要指出，虽然中国儒学文化是"从乎心"的主体性意识学说，但它并不是仅仅关注心灵而忽视了现实生活的精神至上主义者。正如同前文所引庞朴先生所指出的"仁"字在郭店楚简中一律写作"上身下心"一样，《论语·学而》中孔子回答子贡"贫而无谄，富而无骄，何如"这一问题时，讲道"可也。未若贫而乐，富而好礼者也"；《论语·里仁》中孔子还说"富与贵是人之所欲也，不以其道得之，不处也；贫与贱是人之所恶也，不以其道得之，不去也"；另外孟子也多次劝梁惠王等王侯们"制民之产，必使仰足以事父母，俯足以畜妻子，乐岁终身饱，凶年免于死亡"，"然后驱而之善，故民之从之也轻"。可见，原典儒学对于财富、享受与地位并不反对，只是要求必须以符合道义的途径去取得。儒学乃是一种人本主义的道德心灵哲学，既重视现实物质生活的改善，也重视精神和心灵的提升。因此，"从乎心"的儒学为现代性社会提供的精神药方更具有合理性和综合性，避免了一些宗教性的片面和偏激。

结　语

本书从探讨西方古希腊文化所倡导的"像似神灵"的主体性意识张扬开始，论述了西方社会现代性进程，即世俗化和理性化进程在罗斯作品中造成的诸如经典的消解、知识分子的世俗化和职业化沦落、主体性意识的零散化、青年的反叛和社会的分裂与对立等社会问题。科尔曼与瑞典佬相同，两人都是主体性意识觉醒者，他们积极进取，顽强努力，可是他们所最终遭遇的结局却令人叹惋。他们以积极进取的姿态开始，却最终遭遇了孤立无助的悲惨境遇，虽然他们的努力一度取得了巨大的成功。这就是现代性社会的悖论之处，一方面它促进每个个人的努力拼搏，以最大程度地获得进步与成功，但另一方面却最终将他们无情地抛弃。本书认为，罗斯作品中所呈现的这些问题在很大程度上是由于现代性社会以理性化和世俗化进程片面追求物质方面的进步与成功，对于精神和心灵的极大颠覆和消解造成的。

保罗·蒂利希提出的"绝对信仰"和"终极关怀"概念在很大程度上强调了精神和心灵的强大和提升。但是，虽然蒂利希的"绝对信仰"和"终极关怀"，有利于强化精神力量，使人们能够勇敢面对现代性社会的种种困境，并且也以"超越上帝的上帝"这一概念来显示与传统宗教信仰的不同，却从本质上讲依然是基于宗教之上的一种信仰。同时我们必须看到，这种诉诸个人精神心灵的学说有着另外一方面的局限性，也就是说它只是一味鼓吹个人精神信仰的强化，而忽略了人对于人类社会经典文化的继承和发扬。人类社会千百年来所形成的经典著作是对于人类文明的精髓性的记录和总结，个人精神世界的强化和精神力量的提升需要从这些经典中获取智慧和启迪，否则就成了无根之木，无源之水。

当今现代性社会虽然社会进步巨大，但是另一方面也是问题重重，尤其是人与人之间、人群与人群之间日益隔阂，彼此之间无法达成真诚的信任。哈贝马斯的交往理性至少为达成有效的沟通指出了努力的方向，正是在这个意义上，哈贝马斯的贡献无疑是巨大的。但是，哈贝马斯的交往理性固然可以促进人们之间的理性交往与沟通，却不能真正拉近人们之间的心理距离，无法消除现代性社会的社会分裂和对立，更无法在不同民族与不同宗教信仰之间，尤其是存在黑色历史记忆的双方之间形成真正有效而理性的沟通，消除彼此间的隔阂与偏见。正如同前文所指出的一样，哈贝马斯本人在伊朗所提的问题就遭遇了宗教人士的强烈不满。

另外，情感与直觉作为人意识活动当中一个很重要的成分，是人与人之间沟通和交往过程的必然性参与因素。而哈贝马斯的交往理性对于情感与直觉等非理性因素不够重视。

西方近现代的主体性意识文化促成了现代性社会的实现和进步，在物质、科学、技术和政治制度的进步方面做出了巨大的贡献，其进步远远超出了人类有史以来取得的所有进步的总和。但是，这种主体性意识文化却也造成了巨大的精神心灵危机。在精神和心灵的安顿方面，中国儒学文化作为"从乎心"的主体性意识文化应该可以在现代性社会做出自身应有的贡献，为人们构建出一个更为安宁、平和、友爱的精神乐土。

附录

《垂死的肉身》：后现代主义社会中的反抗

利奥塔的后现代主义理论指出：后现代社会就是后工业社会，其突出表现在知识的信息化与商品化上；知识的合法性和真理问题就取决于它们是否能带来效益①。而杰姆逊则认为后现代社会存在着"深度模式的削平""历史意识的消失"和"主体的零散化"②。作为一名创作生涯已长达近半个世纪的作家，菲利普·罗斯亲身体验了20世纪中叶第三次工业革命以来的种种社会现象，其作品《垂死的肉身》真实再现了后现代社会的这些特点：知识以及知识分子的沦落以及沮丧与焦虑的盛行；同时作品人物亦保留一种可贵的精神固守，以他们独特的方式来表达他们的逃避、愤懑与批判。

一 凯普什的焦虑

利奥塔的后现代主义理论连他自己也承认措辞不够严格，如反对者

---

① 刘放桐：《新编现代西方哲学》，北京：人民出版社2000年版，第621页。
② 朱立元：《当代西方文艺理论（第二版）》，上海：华东师范大学出版社2005年版，第376—378页。

所指责的一样：难以充分证明一个完全迥异于现代社会的社会形态的存在，正如杰姆逊在《后现代状况》英译本序言中指出：虽然利奥塔为一些引起争议的后现代主义论著辩护，但他并不愿意设定一个跟极端现代主义时代迥然不同的后现代主义时代①。

但是利奥塔对于第三次工业革命以来的知识状况分析却相当深入，揭示出了这个时代所带来的困惑与焦虑。

以计算机技术为标志的第三次工业革命的发生和推进，使人类物质生活在20世纪取得了前所未有的空前丰富与繁荣，人类在自然面前信心大幅提升，但是同时也促成了知识的信息化和商品化。这一变化所带来的后果之一就是知识不再以其是否具有客观性意义或普遍性意义来衡量其合法性或真理性，而是取决于他们能否带来利益。这样一来，知识人完全成为一种谋生的职业，其价值在于其符合"工具理性"的知识产出，与其更具有"价值理性"的人格精神与思想意识形态毫无瓜葛，知识分子的地位与身份受到了严峻的挑战与撼动，他们变成了韦伯所讲的"没有精神的专家"②。

同时，杰姆逊所指出的"主体的零散化"也是后现代社会的一个明显特征。近代以来人们日益倡导个体的存在价值，但却又不得不面对日益森严的科层化机构组织的控制与驱使。人日益面对紧张、机械、烦琐的工作，精神与体力严重透支，同时生活的支离破碎化使人们失去了生活与劳动的完整性，成了一种"非理想性的生存"与"异化的生存"。人类的活动日益丧失其自由自觉的性质，面对日益加强的社会控制机构，人自身日益躯壳化、碎片化、零散化。

戴维·里斯曼在1950年发表的名作《孤独的人群》中指出：古代社会是"传统导向型社会"；市场资本主义社会是"个人导向型社会"；

---

① 刘放桐：《新编现代西方哲学》，北京：人民出版社2000年版，第619—625页。
② 顾忠华：《韦伯学说》，桂林：广西师范大学出版社2004年版，第81页。

后现代主义社会则是"他人导向型社会"①。依据这种理论，杰姆逊解释说：在古代社会人们与社会格格不入时会感到羞耻；在近代资本主义社会人们不成功便会有负罪感；而在后现代主义社会人们则会感到莫名其妙的焦虑，人们即使做得很好也会依然焦虑，因为他们不知道周围人们的状况，从而不知道什么才是正确的②。

因此在后现代社会，面临知识的信息化与商品化以及知识分子的解魅化危机，小说主人公凯普什教授选择了肉体的放纵作为反抗。主体的零散化导致个人在面对社会时的软弱无力，同时"他人导向型的社会"使焦虑与不安成为人们存在的一种常态。他需要放纵"本我"以对抗"自我"与"超我"，在一种极度宣泄与放纵中稀释现实的"自我"与"超我"所引致的莫名其妙的焦虑感。在他眼中性作为身体的一种存在形式，可以对抗死亡，对抗衰老，对抗绝望。在他看来，自我的存在主要是肉体的存在，精神与文化只是附属品，只有肉体的消亡才是真切的，因为在后现代社会已经没有了什么真实的意义，除了自身肉体之外。

二 肉体的放纵

凯普什教授一开始就坦承：他的实用批评课之所以吸引了不少女生原因之一是"她们听过我在国家公共广播节目里评论图书，看过我在电视台的十三频道里谈论文化"③。他的声誉不是因为自身的学术水准而是

---

① [英] 彼得·沃森：《20世纪思想史》（两卷本），朱进东等译，上海：上海译文出版社2008年版，第504—506页。
② [美] 弗雷德里克·杰姆逊：《后现代主义与文化理论》，唐小兵译，北京：北京大学出版社2005年版，第52—55页。
③ [美] 菲利普·罗斯：《垂死的肉身》，吴其尧译，上海：上海译文出版社2010年版，第1页。

因为他的公共知名度，由此可见文化工业已处于支配公众的地位，严肃文化已被边缘化。按照霍克海默和阿多诺的观点，文化工业以标准性、肤浅性、强迫性（即剥夺了个人的选择自由）为特征，从意识形态上操控了大多数社会成员；而更为重要的则是其具有最关键的商品性，这样其文化生产的目的不在于传播真理或客观普遍价值，而在于其产出知识的有用性即使用价值，在为知识消费者带来利益的同时为生产者带来利益；这样的后果就是特殊对一般的服从、精英对大众的服从。精英文化对大众文化的服从必然导致知识与知识分子的沦陷，凯普什教授的自我放纵就变得可以理解了。

小说以第一人称的视角来进行叙事，凯普什教授叙述自我经历的口吻充满了一种自我调侃和荒谬感，充满了精神世界的无序和宣泄。这种自我嘲讽的口吻表达了现实生活的无奈和焦虑，带有某种程度上维特根斯坦式的"语言游戏"，表现出对"中心"的排斥与抗拒。

凯普什教授坦承"我在女性美面前表现十分软弱"[1]。他毫不掩饰自己的性放纵，这是"本我"对"自我""超我"的解构，是借助肉体的放纵来对抗与逃避现实的焦虑与无奈。和他一样，康秀拉虽然外表典雅，但也最终屈从于肉体的放纵，和凯普什教授开始了一段无望的肉体交往。凯普什的儿子肯尼虽然努力维护家庭，勇于承担责任，可是他也陷入了婚外情感危机，并且开始寻求父亲的建议；在父亲嘲讽他思想太过传统，太看重义务与责任时，他默然承受。因此肯尼也似乎认可了父亲的生活方式。同样，教授的朋友诗人奥希尼，也与多位女子保持暧昧关系。

在后现代社会，"主体的零散化"意味着主体的分裂化、躯壳化、片段化，这样人们失去了生活的整体意识，而知识分子因为知识与知识人地位的沦陷，这种"零散化"状态就更为明显，他们绝望、沮丧、茫

---

[1] ［美］菲利普·罗斯：《垂死的肉身》，吴其尧译，上海：上海译文出版社2010年版，第4页。

然，肉体的放纵似乎是他们唯一可以逃避与麻痹自己的方式，暂时地忘记现实的痛苦与无奈，尽管放纵之后是更为痛切的绝望。

三 意义的沦落与丧失

身体在片刻的放纵之后随之而来的是挥之不去的焦虑与沮丧。凯普什总是感到康秀拉的无限未来和自己的有限未来，担心年轻人会带走她，感受不到自己对她的威信①。他明显地感到自己的衰老，觉得自己的"还不显眼的所有人体器官（肾、肺、静脉、动脉、大脑、肠、前列腺、心脏）即将开始令人苦恼地变得显眼起来……一生中最惹人注目的器官则注定要变得毫无用处"②。他最大的担心是性的丧失，因为性是他唯一证明自己存在的方式，后现代主义社会里他的精神价值已接近于完全虚无，不可能凭借它来证明自己的存在。性的丧失就意味着他身体的衰老与死亡的临近，意味着他的整个个人意义的丧失，同时也意味着整个世界意义对于他的丧失。他不确知除了自己的肉体之外是否还有其他意义的真实存在。

诗人奥希尼同凯普什一样醉心于身体的放纵，而且他警告凯普什不要沉溺于感情当中，因为"情感招致毁灭"③。

在凯普什的世界里，康秀拉是一个举止娴雅的人，是流亡贵族文化的象征，同时也是没落文化的象征，因为在后现代社会里文化的量标在于使用价值或功利性，不在其自身的客观或普遍价值。康秀拉深知文化虽使她着迷，却不能靠它生活，恰如她和凯普什的无望爱情一样，她所

---

① ［美］菲利普·罗斯：《垂死的肉身》，吴其尧译，上海：上海译文出版社2010年版，第39—46页。
② 同上书，第38页。
③ 同上书，第112页。

渴求的也只是从凯普什身上找寻文化的影子而已。正如教授所言，她既得到了"顺从的愉悦"，也得到了"主宰的愉悦"①，通过"顺从"与"主宰"她似乎才找到了一点自身存在的文化价值。

小说中凯普什认为自己和同事的关系冷淡，因为大家都"互相之间保留秘密，互不信任"②。后现代社会作为"他人导向型的社会"，使得社会成员之间彼此疏远化，彼此成为对方的焦虑来源，成了萨特所慨叹的"主奴关系"，从而个人自由总是与他人自由处于对立地位。正如小说的扉页引用埃德纳·奥勃兰恩的话语"身体的故事与头脑的一样多"③，在这个知识与知识人面临严峻挑战的时代，小说的所有主要人物体现的都是"肉体的突出和精神的沦落"④，他们都罹患于意义的沦落与丧失。

四 精神的固守与挣扎

弗洛伊德将人的行为动机归结为"性冲动力比多"，这一学说在解释人类的诸多行为时具有很强的合理性，但是这种学说无疑忽略了其他诸多影响人类行为的因素。阿德勒、荣格、霍妮、弗洛姆、马尔库塞等人均试图从不同角度对弗洛伊德的学说做出修正和发展，他们分别认为"向上意志""生命力""安全需要""社会环境""爱欲解放"（核心为马克思的"劳动解放"）是人的行为动机⑤。既然人的生命意义涵盖如此广泛，那么凯普什教授在肉体上的放纵就不足以使他获得生命的存在

---

① [美] 菲利普·罗斯：《垂死的肉身》，吴其尧译，上海：上海译文出版社2010年版，第7—37页。
② 同上书，第128页。
③ 同上书，扉页。
④ 史元辉，陈进封：《垂死的肉体 沉沦的灵魂》，载《咸阳师范学院学报》，2011年第4期，第123—125页。
⑤ 刘放桐：《新编现代西方哲学》，北京：人民出版社2000年版，第439—460页。

价值，相反只能使他更加焦虑与困惑。

凯普什教授在肉体放纵的同时，也能强烈地感受到文化的明显的危机，不免对自己的存在意义与价值大加疑问，哀叹"死寂将永远包围着人们"①；虽然主张肉体自由，并且警告儿子肯尼不可被道德和义务绑架，但是对于康秀拉，教授却保留着长期的思念与眷恋。肯尼虽然深陷婚外情，可是却依然不忘自己的家庭义务与职责。诗人奥希尼虽然拥有诸多情人，但在临死前与亲友的亲吻，对妻子的亲吻与抚摸②，表明他意识到了肉体之外的责任、义务与情感，性对他来说不等于生命的全部。

小说的题目"The Dying Animal"已经充分展示了作者企图揭示于读者的生命理解——肉体是垂死的，肉体是暂时的，肉体不足以安放生命。尽管近现代社会乃至后现代社会直线矢量的时间向度为人们带来了更多的源自高速度感的紧迫感与焦虑感③，使人们获得了新的实现肉体释放的理由与辩词。

小说结尾提及斯坦利·斯宾塞和妻子的双人裸体肖像画作，展示的是两人略显衰老和忧郁的身体④。这画面里面正承载着画家关于人生和时代的无尽话语。这幅画得到了凯普什教授的深深共鸣，他讥讽千禧年庆典电视上的狂欢场面：

> 我们这个时代已使苦难变得平常，人们对苦难的哪怕一点点清醒的认识也被最大的幻想所产生的巨大刺激消磨殆尽。看着这种受刺激而兴奋起来的、为表演而安排的混乱场面，我感觉这个有钱的

---

① ［美］菲利普·罗斯：《垂死的肉身》，吴其尧译，上海：上海译文出版社2010年版，第41页。
② 同上书，第132—136页。
③ 尤西林：《心体与时间：二十世纪中国美学与现代性》，北京：人民出版社2009年版，第9—20页。
④ ［美］菲利普·罗斯：《垂死的肉身》，吴其尧译，上海：上海译文出版社2010年版，第158—159页。

世界急于进入繁荣的黑暗时代。①

此时，教授的一度蜷缩起来的思想意识迸发出了时代批判的火花，他充分而富有洞察力地指出了人类对于现实和苦难的集体健忘症，沉醉于物质的表面繁华而丧失了精神上对于世界和时代的清醒认识与批判自觉。凯普什教授身上的知识分子本质的秉性并未丧失，只是一度被压抑和冰封起来了。他深刻地意识到了时代所罹患的病症——"急于进入繁荣的黑暗时代"，对于后现代社会知识与知识人的沦陷他感到愤懑。

同时他抨击道"电视上的一切无序都是受控制的无序，不时会被插入的汽车销售广告所打断"②。电视文化作为后现代社会文化工业中的一种，其表面上的张扬与喧嚣，却隐藏着深层的意识形态方面的强迫与控制。

结　语

罗斯的作品中反叛是一个常见的主题，主人公中甚至不乏波特诺伊那样的极端蔑视传统者。这与罗斯本人对于自身的犹太教传统与犹太文化持有明显的贬抑态度有关，但是罗斯更多探讨的是"所有的人都是人"的问题③。

罗斯的创作期恰好历经了 20 世纪的后半叶，他深刻地感受到了时代的窘境与困惑，感受到了时代对人尤其是知识人的扭曲与变异。他所创作的《垂死的肉身》是他的凯普什三部曲中的最后一部，其他两部分别为《乳房》和《欲望教授》，突出叙写了凯普什教授在面对后现代社

---

① ［美］菲利普·罗斯：《垂死的肉身》，吴其尧译，上海：上海译文出版社 2010 年版，第 161 页。
② 同上书，第 160—161 页。
③ ［美］菲利普·罗斯：《行话》，蒋道超译，南京：译林出版社 2010 年版，第 193—195 页。

会困境的扭曲的肉体沉沦和精神挣扎。

  昆德拉曾经对罗斯指出：小说的智慧在于对一切都提出一个问题，而不是愚蠢地为一切提供一个答案[①]。罗斯正是用他的诸多作品对后现代主义社会发出一个长长的质问。他的长达半个多世纪的小说创作生涯为他带来了普利策奖、美国国家图书奖、美国书评人奖、福克纳奖等，这些奖项不仅仅是对他高龄依然笔耕不辍的褒奖，更是对他作品中所蕴含的深刻思考的肯定与嘉勉。

[①] ［美］菲利普·罗斯：《行话》，蒋道超译，南京：译林出版社2010年版，第116页。

垂死的肉体　沉沦的灵魂
——《垂死的肉身》中体现的现代危机

菲利普·罗斯的创作近年颇受我国评论界关注。有些学者侧重从历史角度来剖析其作品，认为他的美国三部曲《美国牧歌》《我嫁给了一个共产党人》《人性污点》"皆聚焦于美国历史上的重大事件"：越战、麦卡锡主义以及克林顿的性丑闻[1]；有些学者则侧重主题方面的阐发，认为《美国牧歌》彰显了"美国梦的破碎和传统的分崩离析过程"[2]；《反美阴谋》则被认为利用副文本、叙述视角转换、虚构的自传等形式表达"对历史的审慎思考"[3]。本文拟对罗斯的最新作品《垂死的肉身》加以分析，力图论证其作品主旨在于：更多关注现代社会背景下生活的无序与荒谬，及其给个人所造成的沉沦与困境。

一　肉体对灵魂的胜出

启蒙运动以来，随着蒸汽机化、电气化以及电子化工业革命的步步

---

[1] 朴玉：《评菲利普·罗斯在〈反美阴谋〉中的历史书写策略》，载《当代外国文学》，2010年第4期，第83—84页。
[2] 王守仁，刘海平：《新编美国文学史（第四卷）》（四卷本），上海：上海外语教育出版社2002年版，第264页。
[3] 朴玉：《评菲利普·罗斯在〈反美阴谋〉中的历史书写策略》，载《当代外国文学》，2010年第4期，第84页。

推进，人类物质生活在二十世纪取得了前所未有的空前丰富与繁荣，人类在自然面前信心大幅提升。同时自十九世纪末以来，思想流派林立，学说主张层出不穷，中世纪以来的传统思想尤其是基督教学说受到重创，人们开始大力倡导个体的存在价值，但却又不得不面对日益森严的机构组织的控制与驱使。人类的肉体越来越获得解放与满足，但其精神却面临着日益强劲的桎梏。现代社会凭借消费、广告、娱乐、大众传媒等手段催生着人们无穷尽的物质和肉体欲望，同时对他们的精神世界也在进行着无声无息地置换与改造，因此人们面临着一个窘迫的处境：肉体日益自由，但精神却日益萎缩；肉体成了灵魂或者精神的主宰。正如同大卫·里斯曼所指出的：大众传媒和同辈群体的影响力扩大了，而传统和个人的价值观的导向作用在明显降低①。

主人公凯普什教授坚信"野性的冲动"②，认为"性还是对死亡的报复"③。在他眼中性作为身体的一种存在形式，可以对抗死亡，对抗衰老，对抗绝望。他早年抛弃妻子，结交众多女友，力图摆脱外界桎梏，无视家庭责任与义务，极力追求身体与个人的解放，在生活中寻求自我与身体的存在意义与价值。在他看来，自我的存在主要是肉体的存在，精神与文化只是附属品，是谋生手段而已，亦即尼采所言"道德否定生命"④。

自由的身体给他带来快乐的同时，却也让他倍感沮丧。他与年轻女友康秀拉相处很不自信，总是感到她的无限未来和自己的有限未来，担

---

① [英]彼得·沃森：《20世纪思想史（两卷本）》，朱进东等译，上海：上海译文出版社2008年版，第505页。
② [美]菲利普·罗斯：《垂死的肉身》，吴其尧译，上海：上海译文出版社2010年版，第19页。
③ 同上书，第78页。
④ [英]彼得·沃森：《20世纪思想史（两卷本）》，朱进东等译，上海：上海译文出版社2008年版，第43页。

心年轻人会带走她,感受不到自己对她的威信①。为了寻求自信与平衡,他努力与女友进行心理对抗,互斗吸引力②。他最大的担心是性的丧失,那样意味着他身体的衰老与死亡的临近。他非常恐惧衰老,肉体的丧失活力意味着存在的失去意义。此时他借以树立乏力自信的手段在康秀拉看来,只是"扮演洞悉一切的智慧老人的角色……傲慢的文化批评家先生,伟大的权威"③,但是这虚假枯萎的文化面具掩饰不了他衰老而垂死的肉体,也掩饰不了他绝望的灵魂。

肯尼作为凯普什的独子,受父亲不负家庭责任与道德义务的刺激,逆其道而行之,故而思想较为传统,看重家庭,勇于承担义务。可是此时他也陷入了婚外情感危机,进退维谷。他寻求父亲的指点,凯普什尖锐地指出:传统习俗绑架勒索了肯尼,他努力做到令人钦佩,沉溺于对女性需要的怜悯与悲怆中难以自拔。肯尼的身上体现出身体与灵魂的斗争,同时也体现出前者对后者的胜出。肯尼不能容忍父亲,却经常来看他并寻求意见;他说话时父亲只要保持沉默就能破坏他话语的有效性,"我[凯普什]是他无法战胜的父亲,是个只要在场他的威力就会被压服的父亲"④,这与其是父亲对儿子的压服,不如是身体对灵魂的胜利。

凯普什的朋友奥希尼,虽未曾离弃家庭,却与年轻女子保持暧昧关系。他反对教授坠入爱河,认为情感招致毁灭,却认可肉体的放纵。他所主张的乃是身体对灵魂的高高架空,虽然没有完全摒弃后者。

康秀拉作为一名古巴流亡贵族的后裔,具有文化意识,身上体现出文化优雅的气质,但是她流亡的身份却暗喻着文化的没落。同时她深知文化虽使她着迷,却不能靠它生活,就如同她不能指望凯普什出席她的毕业晚会一样。内心无根漂泊的康秀拉,邂逅了凯普什,终于屈从肉体

---

① [美]菲利普·罗斯:《垂死的肉身》,吴其尧译,上海:上海译文出版社2010年版,第39—46页。
② 同上书,第43页。
③ 同上书,第107页。
④ 同上书,第87页。

的欲望，明知其爱情的不现实，却最终成了凯普什的情人。尽管她的高雅使她给予远胜于索取，但在这场无望的情感经历中，她既得到了"顺从的愉悦"，也得到了"主宰的愉悦"①。

小说中所有人物体现的都是肉体的突出和精神的沦落。20 世纪的现代社会中，肉体对精神的解构是无形而有力的。小说的扉页就引用埃德纳·奥勃兰恩的话语"身体的故事与头脑的一样多"②，揭示了肉体与灵魂的对立，同时也表述了两者各自在生活中所构筑的意义与波澜。

二　垂死的肉体　沉沦的灵魂

现代社会的进步意义就在于导致了物质的丰富与个体的自由，但其荒谬之处也恰在于此，它同时导致了精神的沦陷，导致了萨特所讲的人"被判处自由"，导致了 W. H. 怀特所定义的"组织人"，也导致了马尔库塞所宣称的必须与之对抗的一个"僵化的整体"③。现代社会物质的富饶与肉体的自由，使灵魂迷失了，死亡凸显出了世纪的现代症状，因为垂死的肉体缩放着现代社会的窘境与意义的丧失。

因此，垂死的奥希尼与垂死的康秀拉标志着肉体的脆弱与不堪一击，象征着现代社会的垂死和没落。小说表现的千禧年庆典中狂欢与表象的繁荣，揭示着现代生活的无序与意义的沦丧。

霍克海默认为现代社会出现了文化工业，严肃文化已被边缘化。而以文化作为谋生手段的凯普什教授，能强烈地感受到这种明显的危机，

---

①　[美] 菲利普·罗斯：《垂死的肉身》，吴其尧译，上海：上海译文出版社 2010 年版，第 7—37 页。
②　同上。
③　[英] 彼得·沃森：《20 世纪思想史（两卷本）》，朱进东等译，上海：上海译文出版社 2008 年版，第 476—585 页。

不免对自己的存在意义与价值大加疑问,哀叹"死寂将永远包围着人们"①。同时,对康秀拉而言,文化使她着迷,但她却不能靠它谋生②。英国学者斯诺指出存在着两种文化:自然科学文化与人文社会科学;这两种文化之间存在着彼此的排斥③。这种主张无疑清楚地表明了现代社会语境下,主体与客体的对立,物质肉体与精神的对立。

中世纪时,物质和肉体不自由的同时精神却是自由的,但现代社会却出现了这样一种困境:肉体和物质的自由与精神的不自由。正因为如此,弗洛姆认为在现代社会存在着个体化与孤独感的矛盾④。人一方面需要个体化而实现自由——身体与物质的自由,而另一方面却备受精神或者灵魂萎靡的痛苦折磨,正如德博尔在其著作《景观社会》中指出的一样:人们相信自己正在充分享受自由,但真实情况却是一群被动的旁观者而已⑤。

三　作家的反抗

弗洛伊德在其著作《文明及其不满》认为文明越先进,人们就面临越多的压抑。这种压抑主要是精神上的。华盛顿·欧文塑造了美国文学史上第一个质疑和逃避现实的文学形象——瑞普·凡·温克尔。自此以后,爱默生、梭罗、罗宾逊、菲茨杰拉德、海明威、塞林格、厄普代克、金斯堡均有类似主题的阐发:对人生功利与物欲的抨击与反思,对

---

① [美]菲利普·罗斯:《垂死的肉身》,吴其尧译,上海:上海译文出版社2010年版,第41页。
② 同上书,第6页。
③ [英]彼得·沃森:《20世纪思想史(两卷本)》,朱进东等译,上海:上海译文出版社2008年版,第542—543页。
④ 刘放桐:《新编现代西方哲学》,北京:人民出版社2000年版,第454页。
⑤ [英]彼得·沃森:《20世纪思想史(两卷本)》,朱进东等译,上海:上海译文出版社2008年版,第635页。

人身处其中的愤懑与痛苦的表述。而这也正反映了作者对于自身时代的态度与看法,因为作家作品必然蕴含着作家内在的、当下的历史感①,作家作品"既是个人的、又是一定时代精神和社会意识的折光"②。罗斯作为美国文学现阶段的领军人物,自然对这一历史命题作着进一步的思考。作为小说家,罗斯意识到了现代社会问题的存在,他毫无疑问地在他的小说中向读者提出了这一问题。正如昆德拉对罗斯所指出的:小说的智慧在于对一切都提出一个问题,而不是愚蠢地为一切提供一个答案③。

　　罗斯的诸多小说中表现出一种在现代社会语境下寻求个人的生存意义的努力与尝试。如同罗斯背弃了自己的犹太传统一样,他们挑战成见,挑战传统,努力地证实自己作为个人存在的价值,当然他们内心深处却也真实地存在着怯懦、迷失和绝望。凯普什作为其中一员,尤其作为一名知识分子,是罗斯所塑造人物的典型代表,集中体现了罗斯创作的主题:不甘沉沦,乏力抗争。

　　但是,这毕竟是一种抗争,是对现代社会处境的一种抗争,是对人类生存现状的提问,催人思索,尽管这种思索也许需要漫长的过程。

---

① 董晓:《试论苏联文学对历史的文本建构》,载《当代外国文学》,2010年第4期,第128页。
② 童庆炳主编:《文学理论教程(修订二版)》,北京:高等教育出版社2004年,第120页。
③ [美] 菲利普·罗斯:《行话》,蒋道超译,南京:译林出版社2010年版,第116页。

罗斯的《人性污点》：
又一场后现代主义社会的恶作剧？

一 引 言

美国作家菲利普·罗斯的小说《人性污点》叙述了一位富有成就感的古典文学教授科尔曼·希尔克如何为汹汹人言所陷，最终丧命于一场车祸的故事。这部小说使罗斯先后获得了2001年福克纳笔会奖和2001年W. H. 史密斯文学奖等四项奖项，可算罗斯创作生涯中一部非常重要的作品。

罗斯曾经说过"纯粹的好玩和极度的严肃是我最亲密的朋友。"[①] 在小说《骗局：一部小说》中，他写道："我写小说，人们说那是自传，我写自传，人们说那是小说，既然我是如此傻，他们那么聪明，就让他们决定它是什么或不是什么好了。"[②] 评论家罗伊尔也认为："在罗斯小说中，一个极为显要的主题就是要让读者阅读了一个事件、一种意识、

[①] Roth, Philip. "After Eight Books." Interview with Joyce Carol Oates. In Philip Roth (ed.). *Reading Myself and Others*. New York: Penguin, 1985, p. 111.

[②] Roth, Philip. *Deception: A Novel*. New York: Simon & Schuster, 1990, p. 190.

一个人物之后,却无法确定其意义,这种力求确定无疑的理解经历成了一项几乎不可能完成的任务。"① 帕里什则认为罗斯在《人性污点》与埃里森的《看不见的人》有诸多共通和相似之处。② 本文使用文本细读的方法,结合詹姆逊和拉康的有关后现代社会的论述探讨了这部小说的深层意义,认为它反映了后现代社会颠覆与消解之下人们的互相质疑和自我质疑,拷问了美国当代社会荒谬与反讽的历史状况,是一部"提出一个问题"的"恶作剧"。

二 科尔曼对《伊利亚特》的阐释

艾伦·布鲁姆的《走向封闭的美国精神》(*The Closing of the American Mind*)宣称西方思想的伟大经典作为智慧的源泉已经被忽视了。小说中,作为古典文学教授的科尔曼抱怨道:"在雅典娜教书,尤其是在20世纪90年代,教美国历史上绝对最无知的一代人,就像走在曼哈顿百老汇自说自话一样……"③ 对于简单套用时髦理论话语来解读古典文学作品,他对现任系主任黛芬妮·茹克丝愤慨地讲道"我难以理解……像你这样的法国学术背景的女性居然相信对于欧力比德斯能有一个女性主义视角,还居然相信这种视角不愚蠢……这不是什么视角,天哪,这是漱口水。只是最新式的漱口水而已。"④

布鲁姆指出"人文教育意味着阅读一些公认的经典书籍,阅读它们,让它们来决定问题是什么、如何来解决问题,而不是把它们强行塞

---

① Royal, Derek P. "Introduction: or 'Now Vee May Perhaps to Begin. Yes?'". In Derek P. Royal (ed.). *Philip Roth: New Perspectives on an American Author*. Westport: Praeger, 2005, p. 3.

② Parrish, Tim. "Becoming Black: Zuckerman's Bifurcating Self in *The Human Stain*". In Derek P. Royal (ed.). *Philip Roth: New Perspectives on an American Author*. Westport: Praeger, 2005, p. 209–223.

③ Roth, Philip. *The Human Stain*. New York: Vintage International, 2001, p. 192.

④ Ibid.

进我们杜撰的范畴,也不是视它们为历史产物,相反应当以作者所希望的方式来阅读这些经典书籍。"① 但是在课堂上,以教授古典文学为志业的科尔曼教授本人某种程度上也没有表现出对于经典应有的尊重。他没有"以作者所希望的方式"来阐述荷马史诗《伊利亚特》中阿基琉斯与阿伽门农之争,而将之解释为一场"为了一个年轻姑娘,为了她的肉体和为了性快乐贪欲的野蛮争吵",而且宣称欧洲文学就是源于这一场"对于一个火药库似的英雄王子(阿基琉斯)的阴茎特权、阴茎尊严的伤害"。②

韦伯认为人的行为动机非常复杂,因此他一直反对用实证主义方法来研究社会学。③ 他反对片面地、表面科学地解释人的行为,当然,他也不是鼓吹运用经验论,只是独辟蹊径地坚持使用一种阐释的方法来解释社会行为,即注重理解人的行为背后的目的与意义。对人的本质,马克思做出了科学的论断:"人的本质不是单个人所固有的抽象物,在其现实性上,它是一切社会关系的总和。"④ 显然在这一点上,马克思和韦伯的观点所异不胜所同,他们都认为人的行为动机是非常复杂的。当然,马克思更深一层次地认为对于人的行为必须从多种社会关系的综合系统来考虑其动机。

可是,科尔曼的上述阐释颠覆了一种英雄气概和理想主义,将英雄阿基琉斯的行为低俗地解释为源于性动机。科尔曼的说法显然源于弗洛伊德的力比多学说,将性冲动视为人类行为的根本原因,将人的自然属性凌驾于人的社会属性之上。这种解释既不符合韦伯的立场,更与马克思的学说观念完全相悖。

---

① Bloom, Allan. *The Closing of the American Mind*. New York: Simon & Schuster, 1987, p. 344.
② Roth, Philip. *The Human Stain*. New York: Vintage International, 2001, p. 5.
③ Rhoads, John K. *Critical Issues in Social Theory*. Philadelphia: The Pennsylvania State University Press, 1991, P. 40; Ferrante, Joan. *Sociology: A Global Perspective*. Belmont: Thomson Wadsworth, 2005, p. 21.
④ 《马克思恩格斯选集》(第一卷),中央编译局编译,北京:人民出版社,2012 年版,第 135 页。

詹姆逊指出：后现代文化中存在着一种"无深度感"以及"一种随之而来的历史感的弱化"；梵高在作品《农人的鞋》中极力用艺术创作作为补偿，创造"一个全面的乌托邦式的感官世界"。① 科尔曼的解释无疑体现了"无深度感"和"历史感的弱化"，他没有努力地挖掘英雄行为的深层次尤其社会历史原因，没有努力地将英雄行为置于当时的历史状况中加以分析，没有对人生命运、社会历史现实和世界状况做出深刻而追问的解释和思考，而是做出了一个平面而无深度的、片面的解释。而且，这种解释还抹平了"崇高感"，将《伊利亚特》这部神话史诗所努力构建的复杂丰富的情感乌托邦仅仅还原为一个关于性快感的表面世界。这正是体现了后现代社会文化的典型特征，也正体现了布鲁姆的担忧——"那些致力于解构主义理论的文学教授推行一种非理性主义，以及对于真理标准的怀疑主义，从而将真正的哲学所传达的道德诉求消解了……"② 真正意义上的真善美变成了被解构、消解乃至嘲弄的对象，即使是科尔曼，一个毕生教授古典文学的教授也有意无意地充当了消解和颠覆的先锋。

而科尔曼的同事茹克丝则更是后现代社会消解和颠覆的典型代表：她"以一种炫耀的、但并不一定就是不友善的方式……系统而且存心故意地仿拟各种怪异反常"。③ 她拒绝使用科尔曼的"标准规范"，那套科尔曼"自从20世纪50年代以来"就一直使用的"毫无兴味的纯粹文学视角""僵化的教学法""批评希腊悲剧的所谓人文主义视角"。④ 她喜欢使用女性主义视角来看待问题，她甚至浅薄地认为芳尼娅成了自己的替身而被科尔曼性虐待。悖谬的是，作为一名学者，她却热衷突出自己

---

① Jameson, Fredric. *Postmodernism, or the Cultural Logic of Late Capitalism*. Durhem：Duke University Press, 1991, p.6 - 7.
② Bloom, Allan. *The Closing of the American Mind*. New York：Simon & Schuster, 1987, p.379.
③ Jameson, Fredric. *Postmodernism, or the Cultural Logic of Late Capitalism*. Durhem：Duke University Press, 1991, p.16.
④ Roth, Philip. *The Human Stain*. New York：Vintage International, 2001, p.191 - 193.

的"性符号"特征,喜欢通过与男同事们调情来获取一种影响他们的权力,最终被任命为系主任。

当学生爱丽娜向茹克丝抱怨科尔曼古板的授课方式时,他轻蔑地对茹克丝讲道"她之所以跑来找你,极有可能因为你是她鹦鹉学舌模仿的对象",并将茹克丝热衷的女性主义批评方法蔑称为"最新式的漱口水而已"。① 很显然,茹克丝仅仅热衷于用表面或片面的视角来解读意义深远的文学作品,完全不愿也不能体会伟大文学作品所呈现的深刻而全面的情感乌托邦世界。

令茹克丝恼火的是,在她已获取系主任权力地位之时,高傲的科尔曼却依然表现得非常桀骜不驯与居高临下,认为"她就其年龄而言很聪明,太聪明了,但在情感方面却不及格,而且在其他多数方面严重发育不良。"②

拉康在"符号级"的概念中,把弗洛伊德俄狄浦斯情结的"生理欲求关系变为具有社会文化意义的结构",强调儿童"对父亲的名位认同"。③ 父亲成了一套既定文化统治系统的象征,儿童对父亲的敬畏或敌意源于对这套文化系统的顺从与反抗。在科尔曼面前,茹克丝外表、语言、学者风范都做得很棒,"可是他看她的神情却俨然她还是一个小学生,是无足轻重先生和无足轻重太太的微不足道小屁孩而已。"④ 某种意义上说,茹克丝对科尔曼的仇恨源自于对科尔曼象征着社会文化系统的"父亲名位"的深层次仇视与反抗,尤其当她发现科尔曼不像其他人那样慑服于她的女性魅力与权力时。后现代社会弥漫着这种解构和颠覆,这固然有助于摆脱那些陈腐的事物和观念,却也造就了一个没有中心的混乱世界,毁掉了人类社会生存所必需的相对稳定的秩序和相对稳定的价值观念体系。

---

① Roth, Philip. *The Human Stain*. New York: Vintage International, 2001, p. 192.
② Ibid., p. 187.
③ 方汉文:《后现代主义文化心理:拉康研究》,上海三联出版社,2000年版,第216页。
④ Roth, Philip. *The Human Stain*. New York: Vintage International, 2001, p. 185.

后现代社会导致"主体自身的'死亡'","当你将自身的主体性构建为一个自足而封闭的疆域和王国时,你也就将自己与其他的一切隔绝开来,将自己关进了个体单元精神丧失的孤独状态……将自己关进一个没有出路的牢房之中"。① 这种"死亡"主要指的是主体精神的死亡。在后现代社会里,人人都竭力地要证明自身的主体性,每个人的存在意义和价值就都需要经过别人的质疑和最终认可,那么人人都变成了需要证实自己合法性的躯壳。人人都在证明着自己,质疑着别人,世界变成了一个多元的、去中心的、嘈杂的无秩序的世界,一切都处于重新组合与重新估价之中,这样真正的价值——真善美就必然得到了怀疑甚至颠覆。精神价值的被怀疑,尤其是人们存在意义本身的被颠覆,使人们失去了生活的方向,精神无所依归,从而陷于一片迷茫、痛苦、互相质疑与自我质疑之中,人人都变成了彼此隔绝、彼此质疑的无力而卑怯的个体。考虑到这一点,我们就很容易理解以下状况了:科尔曼的同事们在科尔曼的事件上个个保持沉默,即使是受惠于科尔曼的赫伯特·柯博尔;律师普利姆斯只是劝科尔曼放弃对于芳尼娅的感情,而不是帮他寻求正义;科尔曼的儿子杰夫,身为一名大学教授居然也听信芳尼娅流产了的传言,甚至冷漠到不愿听父亲的解释。② 在此情境之下,遭受学生和同事质疑的科尔曼选择了通过肉体的放纵来麻痹自己痛苦而孤独的灵魂,沉湎于与芳尼娅的肉体狂欢中。不过,科尔曼自始至终是不屈服的,他一直在抗争直至生命终结。

三 历史的嘲讽

相貌英俊的科尔曼出身于黑人,可是他的肤色却很浅,极似白人。

---

① Jameson, Fredric. *Postmodernism, or the Cultural Logic of Late Capitalism*. Durhem: Duke University Press, 1991, p. 15.
② Roth, Philip. *The Human Stain*. New York: Vintage International, 2001, p. 171 – 174.

他幼小时才智出众,学业优秀,热爱运动,野心勃勃,企图运用自己的努力改变自身的地位。他遵从父命就读具有黑人传统的霍华德大学,却处处遭遇种族歧视的冷眼;博学而正直的父亲一生勤苦却最终死在火车服务员的岗位上;在妓院,因黑人身份暴露,科尔曼被扔到大街上;恋人斯蒂娜也因为他的种族身份而最终弃他而去。这一切促使他决定和家人断绝关系,以犹太人身份去追求成功。伤心欲绝的母亲说道"你白得像雪,却像一个奴隶一样思维","我只能告诉你,没有逃避,你所有的逃避只会使你回到起点。"① 母亲的话语指出了科尔曼抗争外表之下内心的怯懦,同时也如同希腊神谕一样预言了他若干年后的结局。

科尔曼在担任院长职务时,力行奖掖新人,迫使那些不思进取的教授纷纷离职或退休。从某种意义来讲,科尔曼的行为正隐喻了"现代性"的历史进程——"现代性就是理性,是黑格尔的时代精神,它代表人类历史上空前伟大而强劲的变革逻辑","现代性的核心,正是主体性。它是理性得以产生、壮大,并且战无不胜的源泉。"② 自启蒙以来,西方开始了一场理性革命,宗教渐渐失去了长期以来的统治地位,取而代之的是科学、理性、民主、平等等"现代性"概念。这些概念均体现着一种人自身作为主体的思考和以人自身作为中心对传统的改造或抛弃。"现代性"的这场运动空前巨大,它使人类千百年来建立的知识观念体系轰然崩塌。因此,"现代性"是建立在传统的废墟之上的,正如同科尔曼抛弃了自己的家庭、自己的种族和自己的历史一样。

"现代性"颠覆了传统,同样在后现代社会"现代性"也遭遇到了自己的滑铁卢,正如同科尔曼抛弃了自己的家庭,而他自己也最终被无情抛弃一样。后现代社会那片面而无深度的文化特征造成了科尔曼的悲剧:旷课的黑人学生投诉他涉嫌种族歧视,尽管他坚持说他使用的是

---

① Roth, Philip. *The Human Stain*. New York: Vintage International, 2001, p. 139 – 140.
② 赵一凡:《西方文论讲稿》,北京:生活·读书·新知三联书店,2007年版,第13,21页。

"spooks"这个词的"鬼魂"之意,并非对于黑人的蔑称,而且他们从未谋面他根本不知道她们是黑人;同事们这时都个个明哲保身,没人愿意听他辩解;他与清洁女工芳尼娅的爱情也被同事茹克丝指责为"性盘剥"。① 作为院长,科尔曼教授即将荣誉退休,这时他出于反抗的义愤决然辞职。在作家祖克曼的屋中,科尔曼"四处走动……就如同被斩首的小鸡继续前行一样"。② 透过祖克曼的眼睛,罗斯进一步描写了科尔曼的悲惨境况:"那是一张一度修饰得很好、显得年轻帅气的年长者的脸。可现在,他的脸颊已深陷……并且奇怪得令人厌恶,更有可能是他内心激荡的所有情绪的负面结果扭曲所产生的……那是一张青肿的脸,像在菜场摊架上被碰下的一块水果,让那些行人四处踢踏,毁掉了。"③ 罗斯深刻而意味深长的描画生动地再现了科尔曼的沮丧和狼狈,落难的他深刻体会到了詹姆逊所谓的"在官僚架构的世界中,古典资本主义和核心家庭时期一度居于中心的主体已经消解了"。④ 在这里面,我们看不到科尔曼的个人尊严被尊重,更看不到同情和愿意倾听的意向,有的只是科尔曼形单影只的神思恍惚与尊严的被践踏。

衡诸他的遭遇,我们只能说历史和科尔曼开了个嘲讽的玩笑:历史赋予他勃勃的雄心,赋予他聪颖强健的天资,更关键的是赋予他一张"像百合花一样白"的面孔,又诱使他最终狠下决心与家人断绝关系,但是却在他终获成功,即将荣誉退休之际,又以曾经阻挡他前进的巨大障碍物——种族歧视将他掀翻在地,并且以汹汹流言加剧了他的孤独困境。

茹克丝处心积虑地写匿名信造谣诬陷科尔曼,甚至连他已经葬身车祸时也不放过,污蔑他闯入自己办公室电脑发送令她丢脸的电子邮件。

---

① Roth, Philip. *The Human Stain*. New York: Vintage International, 2001, p. 6, 38.
② Ibid., p. 11.
③ Ibid., p. 11-12.
④ Jameson, Fredric. *Postmodernism, or the Cultural Logic of Late Capitalism*. Durhem: Duke University Press, 1991, p. 15.

一直以来，茹克丝努力地颠覆着科尔曼的形象，却不料自己内心理想情人的特征集中起来居然指向他。她所努力颠覆和消解的对象却居然是她梦寐以求的，这种来自历史的嘲讽连她自己也大吃一惊！

在葬礼上，赫伯特·柯博尔开始自我忏悔，谴责自己对于科尔曼困境的无视和冷漠。这种忏悔依然是来自历史对现实的嘲讽，因为在一个自由和平等近乎泛滥的国度和社会，个体却显得那么的无力与软弱。本是越战老兵的法雷，得了战争精神创伤紊乱症，却不能得到政府有效的救助，最终，他被历史缔造成了制造科尔曼车祸的冷血谋杀者。作家祖克曼向警局、科尔曼的子女、芳尼娅的老父、科尔曼的妹妹指控法雷制造了车祸，可是却没有为死者带来正义。在小说结尾，法雷对祖克曼的话很耐人寻味"你现在知道了我的秘密地点。还有那个。你一切都知道了……但是你不会告诉任何人的，对吧？……你学会了不把任何事说出去"。① 在正义距离人们最近的时代，正义却失语了，难道这不是历史的嘲讽？

四 是恶作剧吗？

在一篇文章中，罗斯写道"我自己不但被称为恶作剧制造者，而且被一些受到冒犯的读者谴责……在他们眼中，我制作的恶作剧不是娱乐性的而是严肃的恶作剧，不是负责任的而是不负责任的恶作剧……我的恶作剧制作成了一件绝非令人欣慰的事情，它成了一个威胁，成了一个丑闻。"②

在《人性污点》这部小说中，最值得读者同情的、自称不识字的芳尼娅，却居然留下了一本记录她人生轨迹的日记，而且被继母指责未婚

---

① Roth, Philip. *The Human Stain*. New York: Vintage International, 2001, p. 6, 359 – 360.
② Roth, Philip. "A Bit of Jewish Mischief". *New York Times Book Review*. 7 Mar. 1993: 1, 20.

生子、偷钱酗毒；人们相信谣言，却懒得追求正义；在小说里面，罗斯通过科尔曼的妹妹厄妮斯丁之口，指出了在美国执行"反歧视措施"的同时，却长期掩盖黑人马修·黑森最早发现北极、泰京·诺基最早发现珠穆朗玛峰的历史事实。那么，罗斯在《人性污点》这部小说里面，还是在制造恶作剧吗？他到底是在同情还是在嘲讽，是在批判还是在赞颂？

在小说里面，祖克曼，罗斯的一个影子叙事者表白道，"他（科尔曼）的困境对我来说很重要，尽管我下决心在我剩下的时间里，不再关心任何事，除了日常工作要求之外……甚至都不关心我自己的生活，更别提别人的了。"① 这正是罗斯的态度：他憎恨这个世界，决心远离它，可是他却不能掩盖他内心对这个现实世界的牵挂，尤其在他认为这个世界需要他的时候。

2009 年 10 月谈起文学时，罗斯说道，"25 年来我还是挺乐观的……我一直认为人们会读文学作品，但是人数会是很少一部分……我想很难做到那种集中精神、聚焦和认真的状态——很难找到人数众多的人，很多人，数量很可观的人具备这些品质。"② 罗斯的这番话揭示出他内心对文学失落的惆怅。这种日暮途穷的心结，科尔曼——作品中罗斯的另一个影子已经清楚地表达出来了。厄妮斯丁，科尔曼的妹妹也说道，"他们（学生们）甚至都没听说过《白鲸》，更别提读了。"③

在小说里，罗斯以祖克曼之口痛心地讲道"……半数以上的世界注定要承受社会政策的病理性虐待……个人生活被以史无前例的规模摧毁着，意识形态领域的罪犯摧毁了民族，奴役着人们，夺走他们的一切，整个人类如此的灰心丧气，早上都没有了起床面对新的一天的一点点愿

---

① Roth, Philip. *The Human Stain*. New York: Vintage International, 2001, p. 43.
② Flood, Alison. "Philip Roth Predicts Novel Will Be Minority Cult within 25 Years". *The Guardian*. October 26, 2009.
③ Roth, Philip. *The Human Stain*. New York: Vintage International, 2001, p. 329.

望……而在这儿他们却在芳尼娅·法雷这件事上严阵以待"。① 罗斯不能理解人们的这种种荒谬举动:越来越拒绝深刻,越来越走向表面化;忽视或者怯懦于反抗巨大的、真正的邪恶,却对于一个弱者步步相逼。昆德拉曾经对罗斯指出:小说的智慧在于对一切都提出一个问题,而不是愚蠢地为一切提供一个答案②。如果《人性污点》是罗斯的又一部"恶作剧"小说的话,那它也一定是一部"提出一个问题"的"恶作剧"。罗斯正是要用这种"恶作剧"的写作方式,引导读者思考他们荒谬的生活现状。

五 结 语

通过这部小说,罗斯呈现了后现代语境下美国的社会状况,呈现了后现代社会颠覆与消解之下人们的互相质疑和自我质疑,拷问了美国当代社会的荒谬状况。

对于这种现状,罗斯写道"离人远点,离上帝近点",这句话成了《人性污点》这部书的最后注解。③ 讽刺的是,这话却是通过法雷之口表述出来的。这正是罗斯的高明所在,他正是要让法雷,这个以惨痛的方式经历了后现代社会荒谬之处的受害者和施暴者指出它的出路何在。

---

① Roth, Philip. *The Human Stain*. New York: Vintage International, 2001, p. 154.
② [美]菲利普·罗斯:《行话》,蒋道超译,南京:译林出版社,2010年版,第116页。
③ Roth, Philip. *The Human Stain*. New York: Vintage International, 2001, p. 360.

参考文献

英文

1. Baumgarten, Murry, and Barbara Gottfried. *Understanding Philip Roth*. Columbia: University of South Carolina Press, 1990.

2. Bettelheim, Bruno. "Portnoy Psychoanalyzed." *Midstream* (June/July 1969): 3 – 10.

3. Bloom, Allan. *The Closing of the American Mind*. New York: Simon & Schuster, 1987.

4. Bloom, Harold, ed. *Philip Roth*. New York: Chelsea House, 1986, Rev. ed., 2003.

5. —, ed. *Philip Roth's Portney's Complaint*. New York: Chelsea House, 2004.

6. Brauner, David. *Philip Roth*. Manchester, UK: Manchester University Press, 2007.

7. Cooper, Alan. *Philip Roth and the Jews*. Albany: State University of New York Press, 1996.

8. "Dr. Paul Tillich, Outstanding Protestant Theologian", *The Times*, 25 Oct 1965.

9. Ferrante, Joan. *Sociology: A Global Perspective*. Belmont: Thomson Wadsworth, 2005.

10. Flood, Alison. "Philip Roth Predicts Novel Will Be Minority Cult within 25 Years". *The Guardian*. October 26, 2009.

11. Garraty, John A. *A Short History of the American Nation*. New York: Harper & Row, Publishers, 1985.

12. Gooblar, David. *The Major Phases of Philip Roth*. New York: Continuum, 2011.

13. Halio, Jay. *Philip Roth Revisited*. New York: Twayne, 1992.

14. Husband, Julie. "Female Hysteria and Sisterhood in *Letting Go* and *When She Was Good*". In *Philip Roth: New Perspectives on an American Author*. Westport: Praeger, 2005, 25-41.

15. Jameson, Fredric. *Postmodernism, or the Cultural Logic of Late Capitalism*. Durhem: Duke University Press, 1991.

16. Jones, Judith Paterson, and Guinevera A. Nance. *Philip Roth*. New York: Ungar, 1981.

17. Lee, Herminone. *Philip Roth*. New York: Methuen, 1982, Rpt. 2010.

18. Lukacs, Georg. *History and Class Consciousness*. Trans. Rodney Livingstone. Cambridge: MIT Press, 1971.

19. McDaniel, John N. *The Fiction of Philip Roth*. Haddonfield, N. J.: Haddonfield House, 1974.

20. Meeter, Glenn. *Bernard Malamud and Philip Roth: A Critical Essay*. Grand Rapids, Mich: Eerdsmans, 1968.

21. Milbauer, Asher Z., and Donald G. Watson, eds. *Reading Philip Roth*. New York: St. Martin's Press, 1988.

22. Milowitz, Stephen. *Philip Roth Considered: the Concentrationary*

Universe of the American Writer. New York: Garland Press, 2000.

23. The Modern Language Association of America. *MLA Handbook for Writers of Research Papers*.

24. Nadel, Ira. *Philip Roth: A Literary Reference to His Life and Work*. New York: Facts on File, 2011.

25. Ozick, Cynthia. *Art and Ardor*. New York: Knopf, 1983.

26. Parrish, Timothy, ed. *The Cambridge Companion to Philip Roth*. Cambridge: Cambridge University Press, 2007.

27. Pinsker, Sanford. *The Comedy That "Hoits" an Essay on the Fiction of Philip Roth*. Columbia: University of Missouri Press, 1975.

28. —. *Critical Essays on Philip Roth*. Boston: G. K. Hall, 1982.

29. Posnock, Ross. *Philip Roth's Rude Truth, The Art of Immaturity*. Princeton, NJ: Princeton University Press, 2006.

30. Pozorski, Aimee. *Roth and Trauma, the Problem of History in the Later Works (1995–2000)*. New York: Continuum, 2011.

31. Rodgers, Bernard E., Jr. *Philip Roth*. Boston: Twayne, 1978.

32. Roth, Philip. "A Bit of Jewish Mischief". *New York Times Book Review* 7 Mar. 1993: 1₊.

33. —. "After Eight Books." Interview with Joyce Carol Oates. In Philip Roth (ed). *Reading Myself and Others*. New York: Penguin, 1985.

34. —. *American Pastoral*. New York: Vintage Books, 1997.

35. —. *Deception: A Novel*. New York: Simon & Schuster, 1990.

36. —. *The Dying Animal*. Boston: Houghton Mifflin, 2001.

37. —. *The Human Stain*. New York: Vintage Books, 2001.

38. —. *The Plot against America*. Boston: Houghton Mifflin, 2004.

39. Royal, Derek P. "Pastoral Dreams and National Identity in *American Pastoral* and *I Married a Communist*." In *Philip Roth: New Perspectives on an*

American Author. Westport: Praeger, 2005: 185 – 207.

40. —. *Philip Roth: New Perspectives on an American Author.* Westport: Praeger, 2005.

41. Safer, Elaine. *Mocking the Age, The Later Novels of Philip Roth.* Albany: State University of New York Press, 2006.

42. Salinger, J. D. *The Catcher in the Rye.* New York: Penguin Books, 1958.

43. Searle, George J. *The Fiction of Philip Roth and John Updike.* Carbondale: Southern Illinois University Press, 1985.

44. Shechner, Mark. *Up Society's Ass, Copper: Rereading Philip Roth.* Madison: University of Wisconsin Press, 2003.

45. Shostak, Debra. *Philip Roth——Countertexts, Counterlives.* Columbia: University of South Carolina Press, 2004.

46. —, ed. *Philip Roth: American Pastoral, The Human Stain, The Plot Against America.* New York: Continuum, 2011.

47. Solomon, Robert C. "Subjectivity," in Honderich, Ted. *Oxford Companion to Philosophy.* Oxford University Press, 2005.

48. Statlander, Jane. *Philip Roth's Postmodern American Romance: Critical Essays on Selected Works.* New York: Peter Lang, 2010.

49. Tillich, Paul. *Dynamics of Faith.* New York: Harper & Row, 1957.

50. Wade, Stephane. *Imagination in Transit: The Fiction of Philip Roth.* Sheffield, UK: Sheffield Academic Press, 1996.

中文

1. 艾尔文·古德纳:《知识分子的未来和新阶级的兴起》,顾晓辉、蔡嵘译,南京:江苏人民出版社,2006 年。

2. 爱德华·萨义德:《知识分子论》,单德兴译,北京:生活·读书·新知三联书店，2002 年。

3. 保罗·蒂利希：《存在的勇气》，成显聪、王作虹译，陈维正校，贵阳：贵州人民出版社，1988 年。

4. 保罗·蒂里希：《政治期望》，徐钧尧译，成都：四川人民出版社，1989 年。

5. 彼得·沃森：《20 世纪思想史》（两卷本），朱进东等译，上海：上海译文出版社，2008 年。

6. 布尔迪厄：《现代世界的知识分子的角色》，转引自崔卫平编：《知识分子二十讲》，天津：天津人民出版社，2009 年。

7. 布林顿、克里斯多夫、吴尔夫：《西洋文化史》（第四卷），刘景辉译，台湾学生书局，1984 年。

8. 常耀信：《美国文学简史》，天津：南开大学出版社，2003 年。

9. 常耀信：《美国文学选读》（上下），天津：南开大学出版社，1991 年。

10. 陈鼓应：《悲剧哲学家尼采》，上海：上海人民出版社，2006 年。

11. 陈勋武：《哈贝马斯评传》，广州：中山大学出版社，2008 年。

12. 陈中梅：《荷马的启示——从命运观到认识论》，北京：北京大学出版社，2009 年。

13. 成中英，杨庆中：《从中西会通到本体诠释——成中英教授访谈录》，北京：中国人民大学出版社，2013 年。

14. 丹尼尔·贝尔：《资本主义文化矛盾》，赵一凡、蒲隆、任晓晋译，北京：生活·读书·新知三联书店，1989 年。

15. 岛田虔次：《中国思想史研究》，邓红译，上海：上海古籍出版社，2009 年。

16. 笛卡尔：《方法谈》，十六—十八世纪西欧各国哲学，北京大学哲学系编译，北京：商务印书馆，1963 年。

17. 方汉文：《后现代主义文化心理：拉康研究》，上海：上海三联书店，2000 年。

18. 方汉文：《比较文明学》，（五卷本），北京：中华书局，2014 年。

19. 菲利普·罗斯：《行话：与名作家论文艺》，蒋道超译，南京：译林出版社，2010 年。

20. 冯亦代：《菲利普·罗斯当了间谍》，《读书》，1993 年第 8 期。

21. 冯亦代：《罗思的〈传统继承〉》，《读书》，1991 年第 7 期。

22. 冯亦代：《罗思新作〈萨巴斯的戏剧〉》，《读书》，1996 年第 3 期。

23. 冯友兰：《中国哲学简史》，天津：天津社会科学院出版社，2005 年。

24. 弗兰克·富里迪：《知识分子都到哪里去了》，戴从容译．南京：江苏人民出版社，2012 年。

25. 弗朗西斯·福山：《历史的终结与最后的人》，陈高华译，桂林：广西师范大学出版社，2014 年。

26. 弗里德里希·哈耶克：《科学的反革命——理性滥用之研究》，冯克利译，南京：译林出版社，2003 年。

27. 顾忠华：《韦伯学说》，桂林：广西师范大学出版社，2004 年。

28. 赫伯特·马尔库塞：《单向度的人：发达工业社会意识形态研究》，刘继译，上海：上海世纪出版集团，2008 年。

29. 黑格尔：《历史哲学》，王造时译，上海：上海世纪出版集团，2006 年。

30. 洪春梅：《〈人性的污秽〉的创伤叙事》，《文学教育》（上），2014 年第 3 期。

31. 黄铁池：《不断翻转的万花筒——菲利普·罗斯创作手法流变初

探》,《上海师范大学学报》(哲社版),2009 年第 1 期。

32. 黄铁池:《追寻"希望之乡"——菲利普·罗斯后现代实验小说〈反生活〉解读》,《外国文学研究》,2007 年第 6 期。

33. 黄铁池,苏鑫:《美国犹太移民的新一代——菲利普·罗斯早期小说世界》,《外国文学研究》,2013 年第 3 期。

34. J. D. 塞林格,《九故事》,李文俊,何上峰译. 北京:人民文学出版社,2010 年。

35. 金明:《菲利普·罗斯作品中的后现代主义色彩》,《当代外国文学》,2002 年第 1 期。

36. 金万锋,李增:《文与时的对话——菲利普·罗斯早期批评思想概观》,《东北师范大学学报》(哲社版),2011 年第 3 期。

37. 金万锋,邹云敏:《生命中难以承受之"耻"——评菲利普·罗斯新作〈复仇女神〉》,《长春工业大学学报》(社会科学版),2011 年第 2 期。

38. 卡尔·博格斯:《知识分子与现代性危机》,李俊、蔡海榕译,南京:江苏人民出版社,2006 年。

39. 克利福德·格尔茨:《文化的解释》,韩莉译,南京:译林出版社,2008 年。

40. 拉塞尔·雅各比:《最后的知识分子》,洪洁译,南京:江苏人民出版社,2006 年。

41. 劳思光:《新编中国哲学史》(三卷本),桂林:广西师范大学出版社,2005 年。

42. 李泽厚:《历史本体论·巳卯五说》,北京:生活·读书·新知三联书店,2008 年。

43. 李泽厚:《实用理性与乐感文化》,北京:生活·读书·新知三联书店,2008 年。

44. 李泽厚：《中国古代思想史论》，北京：生活·读书·新知三联书店，2008 年。

45. 梁漱溟：《人心与人生》，上海：上海人民出版社，2011 年。

46. 刘洊波：《英美文学史及作品选读》（美国部分），北京：高等教育出版社，2001 年。

47. 陆凡：《菲利普·罗斯新著〈鬼作家〉评介》，《文史哲》，1980 年第 1 期。

48. 罗念生：《罗念生全集：荷马史诗·伊利亚特》第五卷，上海：上海人民出版社，2007 年。

49. 罗小云：《〈夏洛克行动〉中内心探索的外化策略》，《当代外国文学》，2009 年第 3 期。

50. 罗小云：《边缘生存的想像：罗斯的〈反美阴谋〉中的另类历史》，《外国语文》，2012 年第 5 期。

51. 罗小云：《变形与阐释：菲利普·罗斯的凯普什系列小说》，《外国文学》，2015 年第 3 期。

52. 罗小云：《沉默的悲剧：罗斯在〈愤怒〉中的历史重建》，《当代外国文学》，2013 年第 1 期。

53. 罗小云：《来自悲壮西征的经典标准：罗斯的〈伟大美国小说〉》，《国外文学》，2016 年第 3 期。

54. 罗小云：《流散与回归：罗斯〈反生活〉的双重人格困扰》，《当代外国文学》，2016 年第 4 期。

55. 罗小云：《叛逆与回归：菲利普·罗斯作品的身份焦虑》，《外国语文》，2017 年第 1 期。

56. 罗小云：《虚构与现实：菲利普·罗斯小说的自传性》，《英语研究》，2012 年第 3 期。

57. 罗小云：《走向新现实主义的菲利普·罗斯——解读小说〈美

国牧歌〉》,《英语研究》,2005 年第 1 期。

58.《马克思恩格斯选集》（第一卷），北京：人民出版社，2012 年。

59. 马克斯·韦伯：《社会经济史》，郑太朴译，北京：中国法制出版社，2011 年。

60. 马克斯·韦伯：《新教伦理与资本主义精神》，康乐、简惠美译，桂林：广西师范大学出版社，2007 年。

61. 马泰·卡林内斯库：《现代性的五副面孔》，顾爱彬、李瑞华译，南京：译林出版社，2015 年。

62. 冒从虎，王勤田，张庆荣：《欧洲哲学通史》（上下），天津：南开大学出版社，1985 年。

63. 庞朴：《说"仁"》，《文史哲》，2011 年第 3 期。

64. 朴玉：《承载历史真实的文学想象——论〈愤怒〉中的历史记忆书写》，《当代外国文学》，2014 年第 4 期。

65. 朴玉：《评菲利普·罗斯在〈反美阴谋〉中的历史书写策略》，《当代外国文学》，2010 年第 4 期。

66. 朴玉：《斯人已去，往生只可追忆——菲利普·罗斯的〈普通人〉解读》，《名作欣赏》，2009 年第 24 期。

67. 朴玉，张而立：《倾其一生，难寻理想自我——解读菲利普·罗斯的〈普通人〉》，《当代外国文学》，2008 年第 1 期。

68. 乔国强：《后异化：菲利普·罗斯创作的新视域》，《外国文学研究》，2003 年第 5 期。

69. 乔治·梅尔森：《达尔文与物种起源》，侯静译，大连：大连理工大学出版社，2008 年。

70. 曲佩慧：《用身体来书写身份——罗斯小说中的身体写作研究》，《文艺争鸣》，2013 年第 2 期。

71. 曲佩慧：《用小说书写人生——罗斯的自传分析》，《文艺争鸣》，2012 年第 8 期。

72. 史元辉：《罗斯的〈人性污点〉：又一场后现代主义社会的恶作剧?》，《外语教学》，2015 年第 3 期。

73. 苏鑫：《菲利普·罗斯大屠杀书写的语境与特征》，《中南大学学报》（社科版），2014 年第 5 期。

74. 苏鑫：《菲利普·罗斯自传性书写的伦理困境》，《外国文学研究》，2015 年第 6 期。

75. 苏鑫：《美国犹太作家菲利普·罗斯文学世界的流变》，《湘潭大学学报》（哲学社会科学版），2012 年第 2 期。

76. 苏鑫：《死亡逼近下的性爱演说——解读菲利普·罗斯〈垂死的肉身〉》，《名作欣赏》，2010 年第 18 期。

77. 苏鑫，黄铁池：《"我作为男人的一生"——菲利普·罗斯小说中性爱书写的嬗变》，《外国文学研究》，2011 年第 1 期。

78. 泰格·利维：《法律与资本主义的兴起》，纪琨译，上海：学林出版社，1996 年。

79. 陶洁：《美国文学选读》，北京：高等教育出版社，2005 年。

80. 万志祥：《从〈再见吧，哥伦布〉到〈欺骗〉——论罗斯创作的阶段性特征》，《外国文学研究》，1993 年第 1 期。

81. 威尔·杜兰特：《西方哲学简史》，梁春译，北京：新世界出版社，2005 年。

82. 吴冠军：《多元的现代性》，上海：上海三联书店，2002 年。

83. 吴伟仁：《美国文学史及选读》（一、二），北京：外语教学与研究出版社，1992 年。

84. 尤尔根·哈贝马斯：《交往行为理论》（第一卷），曹卫东译，上海：上海人民出版社，2004 年。

85. 尤尔根·哈贝马斯：《现代性的哲学话语》，曹卫东译，南京：

译林出版社，2011年。

86. 袁雪生：《论菲利普·罗斯小说的伦理道德指向》，《江西社会科学》，2008年第9期。

87. 袁雪生：《身份隐喻背后的生存悖论——读菲利普·罗斯的〈人性的污秽〉》，《外国文学研究》，2007年第6期。

88. 袁雪生：《身份逾越后的伦理悲剧——评菲利普·罗斯的〈美国牧歌〉》，《当代外国文学》，2010年第3期。

89. 袁雪生：《以死亡探寻生命的意义——评菲利普·罗斯的〈凡夫俗子〉》，《南昌大学学报》，2009年第1期。

90. 曾艳钰：《"政治正确"之下的认同危机——〈春季日语教程〉和〈人性的污秽〉研究》，《当代外国文学》，2012年第2期。

91. 曾艳钰：《对应的"辩护文本"——菲利普·罗斯"自传"小说研究》，《外国文学》，2012年第1期。

92. 张凤阳：《现代性的谱系》，南京：江苏人民出版社，2012年。

93. 张生庭：《冲突的自我与身份的建构——〈被缚的朱克曼三部曲〉研究》，上海外国语大学博士论文，2004年。

94. 张生庭：《与影共舞——〈解放了的朱克曼〉中的"自我"隐喻解读》，《湖南大学学报》（社会科学版），2013年第2期。

95. 张生庭，张真：《腹语者的游戏——〈解放了的朱克曼〉的自我隐喻解读》，《外语与外语教学》，2014年第3期。

96. 张生庭，张真：《书写的痛苦与"痛苦"的书写——解读〈解剖课〉》，《外语教学》，2015年第4期。

97. 张生庭，张真：《自我身份的悖论——菲利普·罗斯创作中的身份问题探究》，《外语教学》，2012年第4期。

98. 张生庭，张真：《〈朱克曼〉三部曲的叙述学阐释》，《西北师大学报》（社科版），2005年第4期。

99. 张武德:《当代美国犹太裔作家笔下的异化内涵》,《西北师大学报》(社科版),1997年第2期。

100. 赵林:《西方文化概论》,北京:高等教育出版社,2008年。

101. 赵一凡:《西方文论讲稿》,北京:生活·读书·新知三联书店,2007年。

102. 仲子:《菲利普·罗斯的〈对立的生活〉》,《读书》,1987年第9期。

103. 朱熹:《四书集注》,西安:三秦出版社,1998年。

后 记

当真的要为自己这本书，也是第一本书，写一篇后记的时候，我突然感到自己好像不知如何说起了。

我大学毕业于20世纪90年代，师范英语专业毕业后回到家乡做了一名中学英语教师。平淡的生活之余，我决定继续读书深造。

做出一个决定很容易，但要实现它却完全是另外一回事，个中滋味、冷暖自知。此后的艰辛努力终于有了结果，2002年6月我收到了西安外国语大学的研究生录取通知书。

21世纪初的西安，人声鼎沸，车水马龙，让我时时刻刻都能感受到一种现代化日新月异的气息和氛围。

不过，渐渐地我隐隐觉得这种繁华和喧嚣的背后有着一种令人不安的焦虑。马路上人们川流不息，车来车往，彼此都有一种争先恐后的架势，充分展现了社会的变革与人心的浮躁。

2003年的一天，我在一个书摊上不经意看到了美国作家塞林格的名作《麦田里的守望者》。这书我知道，但没读过，只大约知道是关于一个叛逆少年的。我随手翻了翻，看到译者是施咸荣先生，我知道施先生的译笔是非常工整雅致的，就买了一本。

书一开头，霍尔顿那种自嘲而忧郁的叙述就深深地吸引了我，我想不到在美国那繁华的世界里也有着一位茕茕孑立的独行者，也有着一位茫茫人海何处是我家的人间弃儿。我一口气读完了这本书,并将它确定为我的硕士论文研究对象。很快,我从图书馆里借了英文本来仔细地读,并根据自己的理论视野,确定了用弗洛伊德的精神分析说来分析霍尔顿的心灵世界。

2004年春天,学校要进行硕士生资格考试,其中一个环节是硕士论文写作思路答辩。当时,李本现教授是我的考官之一,听了我的硕士论文开题报告后,他问我,弗洛伊德精神分析学说有什么缺陷,我回答说,这种理论未曾经过科学验证,是一种假说,同时它也忽略了广阔的社会生活对人的塑造和影响作用。突然,我一激灵,认识到,这不正是我自己论文思路的缺陷吗?我马上补充说,我打算用西方马克思主义和马克思主义的理论来补正弗洛伊德学说的不足。我的回答深深地提醒了我自己。

经过近一年的埋头苦读和写作,我完成了题为《霍尔顿·考菲尔德:一位理性与情感间平衡的孤独追寻者》的硕士论文,并顺利通过了答辩,获得了硕士学位。

2005年,我进入了咸阳师范学院外语系任教,开始了自己的大学教学研究生涯。住房、职称、论文、项目等,一系列压力纷至沓来。我忽然有了一种极为真切的霍尔顿式的感受,树欲静而风不止,何其然也!同时,我也更加钦佩霍尔顿身上那种特立独行的自由精神,真是"竹密岂妨流水过,山高那阻野云飞"!

2010年,我读了美国作家菲利普·罗斯的小说《人性污点》(The Human Stain),深深地认同古典文学教授科尔曼的人生感受:经典的消解、人生的孤苦"零散化"和社会的疏离和分裂,也更加深刻地认识到了所谓的现代性在人的心灵和精神上造成了多大的苦果!

2013年,我幸运地进入苏州大学文学院,师从方汉文教授攻读比较文学博士学位。方教授是我在西安外国语大学时方华文教授的兄长,北京师范大学博士,美国图兰大学博士后。从2013年9月到2015年底,我在苏州大学度过了一段难忘的时光，每天图书馆、饭堂、教室，三点一线地重复着，在菲利普·罗斯的研究上继续搜集资料，深化思路。当然，这种思路绝不是一种无根的生发，而是以往嫩芽的开花。

在此，我向导师方汉文教授献上最崇高的敬意，感谢导师在我读博期间、论文撰写过程中所给的无微不至的帮助！我还要向硕士期间的老师方华文教授献上我真诚的谢意，感谢方老师当年在我人生屡遭变故而心灰意冷时，用他那热情的鼓励和宽慰让我重新燃起了继续努力的信念！两位方老师给予我的浓浓师恩是我人生阶段最宝贵的幸运和最无价的财富！

另外，我要向殷国明教授、曹惠民教授、朱新福教授、吴雨平教授、赵杏根教授和李勇教授致以崇高的谢意，他们在我论文开题、撰写和答辩过程中给予了我许多宝贵的建议和鼓励！

还有，我要向我的家人献上我深深的谢意，他们为我的学习、读书和论文撰写提供了太多的方便和照顾！

当然，我要向母校苏州大学献上我的诚挚敬意，感谢母校为我提供了一个遍地绿茵草坪、师友互帮互助的美好治学氛围！

最后，我要以自己去年春天写的一首《自况》诗，来纪念这个值得回忆和珍藏的人生阶段：

> 日出日落度流年，莺飞草长若等闲。
> 两鬓白发如霜雪，半生黄花随波澜。
> 何妨一愚寻自乐，难得万里访名山。
> 身逢盛世惟余庆，儒道兼济别洞天。

2018 年 1 月 15 日